河出文庫

哄う合戦屋

北沢秋

河出書房新社

哄う合戦屋　目次

村井城
深志城
深
志
犬甘城
船岡砦
稲倉峠
刈谷原峠
仁
科
街
道

中信濃
諏訪湖
塩尻峠
中山平
東山
埴原城
林城
武石峠
桐原城
不破館
つつじヶ原
保福寺峠
中原城
保福寺道
遠藤館

哄う合戦屋

第一章　天文十八年　春

一

風に、桃の花の香りがした。

　天文十八年（一五四九年）三月、雪国の遅い春もようやく盛りを迎え、前方に遠望する東山（現・美ヶ原）の山塊もうららかな陽光の中に柔らかく滲み溶けて、空の青さがぼうっとかすむように淡い。

　山際のぶなの林をかすめるようにして、街道は南北に走っている。ここまで来れば、中信濃の深志（長野県松本市。以下長野県は省略）と北信濃の塩田平（上田市）を結ぶ保福寺道の中間点に近い、横山郷（小県郡青木村付近）の領主、遠藤吉弘の居館までは、あと六町（約六百六十メートル）もない。

「伯母上様が元気になられて、本当にようございましたね」

　若菜は足を止めて背筋を伸ばすと、大きく息を吸い込んだ。空のあちこちで、しきりにひばりが鳴いている。この日は父の吉弘の代理として隣村に住む伯母の全快祝いに出掛け、その帰り道だった。

「ほんに――」

後ろをついてくる侍女の菊(きく)を振り返って、さらに言葉を続けようとしたが、若菜はふと口を噤(つぐ)んだ。街道の右手に大きく草原が開けていて、黒ずくめの男が一人、腹ばいになっていた。

「あのお方は、何をなされているのでありましょう」

「どうせ浪人者でございますよ。かかわり合いにならないのが、一番でございます」

菊は眉をひそめたが、生まれつき好奇心の強い若菜は、そう言われるとますます興味をそそられてならない。菊をその場に残すと、街道を離れて足早に草原の中に踏み入った。

近付いてみると、横になっているので身の丈は正確には分からないながらも、若菜がまだ見たこともないような大男であった。しかも肩幅が異様に広く、その背中だけでも小柄な若菜などすっぽりと納まってしまいそうだった。

菊が言うようにこの男はおそらくは浪人者であろうが、身に纏(まと)っているものは古びてはいるものの、決して粗末な身なりではない。

男は大きく手足を伸ばして腹ばいになったまま、僅かに首をもたげて身じろぎもせずに前方を眺めていた。しかし若菜がいくら眼を凝らしても、この男が何をこれほど熱心に見詰めているのか、見当もつかない。

人が近付く気配をとうに察していたと見えて、男は僅かに首を回して若菜を見ると、無愛想に言った。

「お下がりあれ。すぐそこに、ひばりの巣がある。ここで立ち話などしていては、親鳥が巣を見捨てるやも知れませぬ」

若菜は思わず息を呑んだ。男の頬や顎には深い刀傷があったが、長い戦乱の続くこの時代、そのこと自体はとりたてて驚くに足りない。美男にはほど遠いとはいえ、太い眉、鋭い眼光を放つ大きな目、がっちりした顎を持つ精悍な顔立ちである。

だが若菜を驚かせたのは、その男の身辺を包む、他人を寄せ付けない一種異様な迫力であった。それは威厳というよりも、何か得体の知れないどす黒い思いが沸騰して、体中に充満しているのではあるまいか。体が大きいとそうした感情の量までが並外れているのだろうか、男の周囲の空気までが重く澱んでいるように思われてならない。

しかしこの娘のおかしさは、一瞬の驚きから醒めると同時に、身を投げるような素早さで、その男のかたわらにうつ伏せになってしまったことであった。

「巣は、どこでございます」

男は若菜の行動に戸惑いの色を見せながらも、無言のまま巣の方向を指し示した。

今まで気が付かなかったのが不思議なほどに、ほんの二間(けん)（約三・六メートル）ばかり先に、小枝と枯れ草を組み合わせた巣が見つかった。そこには羽毛が生え揃ったばかりの三羽の雛がいて、赤いのどを覗かせながら盛んに動き回っている。

「まあ、可愛い」

若菜が思わず声を上げたのを、男は唇に指を当てて制した。若菜は首をすくめた。

高い空で盛んに鳴いているのは、おそらくは心配して見守っている親鳥なのであろう。それにしても、この異様な迫力を持つ男が、どんな目的があって野原に腹ばってまで熱心にひばりの巣を観察しているのか。なおも雛を凝視して動かないその男の横顔に、若菜は興味津々の思いでちらちらと視線を送っていた。

二人はしばらくそのまま肩を並べて雛を眺めていたが、やがてその男は若菜に眼で合図をして、静かに身を起こした。立ち上がってみると、男は寝そべっていた時の印象以上に、驚くべき巨大な体躯をした侍であった。身の丈が六尺（約百八十二センチ）を優に超えているのに加えて、肩幅が広く胸板が厚い逞しい体幹は、まさに偉丈夫と呼ぶにふさわしかった。

無言のまま街道まで戻った若菜はふと思いつき、先を行くこの巨大漢に声を掛けた。

「あなた様は、もしや石堂一徹(いしどういってつ)様ではありませぬか」

男が無表情を装いながらも黙って頷くのを見て、若菜は手を打って喜んだ。

「やはり、石堂様でしたか。申し遅れましたが、私はこのあたりの領主、遠藤吉弘の娘で若菜と申します」

若菜がこの巨大漢を石堂一徹ではないかと直感したのは、昨日の夕刻、田植えの状況の検分から帰ってきた吉弘が、供をしていた近習の村山正則を相手に酒を酌み交わしつつ、あの武勇の誉れ高い石堂一徹が、横山郷に隣接する中原郷に滞在しているという話をしていたからである。

もちろん若菜も、一徹の名前はこれまでに何度も耳にしていた。石堂一徹といえばこの信州では知らぬ者もない著名な人物で、この男の豪勇は、信州一円に文字通り雷のように鳴り響いている。

一徹は槍もよく使ったが、最も得意とする得物は三尺（約九十一センチ）に余る大剣で、大文字と呼ぶこの豪刀をこの男が引っ提げて戦場を往来すると、その周囲に血の虹が懸かるとまで言われ、あえて一徹の前を遮る者もない有様であった。

しかも希代のいくさ上手で、この十数年、この男が前線で指揮して負けたことは一度もないのだという。

「しかし、奇妙なことだ。数え切れないほどの功名を上げているというのに、石堂一徹はどうして主取りができぬのか。誰に仕えても、一度は重用されながら、長くとも

二、三年のうちには暇を出されてしまうというではないか」

大杯を傾けつつ、吉弘は首を捻った。

「世間では、石堂一徹がひどい醜男(ぶおとこ)だからじゃと申しておりますな。何でも、墓場から迷い出たような不気味な男だそうで」

村山正則は若者らしい屈託のなさでそう言ったが、吉弘はなおも首を傾げていた。単に醜男というだけならば、世間にいくらでも例はあろう。応仁の乱以来、七十年以上も戦闘に明け暮れていた当時の常識から言えば、のっぺりした優男(やさおとこ)より、恐ろしげな容貌をしている方が遥かに相手に威圧感を与えることができるから、武士にとって醜男だということは、別になんら欠点となるものではなかった。ましてー徹の場合は、十二創とも十五創とも言われる全身の傷跡のことごとくが、いわゆる名誉の向こう傷で、人々もこれに対しては相応の賞賛を惜しまないはずであった。

「いや、何か他に理由がある。酒か、女か、あるいは主を主とも思わぬ増長慢か」

吉弘と正則のそんな会話を思い出しつつ、若菜は頰髯(ほおひげ)が盛り上がった一徹の顔をさりげなく眺めやった。しかしこの娘の見たところでは、一徹はたしかに厳しい孤高の気配こそあれ、決して醜男ではない。

「よろしければ、是非とも今宵は私どもの館にお泊まり下さいませ」

若菜は独特の甘えを含んだ口調でなおも続けた。

「石堂様のような高名なお方にお目に掛かりながら、肩を並べてひばりの雛を眺めただけで別れてきたなどと申したら、私は父に叱り飛ばされてしまいます」

一徹が苦笑しながら頷くのを見て、若菜は菊を呼んで館へ先行させた。これほどに名の知れた武人を招待するのであれば、吉弘自身が門前まで出迎えなければなるまい。

街道の左側、満開の桃の木が並ぶ中に小川が流れていて、そこで白髪の男が、逞しい黒鹿毛(くろかげ)の馬を洗っていた。どうやらこれが、石堂一徹のただ一人の従者であるらしい。

「いつまでも、姫をお待たせするわけにもいかぬ。六蔵(ろくぞう)は用を済ませてから、後を追ってまいれ」

「私どもの館は、この道を五、六町ばかり南へ行った左手にございます。門の前に人を出しておきますほどに、迷う恐れはございませぬ」

六蔵は手を休めずに、顔を僅かに一徹に向けただけでただ黙って頷いた。この男も、どうやら主人に負けずに愛想がないように思われて、若菜は何とはなしに唇をほころばせた。

六蔵のすぐ横に小さな漆塗り(うるしぬ)の鳥籠(とりかご)があって、中で小鳥がさかんに動き回っていたが、先ほど一徹がひばりの巣を熱心に覗き込んでいたのは、これと何か関係があるのだろうか。

若菜は先に立って歩きながら、時折振り向いては話し掛けたが、一徹はごく簡潔に言葉を返すのみで、すぐに二人は館に到着した。すでに門の前には、菊の報告によって衣服を改めた吉弘が二人の若者を従えて待ち構えていた。

「この館の主、遠藤吉弘でござる。さぞお疲れでござりましょう、どうぞこちらへお通りあれ」

「石堂一徹でござる」

吉弘が如才なく声を掛けるのにも、一徹はぶっきらぼうにそれだけを言った。

玄関に一徹を案内しながら、これほどまでにとっつきにくい雰囲気の男は珍しいと、吉弘はひそかに衝撃を噛み殺していた。こちらが笑顔で応対しているのだから、穏やかな表情を浮かべるくらいの心配りがあってもよいではないか。

かといってこの男のそっけなさには、吉弘を見下してことさらに尊大な態度をとっている様子はない。他人と自分との間に常に一定の距離を保っていて、馴れ馴れしく踏み込まれることを拒否するという雰囲気なのである。

(しかし、噂にたがわぬ豪傑ではある)

吉弘はもう一度一徹を眺めて、そう思った。吉弘自身が五尺八寸(約百七十六センチ）に達する、当時としてはまれに見る大兵なのにもかかわらず、一徹はさらに一まわりも大柄なのだ。衝立のようないかつい肩の広さも袖から覗く腕の太さも、あの有名な大文字の豪刀を振るうのに、見るからにふさわしいものであった。

一徹は、吉弘に導かれて書院に入った。ゆったりと胡坐をかいて部屋の調度を眺め渡すさり気ない動作の一つ一つがいかにも重厚で、しかも自然な威圧感がこもっている。

これまで吉弘は、幾多の功名を上げながら一人の主君に長く仕えることができない一徹のことを、豪放磊落の枠をはみ出した乱暴粗雑な荒くれ者ではないかと想像していた。

しかし、こうして吉弘の目の前に座っている石堂一徹にはそうしたがさつな雰囲気はまったくなく、その挙措動作は、上級武士の家庭に生まれ育ってきちんとした躾を身に付けた者のそれであり、物静かな中にも毅然としたたたずまいなのである。

「あれは、狩野正信でござるか」

一徹は床の間の掛け軸に目をやってそう尋ねた。思いがけないその言葉に、吉弘は息を呑んだ。

一徹の座っている場所から掛け軸まではかなりの距離があるので、落款の文字や印までは読み取れまい。とすればこの一徹という男には、絵師の筆致を眺めただけで、この絵が狩野正信の真筆であることを察知するだけの素養があるのであろう。

「驚きましたな。これは我が家の家宝でござるが、石堂殿がそれほどの目利きであられるとは」

(この巨大漢はただの武辺者ではない)

吉弘はその表情に驚きを隠しきれなかった。

(だがそれにしても、この男の風貌はひどく暗い)

一徹は吉弘よりおそらくは六、七歳は年下で三十代半ばのはずであるが、体全体に彫り込まれた陰影は年齢よりも遥かに老成した印象を人に与えた。

吉弘が知る限りでは、いくつもの戦場を体験した歴戦の勇士達はまず例外なく楽観的で陽気であり、絶えず品のない冗談を口にしては肩を揺すって笑い転げる男どもであった。はなばなしい戦歴からしても、その巨大な体軀からしても、一徹こそは自信満々の明朗闊達な性格であるのがむしろ当然であろう。

しかしそうした栄光の過去もこの大男にとっては輝かしい光彩にはならず、むしろ逆に払っても払い切れぬ重荷として、その全身に染み付いているようであった。

「石堂殿は、いつまで当地に滞在なされます」

侍女が運んできた酒を一徹に勧めながら、吉弘は訊いた。

「当てはござらぬ。ゆるりと諸国を遍歴して、然るべき主人を捜す所存でござる」

「ならば、気の変わるまでそれがしの屋敷にお泊まり下さらぬか」

もちろん客としてである、と吉弘は言葉を続けた。石堂一徹には、村上義清に仕えて二千石を扶持されていた時代があり、領地が三千八百石の吉弘としては、とてものことに主従の関係を持ち出すわけにはいかなかった。

「石堂殿がこの地に参られたのには、何か目的がございますのか」

「道中で日の出村の用水堤の評判を聞き、是非ともこの目で確かめたいと思い立ったのでござる。そこで昨日、日の出村を訪れ、名主の幸兵衛宅に逗留しておりました」

「あの治三郎堤を見られましたのか。いや、あれには長い物語がござるのよ」

吉弘は得意げな表情で語り始めた。

二

広野台は日の出村の北側に広がる、南北に比べて東西が僅かに長い長方形の台地で、十町歩（約九万九千平方メートル）ほどの広さがあり、しかもほぼ平坦であるために、この土地に立ったものは誰でも、ここに田畑を作ることを思いつくであろう。

しかしこの台地は、その四辺とも周囲の土地から四・五間（七メートルから九メートル）は隆起しているために、どこからも水を引くことができない。それが障害となって、一部で乾燥に強い蕎麦が細々と作られているほかは、村人が里山として利用しているばかりであった。

吉弘も早くから広野台の存在は知っていたが、七年ばかり前の春にこの台地を目にした時、改めてここに新田を開発したいという思いに駆られた。

吉弘はもともと開墾が大好きであり、あちこちで新田開発の実績を上げてきたが、狭い領内にはそろそろ適地が尽きようとしている。この広野台こそが、最後にして最大の開拓の地ではあるまいか。

そう思った吉弘は、作事方（建築、土木工事を担当する部署）の責任者である門田治三郎を呼んだ。

治三郎は横山郷の百姓の三男に生まれ、十代の頃に村を出て甲斐（山梨県）の金山の採掘に従事し、そこで測量や石積みの技術を学んだ。そして二十五歳の時に帰郷し、つてを頼って当時の作事方の宮川源右衛門の配下となり、独創的な仕事ぶりでたちまち頭角を現した。

宮川源右衛門の引退後は治三郎がその職を引き継ぎ、四十五歳の今では五十石取りのれっきとした士分となっている。百姓の出で刀の持ちようも知らず、従って武功の一つもない身としては異例の出世であるが、その才能からすればまことに安い買い物だと吉弘は高く評価していた。

特に気に入っているのは、治三郎はどんな無理難題を吹っかけられても「できませぬ」とか「無理でございます」といった否定的な回答をせず、必ず「こうすればできます」という前向きの提案をしてくるところであった。

もちろんその中には、費用が掛かり過ぎるとか、必要な人手が確保できないとかの理由で採用できないものも多かったが、それでも遠藤家の身代がもっと大きくなればやってみたいと吉弘に思わせるような、魅力的な計画がいくつも含まれていた。

今回の広野台の件も、治三郎ならば他の人間にはとても思い付かないような発想で、解決案を提示してくれるのではあるまいか。

吉弘から話を聞かされた治三郎は、さして驚いた様子もなく、

「早速に現地調査を行いまして、十日の内に報告いたします」

と返事をして、その翌日、二人の配下を連れて日の出村に向かった。

そして約束通り、十日後にはその肩幅の広いがっしりとした体軀を吉弘の前に見せた。

「詳細のところは、精密な測量をいたしませんと確言できませぬが、とりあえずは大雑把な報告をさせていただきます」

そう前置きして、治三郎はいつも通りの冷静な口調で、現時点での自分の見解を述

べ始めた。

日の出村から二十町（約二千二百メートル）ばかり北に行ったところに、豊かな湧き水がある。この水源から流れ出した水は、現在ではぶな山と白鹿山の間の谷を下って、日の出村の田畑を潤している。

幸い、この水源から僅かに下った地点に開けた土地があり、ここに溜池を作れば春の雪解け水も蓄えることができるので、現在の田畑と広野台の新田に供給する水は、充分に確保できるであろう。

その溜池から広野台を見下ろす地点まで、ぶな山の山腹を巻いて用水路を掘削しなければならないが、ぶな山は傾斜の緩い小山なので、一部に地盤の崩壊を防ぐための石積みは必要なものの、大部分は素掘りのままで大丈夫と思われる。従って溜池と用水路については、さして難しい工事ではあるまい。

問題は、そのぶな山の用水路から広野台まで、どうやって空中を通して水を運ぶかである。

「方法は一つしか、考えられませぬ」

治三郎は、淡々とした表情で言葉を続けた。

「それは、ぶな山と広野台の間に堤を築くことでございます」

「何と、あそこに堤を築くと申すか」

吉弘は一瞬呆然として息を呑み、やがて頰を緩めて笑い出した。

「さすがに治三郎よ。考えることの桁が外れておる」

河川の氾濫を防ぐための堤防なら、吉弘も今までに幾つも手がけている。しかし水を通すための堤とは、吉弘の想像を絶していた。

それでも一間（約一・八メートル）や二間の空間なら、さして驚くほどのことではない。しかしぶな山と広野台を繫ぐとなれば、その長さも高さもかつて見たこともない大工事になるであろう。

「堤の長さは、ざっと見積もって百十間にはなりましょう。また地形を見るに、ぶな山からはなだらかな傾斜が続き、それが尽きるところから広野台へ急な上り坂となります。谷と呼ぶには緩やか過ぎる起伏ではございますが、仮にこれを谷といたしますと、その谷底の部分で堤は最も高くなり、五間にも達すると思われます」

「それで堤の幅はどれほどになる」

「漏水を防ぐためには、堤の上に木の樋を敷き並べる必要がございますが、十町歩の田畑に水を供給するためなら、樋の幅は二尺（約六十センチ）もあれば充分でございましょう。ただその樋の補修のために人が行き来することも考えなければなりませんので、馬踏（堤の上の平坦部）の幅は一間は欲しゅうございます。堤の基礎の幅は谷底の部分で最も広く、まず三間といったところでしょうか。

たしかに工事の規模は大きゅうございますが、工事そのものにはさして困難はございませぬ。俵に土を詰めて土嚢を作り、これを必要な高さにまで積み上げた後に、周囲に土を掻き揚げて突き固めるだけででき上がります」

「さすがに治三郎だ、よく考えておるな」

吉弘の脳裏には、ぶな山と広野台を繋ぐ長大な堤の上を、用水が爽やかな音を立てて渡っていく光景がありありと浮かんでいた。こういう時、費用の心配などは吉弘の頭には浮かばず、まずは計画の壮大さに踊り出したいほどに気分が高揚してしまう。

吉弘は石橋を叩いて渡る慎重な性分だが、同時に楽観的な男でもあった。

内政の要諦は、領民に夢を与えることに尽きると吉弘は思っている。明日の夢があればこそ、人は今日の苦しさに耐えられるのである。

そしてその夢も具体的に眼に見えるものでなければならず、規模は大きければ大きいほど、人々の心を浮き立たせるであろう。十町歩の新田を開発するために百十間もの用水堤を築くという案は、その条件を完全に満たしているではないか。

この計画を発表すれば、領内は火がついたように沸騰するに違いない。誰も見たこともないような長大な堤を築いて、その上に水を通すという途方もない話であればこそ、人は感奮して立ち上がり、信じられないほどの力を発揮するであろう。

こういうことは、やると決断することこそが大事で、どうやってやるかという思案などは後からついてくるものだと、吉弘は固く信じている。

「よし、それで行こう」

「いや、堤を築くのにも問題はございます。必要な土嚢の数は莫大なものになりますが、果たしてそれだけの俵が調達できましょうか。また土嚢を積む人手も、膨大なものになりますぞ」

「治三郎は、どうやって堤を作るかだけを考えてくれればよい。あとは俺の仕事だ」

吉弘は早速その翌日、門田治三郎を伴って日の出村に出向き、名主の幸兵衛に面会した。

用水路の計画を説明された幸兵衛は、話の途中から満面に喜色を浮かべ、頰が緩むのを抑えられなかった。

「この用水の恩恵を受けるのは、この日の出村だけだ。近くの村々から、この普請のために人手を駆り集めるのは無理であろう。従ってこの普請は、日の出村の一手で行ってもらいたい。ただしこの用水が完成するまでは、一切の普請役は免除しよう」

当時の百姓は年貢を納めるばかりではなく、農閑期には道普請や河川の改修などに駆り出されて、労務提供をしなければならなかった。これを普請役というが、日の出村に限ってはそれを全免し、この用水の工事に専念してよいというのである。

「また、用水が完成しても、一年目はまず木々を伐採して整地を行い、田圃の形を作るだけで精一杯ではないか。田植えができるのが二年目、すべてが軌道に乗るには三年は掛かるであろう。従って新田開発が始まってから三年間は、新田からの年貢は免除してやろう」

「この上なく、有り難いお話でございます。しかし村全体にかかわることでございますので、早速に村の者を集めて話して聞かせ、明日にでも村の総意としてご返事を差し上げるということで、よろしゅうございましょうか」

小躍りするばかりの幸兵衛を見て、治三郎は厳しく釘を刺した。

「日の出村の一手で手がけるとなると、これは大変な普請になるぞ。溜池とぶな山の用水路を作るだけでまず二年、堤の建設に三年、新田開発に三年は掛かると見なければならぬ。十年近くは、村の者すべてが骨がきしむほどの苦労を忍ばねばならぬのだぞ」

「そんな苦労が何でありましょう。何もしなければ、この村は百年たっても今の通りに貧しいままでございます。それが七、八年身を粉にして働けば、十町歩の新田ができるのです。この村の収穫高は、一挙に五割増しでございますよ。そうなれば、もう子供達にひもじい思いをさせないで済みます。労を惜しむ者など、どこにおりましょうか」

その晩、幸兵衛は自分の屋敷に村の者達を呼び集めた。普段は村の長老の合議で物事を決めるのだが、今回は議題が議題だけに十五歳以上の男女全員に出席を求めてある。二百人近い人数が、ふすまを取っ払った三つの座敷でも座りきれず、土間にまで筵（むしろ）を敷いて、ひしめき合って並んでいた。

幸兵衛の説明が進むにつれて、一座の中からひっきりなしに歓声が湧いた。これこそは、この村始まって以来の慶事ではあるまいか。

日の出村は山間の寒村で、耕地面積が少ない。一戸あたりでは、五反（約五千平方メートル）が精々であろう。

この時代、三反の田畑しか持たない農民は水飲み百姓と呼ばれていた。つまり三反の田畑からの収穫では、一家が食べていくだけでも不足勝ちで、空腹凌（しの）ぎに水ばかり飲んでいたのである。

村の全農家を均（なら）して五反ということは、戸々に見れば水飲み百姓に近い者がかなりの割合を占めていることになる。そうした農家では、長男がすべての田畑を相続し、次男、三男は一枚の田も分けてもらえないというのが常識だった。田を分割してしまえば、本家、分家ともにたちまち生活が立ちゆかなくなってしまうのである。

当時、愚か者のことを〝たわけ者〟と呼んだのは、田を分けるというのがいかに愚かなことか、誰もが骨身に染みて分かっていたからであろう。

従って、貧農の次男、三男ほど惨めな存在はない。そうした者達は十歳を過ぎて間もなくのうちに、奉公に出るか、農地の広い百姓の小作になるか、山仕事をするか、とにかく自分の口を養うために自立しなければならないのである。

そこへ降って湧いたように、広野台に十町歩の新田ができるという。それをどう配分するかは今後の課題だが、用水路の普請に協力した者は、全員が何がしかの恩恵にあずかれるのは当然であろう。それどころか、次男、三男を分家する余地も充分に出てくる可能性すらある。

一ヶ月後に門田治三郎の縄張り（設計）が完了した頃には、日の出村の田植えも終わっていた。

村人は大挙して山に入り、治三郎の指図に従ってまず溜池作りに取り組んだ。治三郎を驚かせたのは、壮年の男達ばかりでなく、女達や十歳を過ぎたばかりの子供達までがこぞって参加していることであった。

普請が始まって、日の出村は熱狂状態となった。村人達は朝早くから作事現場に入り、昼に女達の手で握り飯が村から届くまで、ろくに休みもとらずに働いた。

その握り飯は雑穀が大半であったが、それを見る度に、広野台の新田さえできれば米の握り飯が食えるのだと誰もが思い、それが午後の仕事の励みとなった。

新田の開発が一年早まれば、自分達の生活が一年早く楽になるのである。他村の普請に駆り出されるのとは、気合いの入り方がまるで違っていた。

こうして工事は、治三郎の予定を遥かに上回る速さで進んだ。その年の初雪が降る頃には、ぶな山の山腹を巻く用水路までが完成していた。試しに溜池に設けた取り入れ口から送水してみたが、治三郎の縄張りに抜かりがあろうはずもなく、水は広野台を望む用水路の端まで見事に届いた。

これで今年の工事は終了し、来春の田植えが終わった頃からは、いよいよ堤の構築に取り組まなければならない。

送水が成功したのを見届けた後、吉弘は名主の幸兵衛を館に呼びつけた。裏の蔵に連れて行くと、蔵の中には俵と稲藁がうずたかく積み上がっている。

「去年の年貢の入っていた俵だ。中身はみんな食ってしまって俵だけが残っているのを、この館の分ばかりでなく、家中の者からもかき集めた。古俵だが、土嚢を作るには問題なく使えるであろう。それからこちらは、この秋に買い集めた稲藁だ。できることなら俵を与えてやりたいが、遠藤家も懐が淋しい。この稲藁を与えるによって、あとは夜なべ仕事で俵に編んではくれまいか」

「恐れ多いことでございます。日の出村でも稲藁は手を尽くして集めておりますが、とても必要な量には足りませぬ。どうしたものかと苦慮しておりましたが、この山のような稲藁を戴けるならば、冬の間にすべてを俵に編み上げてごらんに入れます」

「堤の普請には、二、三年は掛かろう。来年も古俵と稲藁は支給するほどに、心おきなく励むがよい」

　翌年の四月に工事は再開され、門田治三郎は日の出村に泊まりこんで堤の建設の指揮を執った。村人達は全員が治三郎に心服していたが、それはこの作事奉行の卓越した技術力への信頼でもあり、治三郎が百姓出身で、百姓の気持ちを肌で理解してくれるという親近感の表れでもあった。

「俵は充分にあるか」

　現場の視察に来た吉弘は、工事の予定以上の進捗(しんちょく)に驚きながら、治三郎にそう尋ねた。

「お蔭様で」

　治三郎は簡潔に答えてから、村人達の働きぶりに目をやった。

「あの者達の頑張りは、怖いほどのものがありますな。この分では、来年のうちに、堤が完成するやもしれませぬ」

　うれしいことに、治三郎の予想は的中した。翌年の秋の終わりに、延々と延びる堤の上を、広野台に命を吹き込む水がついにとうとう流れたのである。

　その場に立ち会った吉弘は、歓声を上げる村人達を見やりながら、傍らに立つ幸兵衛に言った。

「治三郎はこの村の者達にとって、神様のような存在じゃな。今後はこの堤を治三郎堤と呼ぶがよかろう」

「滅相もない」

そばにいた治三郎は、慌てて口を挟んだ。

「これはすべて殿のご発案でございます。私は自分の役目として、それを形にしただけに過ぎませぬ」

「いや、治三郎の知恵と、村人達の血の滲むような努力があったればこそ、長年の夢がかなったのだ。この大工事に参加した者すべてを代表して、治三郎の名を冠するのは、至極当然であろう」

それから三年後、吉弘の館と門田治三郎宅に、日の出村からそれぞれ百俵と五十俵の新米が届けられた。吉弘の計らいで、この年までは年貢は免除ということになっていたが、村の総意として、吉弘と治三郎には、広野台で取れた米を是非召し上がっていただきたいというのである。

「それが昨秋のことでございますが、今では広野台は領内でも屈指の見事な美田となっております。また、あの治三郎堤はこのあたりでは評判の名所となっておりまして、見物客が後を絶ちませぬ。石堂殿も登られたことと思いますが、広野台の北側には治三郎堤を一望するための展望台が作られ、茶屋までが店を開いております」

吉弘は得意げに頬を緩めた。用水堤の名前こそ治三郎に譲ったが、あの壮大な堤を見た者は感嘆して息を呑み、誰もが吉弘の善政を他領にまで喧伝してくれるであろう。

「それにしても、新田の開発ほど実り多いものはござりませぬな。拙者がこの遠藤家を継いで十八年、その間に所領としては大里村を加えただけでございますが、多くの新田開発で、物成り（収穫高）は相続時の二千石から三千八百石にまで増えております。

いくさで所領を倍にするためには、多くの家臣を犠牲にしなければなりますまい。しかし新田を切り開いて物成りを倍にするのならば、家臣、領民が汗をかくだけで済みます。ただ、領内にはもう開発すべき土地が乏しくなってきているのが、まことに残念でございますが」

一徹は黙って聞いているばかりだったが、内心ではこの領主の内政の手腕に舌を巻く思いであった。

この横山郷に入って一徹がまず気が付いたことは、街道がよく整備され、田畑が伸びやかに広がり、その中を用水が縦横に走っていることであった。

道を行く者達の服装もこざっぱりとしており、表で遊んでいる子供達も、揃って血色がよく元気一杯ではないか。

領民を飢えさせないのが領主の一番の仕事であるとすれば、遠藤吉弘は充分過ぎるほどにその責任を果たしている。何よりの証(あかし)として、領民の誰に聞いても、領主への敬愛に満ちた言葉が返ってくるのである。

この横山郷でも周囲の他領と同じく五公五民、つまり収穫高の五割を領主が年貢として取り、五割が百姓の手に残るという税制を採用している。税率が一定である以上、年を追って収穫高が増えるような施策を領主が推し進めてくれれば、百姓の手に残る物も年々増えていくことになる。領民にとって、これほど有り難い領主はいないであろう。

しかも領民が富むということは、同じ歩調で吉弘も富むということではないか。つまり遠藤領では、吉弘の内政手腕によって誰もが幸せになっているのである。

他領では、領主がいくさにのめりこんで領民を絞り上げ、領内に不平不満の声が満ちているという例が少なくない。それを思えば、この遠藤領の現状はまさに極楽のようなものである。

風采も物腰もいかにも好人物にしか見えない吉弘だが、世知辛い戦国の世を生き抜いてきただけに、その穏やかな表情の裏には常にしたたかな計算が秘められているのであろう。

一徹は改めてこの領主を見直す思いで、吉弘の言葉に耳を傾けていた。

三

その夜、吉弘は館の広間に家臣の主だった者を集めて、歓迎の宴を開いた。この名だたる豪勇を一目だけでも見ておこうと、広い板敷きには身動きも不自由なほどに人が溢れていた。

女の手が足りないために村の娘までが何人も駆り出されていて、遠慮のない蛮声の中に、若い女の華やいだ嬌声が混じり溶けた。

「石堂殿、合戦の話をして下され」

下座まで一通り酒が渡った頃、誰かが大きな声でそう叫んだ。そうじゃ、そうじゃと人々は声を揃えてそれに応じた。

このような酒席に武談はつきものであり、そのような話題となれば、石堂一徹ほどにふさわしい男はないであろう。

この席にいる誰もが、一徹の戦功の二つや三つは耳にしている。ほとんど神格化されているその無双の武勇談を、今こそ本人の口から直接に聞くことができると思い、人々は身を震わせながら、吉弘の隣に座っている一徹を仰ぎ見た。

「話すほどのことはござらぬ」

しかし一徹はそれだけを言い、また静かに杯を重ねた。それは座の雰囲気を一瞬で静まらせてしまうまでに、唐突な突き放した言い方であった。

「石堂殿、皆もああ申しております。何か話してやって下され。そうじゃ、海野平の合戦の話などよろしかろう」

石堂一徹が武名を高めたのは、何と言っても天文十年の、海野平に於けるいくさであろう。このいくさで、一徹は鬼と呼ばれた猛勇の相良民部を討ち取っている。それも尋常一様な首の取り方ではなかった。

一徹は名乗りも上げずに馬を寄せると、その一貫（三・七五キロ）に余る豪刀を無造作に民部の頭上に振り下ろしたのである。不気味な唸りを生じて落ちて来た大文字は、防ごうとした民部の槍をはね飛ばし、金属が金属を切る異様な音響とともに、民部を大地へと叩き落とした。

やがて本陣へ運ばれてきた首を見て、村上義清は目を剝いた。相良民部の首は一徹の手を離れた一瞬の後、西瓜が割れるように静かに左右に分かれて倒れていったのである。

一徹の怪力は、鯉の大立物をうった兜をまるで据物を切るように両断したばかりでなく、鬼相良の頭蓋そのものまで二つに割り砕いていたとは、今やこの信州では伝説にまでなっている武勇談であった。

しかし一徹は、この功名でさえ口にすることを拒んだ。吉弘はさらに言葉を重ねた。酒宴の主催者としては、これ以上座が白けるのを見兼ねたのである。

「されば――」

一徹は迷惑気ながらもようやく頷き、よく通る太い声で淡々と語り出した。

海野平の合戦とは、村上義清、武田信虎、諏訪頼重の連合軍と滋野一族（海野氏、禰津氏、望月氏、真田氏など）が小県郡の帰趨を巡って激突したいくさだ。

連合軍の勝因は、何と言ってもいくさの初日の手合わせで、滋野一族の攻撃の形を読み切ってしまったことに尽きる。兵力が半分しかない滋野一族としては、緒戦に全力を傾注して優勢に立ち、主将である海野棟綱の本陣に詰めている相良民部の五百の精鋭が、機を見て相手の本陣を突く以外に勝ち目はない。

そこで一徹は三将の了解の下に、二日目のいくさに先立って相良民部の進撃路となるべき海野平の北側の丘陵に陣を敷き、五百の兵を率いて待ち構えた。

兵力で勝っている上に、有利な地形に拠って相手の攻撃の決め手を封じたとなれば、連合軍側が勝つのは火を見るよりも明らかではないか。

一徹の話は、それで終わった。人々は、あっけにとられて顔を見合わせた。

海野平の合戦といえば、誰もが石堂一徹が相良民部を討ち取った武勇談を思い起こすのである。同じ信濃の国とは言いながら、海野平から十里も離れたこの横山郷の住人にとっては、滋野一族の興廃などは、何の関心もない無縁の出来事なのであった。

「それで、石堂殿が鬼相良を討ち取られたのは？」

末座の方から、誰かがたまりかねて声を上げた。一徹はいつに変わらぬ無表情のまま、底光りのする一瞥をその若い武士に投げた。

「あれは、家臣の鈴村六蔵と拙者の二人でやったことだ。六蔵は村上家の中でも『槍の六蔵』と異名をとった槍の名手で、二人が揃えば浮き足立った敵将の首を取ることなど、栗の木から実を落とすよりたやすい」

騒然としたどよめきの中で、今度は別の声がこの不可解な大男に飛んだ。

「石堂殿はどんないくさでも名乗りを上げられないと聞くが、まことでございましょうか」

「武士たる者は、いかにして味方に勝利をもたらすかに専念せねばならぬ。とすれば、一々名乗りを上げるなどは、無用の沙汰と言うべきであろう」

一徹はここで言葉を切り、一座を眺め渡してから、またゆっくりと話し出した。

「合戦談とは、双方がどのように戦い、何が勝敗を分けたのかを追求するのが本来の姿ではないか。勝つには勝つべき理由があり、負けるには負ける要因がある。勝敗の拠って来るところを突き詰めていってこそ、その教訓が次のいくさに役立つのだ。誰が誰を討ったなどという話は末も末で、酒の肴にこそなれ、実際のいくさには何の役にも立たぬ」

一徹はそれだけを言い、あとは石のように沈黙した。憂いとも哀しみともつかぬ暗い影は、飲むほどに色濃くこの大男の全身を包んでいた。

誰の理解をも超えた一徹の言葉に、白けきった空気が部屋の中に満ちた。

「いや、さすがに石堂殿じゃ。将に将たる者の心掛けは、そうなくてはなりますまい」

吉弘は晴れやかな微笑を浮かべてそう言い、急いで手を叩いて女達を呼び集めた。

「何をいたしておる。石堂殿に幸若舞でも御覧にいれぬか。笛も鼓も早う座に着け」

色とりどりの衣装が動いて、ようやく広間に活気が戻ったようであった。吉弘はほっと息をつきながら、なおも無言で大杯を傾けている一徹を眺めやった。

(不思議な男だ)

と思わざるを得ない。当時の武士は自分の武功を誇るのに何の遠慮もなく、まして浪人ともなれば、自分を高く売り込むために僅かな功名を針小棒大に言い触らすのが常であった。

ところが一徹は違っていた。この男の言葉は、個人の武勇を喧伝することを軽蔑するような響きさえ帯びていた。

　奇妙というほかはない。誰もが海野平の合戦と一徹のあの武勇談とを分かち難く結び付けている中にあって、当の本人のみは、そのような個人の働きを超えたまったく違う見地から、あの戦闘をとらえているようなのであった。

（あるいは将器なのかも知れぬ）

　吉弘は改めてそう思いながら、暗く沈んだ表情を浮かべた一徹の横顔を見ていた。

「女どもの舞では興が乗らぬ。俺が今様でも歌うほどに、お前達も前に出て舞うがよい」

　すでに双頰を赤く染めている吉弘は、やがて立ち上がると大声で叫んだ。満座の男達の中から、一斉に遠慮のない哄笑が湧き起こった。

「何がおかしい。正則だな、最初に笑ったのは。罰として、前に出て舞うのじゃ」

　二十歳を幾つも越えていないその長身の若者を、吉弘は手を取って一徹の前に引きずり出した。

「石堂殿、村山正則は先刻より御存知ですな。この男、槍を使わせれば家中に歯の立つ者はなく、先のいくさでも二つもよい首級を挙げたあっぱれな勇士でござれば、どうか杯をやって下され」

　一徹は無言のまま頷き、その若者に杯を差し出した。村山正則は主君に褒められた晴れがましさに顔を紅潮させて、その杯を受けた。

吉弘はさらに二人の若者を呼び出して一徹に目通りさせた後、ようやく席に戻ると髯を酒で光らせながら、割れるような声を張り上げた。

「よいか、俺の今様に合わせて舞うのだ。石堂殿が見ておられる、見苦しい真似があってはならぬぞ」

また、一座はどっと沸いた。吉弘は委細構わず、目を細くして歌い始めた。

一徹にも、やっと皆が笑った理由が呑み込めた。吉弘はひどい音痴なのである。声も調子も変転を極め、鶏が寝惚けたようでもあれば牛が悲鳴を上げているようでもあり、笛も鼓も到底ついていくことができなかった。

三人の若者の舞もひどい。それでも一人はまだ多少の素養があるようだが、あとの二人は引く手も差す手もあったものではなく、無遠慮に大口を開けて笑いながら、猥雑な身振りで動き回っているばかりである。賑やかな歓声が、館の梁を震わせるばかりに響いた。

しかしそれは、決して不快な印象を一徹に与えるものではなかった。三人の若者にもそれを囃し立てている人々にも、音痴の主人に対する限りない親しみが、ひたひたと肌に伝わってくるほどに溢れていたのである。

（この若者達は、この唄の下手な主人のために喜んで死んでいくであろう）

一徹は強い光を湛えた目を吉弘に向けたが、吉弘は相変わらず目を半ば閉じたまま、陶然として歌い続けていた。

（この男は、ひょっとして自分が音痴だということを知らぬのではあるまいか。たとえ人にそう言われても、恐らくは信じないのに違いない）

一徹がそう思って微笑した時、吉弘はやっと長いその今様を歌い終えて、

「いかがでござるか」

と得意そうに訊いた。一徹はまた杯を干しながら、ゆっくりと口を開いた。

「遠藤殿、お差し支えなければ、この一徹を家臣の列にお加え下さらぬか」

四

庭のそこここで、うぐいすが鳴く。

翌朝、前夜の大酒など嘘のように泰然とした顔で、二人は書院で相対していた。

「それにしても、石堂殿はどうして当家にお留まり下さる気になられたのか」

戦国の世である。一徹ほどの大豪の者なら、本人さえその気になれば、北条でも武田でも高禄をもって召し抱えるであろう。愚問とは知りながらも、吉弘はついそう尋ねないではいられなかった。

「因果な性分でござる。安穏（あんのん）を求めて生きることが、できませぬ」

一徹は暗い表情のまま、自嘲の響きを含んだ言葉を吐いた。しかしこの時の吉弘には、この言葉の持つ苦さの意味はむろん分かるべくもない。

吉弘は一徹の随身の意思を知って狂喜したが、同時にどう処遇したものかと苦慮しないではいられなかった。

「五百石ではいかがでござろうか。むろん、石堂殿には過少と存ずるが、何分にも御覧の通りの身代でありますれば」

遠藤吉弘の領地は四千石弱であるが、分不相応なまでに多くの家臣を養っているために、自由になる所領は二千石にも満たない。そのうちの五百石を割こうというのだから、いかに一徹が高名の士とはいえ、これは吉弘にとっても大きな決断であった。

「いや、それでは殿の台所が苦しくなりましょう。拙者は家来も六蔵よりおりませぬゆえ、当分は無禄で結構でござる」

やはり五百石では受けぬかと、吉弘はひそかに嘆息した。

石高は武士の器量を計る枡（ます）であり、一度五百石で仕官してしまえば、以後はどこへ行ってもまず五百石が相場になってしまうのである。かつては二千石取りだった一徹が五百石よりは無禄を望むのは、そういう意味ではむしろ当然のことであった。

しかし無禄とあっては、一徹の家中での位置付けが難しい。石堂一徹といえばその経歴といい、世間での知名度といい、遠藤家のような弱小の豪族に身を寄せるのが不思議なほどに大きな存在で、本来ならば文句なしの筆頭家老であろう。しかし無禄の家老など、諸国にも例があるまい。

吉弘がそれを言うと、一徹はしばらく考えていたが、

「軍監（ぐんかん）ではいかがでござろうか」

と意見を述べた。

軍監とは、大将、副将に次ぐ三番目の武将のことで、今の言葉に直せば軍事顧問とでも訳すのが妥当なところであろう。軍監ならば、吉弘、筆頭家老の越山兵庫（こしやまひょうご）、次席家老の馬場利政（ばばとしまさ）の線とは別に、吉弘に直属する立場が取れるのである。もちろんこれには、筆頭家老の越山兵庫に対する配慮も含まれていよう。

住む場所についても、吉弘は館の周辺に適当な屋敷を与えようと言ったが、一徹はそれも受け入れようとはしなかった。

「身寄りもない身の上なれば、この館の隅にでも置いて下され」

館には、吉弘の弟、吉明（よしあき）が二年前に死んだ後にはほとんど使われていない離れがあり、結局一徹は六蔵とそこに住むことになった。

そうした一徹の態度は、吉弘をほっとさせるというよりは、一抹の寂しさを感じさせないではおかなかった。

（一徹は、事実物欲の乏しい性格のようだが、それよりも、この男は長く自分のもとに留まる気持ちがないのではないか）

吉弘にはそう思えてならなかったのである。

「それにしても、いつまでも無禄というわけにも参るまいが」

「ならば、いずれの日にか船岡の里（松本市浅間温泉付近）を賜りたいと存ずる」

一徹は軽い調子でそう言ったが、吉弘は驚いて顔を上げた。賜るも何も、船岡村はその土地土着の豪族、上原兵馬の支配下にあり、吉弘の領地から隔たること十二里（四十八キロ）の彼方なのである。一徹の勘違いかと思って吉弘がそれを言うと、一徹は珍しく薄い微笑を頰に置いた。

「だからこそ、いずれの日にかと申しておりまする」

一徹は、船岡村を武力で切り取るつもりなのであろうか。しかし吉弘と上原兵馬の間には、精強を誇る高橋広家がいて、逆に虎視眈々とこの横山郷を狙っているのである。

吉弘は一徹の真意が摑めないまま話を打ち切り、手を鳴らして金原兵蔵を呼んだ。

兵蔵は父の代からの家老で、当時の武士には珍しい算用の才を見込まれ、この館の財政を一手に取り仕切っている重臣である。年はすでに五十歳を超え、鼻梁が尖り、頰は肉をそいだようにこけていた。

「石堂殿も、御入用な物があれば何なりとこの兵蔵にお申し付け下され」

いちいち自分の許可を受けるには及ばぬと、吉弘は兵蔵に念を押した。兵蔵は、黙って平伏していた。

離れに住むための準備は兵蔵と六蔵に任せて、吉弘はなおも一徹を手元に留めた。このような山間の辺境は外部の空気に触れる機会に乏しく、旅芸人や浪人者などは唯一の情報源として貴重な存在なのである。吉弘は、一徹から近隣の諸国の情勢を聞きたがった。

「応仁の乱以来麻のごとく乱れていた世も、七十数年を経て、ようやく地域ごとに有力な戦国大名によって統一されつつありまする。これからは、さらにそうした戦国大名同士の生き残りをかけた死闘が、始まるのではありますまいか」

たとえばこの信濃の西隣の美濃（岐阜県）では、長井利政（後の斎藤道三）が土岐家を横領して領主を追放し、事実上の美濃国主に成り上がっている。

東海地方に眼を転じれば、駿河（静岡県東部）に本拠を置く今川義元が威勢を振るい、遠江（静岡県西部）から三河（愛知県東部）までを併呑し、さらに西を狙う動きを見せつつある。

また相模（神奈川県）の小田原城に拠る北条氏は、三代目の氏康が家督を相続してから勢力を拡大し、天文十五年には河越（埼玉県川越市）の夜襲によって扇谷上杉氏を滅亡させ、いまや関東全域を手中に収めようとしている。

そうした中で、この信濃（長野県）のみは統一が遅れ、ようやく近年になって北信濃が村上義清、中信濃が小笠原長時、南信濃が甲斐の武田晴信（後の武田信玄）の手によって纏まりつつあるが、まだまだあちこちに数多くの豪族が独立して反抗を繰り返しており、その帰趨はまったく予断を許さない。

「信濃の将来を占うためには、隣国である越後（新潟県）と甲斐の動向を知ることが、肝要でござりましょう」

一徹はこの横山郷に来る前には、越後の各地を歩いて現地の情勢をその目で見てきたという。それだけにその言葉には生々しい臨場感があり、吉弘の耳をそばだたせるのに充分なものがあった。

天文五年に越後守護代の長尾為景が死去したのに伴い、長子の晴景が家督を相続したが、晴景は病弱だったこともあって国人衆はこれを侮り、反乱が絶えなかった。

これを見かねた弟の虎千代は、十四歳で元服して長尾景虎（後の上杉謙信）と名乗り、栃尾城（新潟県長岡市に所在）に入って早速内紛の平定に取り掛かった。若年ながらその采配は天才的というほかはなく、三年後には長尾氏に謀反を企てた黒田氏を討伐して、反対勢力をほぼ一掃するに到っている。

当然のこととして、国人衆の中には晴景を見限って景虎を支持する者が日を追って増え、ついに天文十七年十二月には、晴景は景虎が自分の養子になることを条件にして家督を譲らざるを得なかった。こうして景虎は、僅か十九歳にして越後守護代となった。

もっともまだ領内には、景虎に心服しない勢力が存在している。その中でも最大のものは、坂戸城（新潟県南魚沼市に所在）主、長尾政景（まさかげ）であろう。政景は長尾氏の一族で景虎の遠縁に当たり、景虎より四歳年上で武勇の誉れが高い武将であったから、自分こそが長尾氏の家督を継ぐのにふさわしいと考えていたのである。

景虎と政景の衝突はいずれは避けられないというのが衆目の一致するところだが、どちらが勝つかという点になると、衆評はまちまちであった。

「しかし拙者がこの眼で二人の戦績を調べた限りでは、政景は景虎の敵ではありますまい。なるほど政景は一流の武将ではありまするが、景虎は政景とは段違いのいくさ上手でござる。二、三年の後には、間違いなく越後は景虎の手で統一されましょう」

「それでは、この信濃は？」

遠い隣国のことよりも、吉弘にとって自分の住むこの信濃の地の帰趨こそ最大の関心事なのであった。一徹は一呼吸置いて、ゆったりと言葉を継いだ。

「このまま行けば、信濃は早晩、武田晴信のものとなるのではありますまいか」

晴信には大志があると、一徹は続けた。

父を駿河に追って甲斐の国を手に入れて以来、晴信はまず諏訪氏を滅ぼして南信濃に進出し、さらに佐久方面に兵を入れて、埴科郡の葛尾城（埴科郡坂城町坂城に所在）に拠る村上義清との間に、長い闘争を繰り広げている。

村上義清は、西は善光寺平から東は佐久郡までの北信濃、東信濃全域にまたがる広大な領地を持つ名だたる剛勇で、さすがの晴信も天文十七年二月の上田原の合戦では、板垣信方、甘利虎泰の二重臣を失うほどの大敗を喫してしまった。

しかし、諏訪地方を足がかりとして南信濃を制圧しつつある晴信は、動員能力では村上方を遥かに凌ぐようになり、久しく続いた両者の争いも、いよいよ最終局面を迎えようとしている。

上田原での武田の敗北を知った、中信濃の林城（松本市東部に所在）に拠る小笠原長時は、好機到来と見て塩尻峠を越えて諏訪地方に侵攻したが、事態を重く見た晴信は自ら出陣して迎え撃ち、昨年七月の塩尻峠の合戦で小笠原長時は手ひどい損害を被ってしまった。

武田晴信は勝ちに乗じてさらに兵を進めて中信濃に侵攻し、林城の西南わずか二里半（十キロ）にある村井城を落として、ここに兵を入れた。小笠原としては、のど元に匕首を突きつけられた形である。

この村井城を前進基地として、武田は機が熟すれば諏訪から兵を出して中信濃を平定し、村上義清を東と南から挟撃する態勢を作ろうと考えるのが、まずは妥当なところではあるまいか。

深志を中心とする中信濃一帯は、今でこそ戦国大名の支配に属することなく土着の豪族が割拠して浮き沈みを繰り返しているが、遅くとも二、三年のうちには、武田がこの地に平定の兵を差し向けてくるに違いあるまい。

まともに太刀打ちできる相手でない以上は、よい手蔓を求めて武田に友好の意を通じておくのがよいというのが、一徹の結論であった。

その口調は、常の通りに淡々としている。しかし一徹の持つ知識は極めて精緻であり、しかも時折り交える情勢分析には強い説得力が満ちていて、吉弘は目を洗われる思いで一徹の重たげな語り口に耳を傾けた。

「それで、友好の意を通じるとは？」

「しかるべき人質を入れることが、一番でござりましょう」

吉弘は苦い顔をした。この男には一男二女があるが、嫡子の万福丸はまだ四歳であり、長女の楓はすでに遠縁に当たる斎藤家に嫁いでいたから、人質に差し出すとなれば次女の若菜しかいないのである。

若菜は横山郷きっての美しい娘で、性格も夏の空のように爽やかであったから、人々はこの姫を天女のように敬い、親しんでいた。吉弘に至っては、その可愛がり方はほとんど溺愛というのに近い。

若菜は小柄なうえに顔形にも言葉遣いにもあどけなさが残っているので、まだ十五、六歳にしか見えないが、実際にはもう十八歳になっている。

十五、六歳で嫁に行くのが、ごく普通の時代である。十八歳にもなってしかも評判の器量よしなのだから、縁談は降るように来ているのだが、吉弘はこの娘だけはどうしても手放すことができないでいた。

「それがしは、どうも武田晴信という男を信じられませぬ」

諏訪氏の最後を見れば分かると、吉弘はかき餅をかじりながら言葉を継いだ。

天文十一年、信濃攻略を目指す武田晴信は、四千の軍勢をもって諏訪氏の居城である上原城を包囲し、諏訪氏十九代当主の頼重とその弟の頼高を甘言をもって降伏させた。しかしその後二人は甲府に連行され、東光寺に幽閉されてついに自ら腹を切って果てた。

一説には晴信の命による毒殺だったとも言われており、それでなくても城を明け渡して降伏した敵将の扱いとしては、まことに過酷なものであったというほかはない。

こうして晴信は、ついに父の代からの念願である諏訪地方を掌中に収めたのであった。

しかも晴信が諏訪氏に対して行った背信は、単にそれだけでは済まなかった。晴信は諏訪氏の娘の美貌に目を奪われ、諸将の諫言も聞かずに側室に入れてしまったのである。

敵将の妻や娘を凌辱することは、この当時としては別に珍しくもないが、側室に入れるとなるとさすがに異例なことで、まして武田晴信の場合はやり方があまりにあくどかったために、世間では、

「武田殿は、諏訪の娘を手に入れるために頼重殿に毒を盛ったのじゃ」

という風評がもっぱらであった。

出処進退が異常なまでに潔癖な越後の長尾景虎などは、この話を聞いて激怒し、ついに終生晴信を許すことはなかったと伝えられている。

「この一連の出来事から推しても、それがしは武田晴信が好きになれませぬな。まして、信を置く気などには」

「しかし――」

一徹は、きっぱりと反論した。

信州進出を目指す晴信にとって、諏訪氏は何としてでも取り除かなければならない障害であった。甲斐の国は僅か二十三万石しかなく、四十万石を越す信濃の国は目の

前にぶら下がった美肉なのである。諏訪地方が手に入るならば、手段など選んでいられないというのが晴信の本心であったろう。

「それでは、諏訪氏の娘の件は」

「あの計算高い武田晴信が、矢のように浴びせられるであろう悪名を百も承知で、あえて娘を側室に迎えたのでござる。そこには、何か深いわけがなければなりますまい」

「そのわけとは……」

「晴信の一世一代の恋でありましょう」

この男のどこからこんな言葉が出てくるのか、吉弘が面食らったほどにあっさりと、一徹は言った。

「世間の面罵を一身に受けながら、なお敢然として自分の思いを遂げようとする。そうした桁の外れたところがあるからこそ、晴信は真に恐るべき男なのでござる」

吉弘はほとんど呆然としていた。他人をそこまで深々と観察することなど、それまで考えたこともなかった。吉弘は別世界の生き物を見るような目付きで、一徹の暗い表情を眺めやった。

話の接ぎ穂が切れて、吉弘は慌ててまたかき餅を嚙んだ。

「それがしは、誰も頼らずに生きていきたいと念じております。されど、どうしても誰かに身を寄せねばならぬ時には、武田に信が置けぬ以上、北信濃の村上義清こそ頼りたい。昨年の上田原のいくさでの鮮やかな勝ちっぷりを見ても、村上義清こそは武田に対抗できる武将と思われますが」

「いかにも」

吉弘の言葉に、一徹はただそれだけを答えた。

(遠い将来を見据えて戦略を練る武田晴信を相手に、明日の展望を持たないその日暮らしの村上義清ごときが渡り合えるものか)

いつもの無表情の裏で一徹はそう断じているが、今はあえてそれを口にしない。

(この仁は内政にたけ、家臣からも領民からも慕われる名君であるが、時世を洞察する力と、明確な目標を持っておらぬ。が、それでいいのだ)

一徹の瞳が冷たい輝きを帯びたのを、吉弘は知らない。

十日ばかりが過ぎた。一徹は毎朝裏庭で一刻ばかりも剣や槍を振るい、午後は馬に乗って領地のあちこちを検分して歩くだけで、館の中にいるのかいないのか分からないほどに、ひっそりと暮らしていた。

この間に一徹が吉弘に求めたものは、自身の旗印を作りたいということだけであった。

一徹の差し物が九枚笹の紋であり、旗印は『無双』の二字であることは知らぬ者もない。一徹の旗は百人の兵にも勝るというのが定説だったから、もちろん吉弘には一も二もなかった。

その他には、一徹の日常は静かなものであった。寡黙なこの男は自分から口を開くことはほとんどなく、その挙措動作もゆったりとしていて機敏な印象を人に与えないことから、家中には一徹の名声さえ、半ば以上は虚名ではないかと評判する者も少なくなかった。

武士は常に煮えたぎるような気概を持つべきものとされ、粗暴殺伐とした男が尊重された時代である。小鳥を飼うという少女じみた道楽があることだけでも、一徹は周囲から白い目で見られ勝ちであった。実を言えば吉弘自身でさえ、一徹に対してそんな感情を抱いたことも、一度や二度ではない。

吉弘はやがて金原兵蔵を呼び、一徹の暮らしぶりを尋ねてみた。

「衣食住ともに、極めて質素でございます」

兵蔵は、痩せた頬に感嘆の色さえ浮かべてそう答えた。まとまった金子の所望など、一度もないのだという。

ただ酒量だけは随分と多いようであったが、それも夜更けてから六蔵を相手に静かに大杯を傾けるだけで、酔って乱れるどころか、大声を発することさえ皆無であった。

身の回りの世話をするためという名目で見目のよい娘を一人付けようとしたが、一徹はそれも断り、雑用の一切を従者の六蔵に任せていると兵蔵は言った。

（はて……）

と吉弘は首を傾げざるを得ない。

一人の主君に長く仕えることができない一徹には、何か致命的な欠陥があるはずなのである。

しかし吉弘が見る限り、一徹は重量感のある暗い雰囲気を漂わせている以外には、最初に想像したような酒乱癖も漁色癖も浪費癖もまったく持ち合わせていないのであった。

五

若菜は、琴を弾く手を止めて細い眉を寄せた。またこの家のどこかで、聞き慣れない鳥の鳴き声がするのである。

それは、どうやら鉤の手に曲がった離れの方から聞こえるように思われた。若菜は濡れ縁に出て、庭に下りた。

山国の春は今が盛りで、頬をなぶる柔らかい微風に、遅咲きの八重桜が花びらを散らしている。二羽のめじろが、花の蜜を求めてせわしなく動いていた。

庭と離れの間に小さな黄楊(つげ)の生け垣があり、若菜はそこから中を覗いてみた。

やはり、そうであった。初対面の時に見掛けた小さな鳥籠が軒に吊るされていて、その中に若菜がまだ見たことのない紺と茶の混じった翼を持つ小鳥が一羽、空を仰いでさえずっていた。

石堂一徹は部屋の中央に腰を据えて、一心に何かを削っている。六蔵の姿は見えない。

「何をなさっておられます」

若菜は枝折り戸(しおり)を開けて中に入りながら、澄んだ声を掛けた。

一徹は、眩しい目をして若菜を見た。初対面の日以来何度か顔を合わせたことはあったが、こうして親しく口をきくのは初めてだった。

「鳥籠を作っております」

一徹が飛び散った竹の割り屑を片付けようとするより早く、若菜は気軽に部屋へ上がり込んだ。板敷きの上にうすべりを敷いただけの部屋だが、若菜はそのうすべりもない障子の近くの日だまりに席を占めた。

「石堂様が、御自分でお作りになるのですか！」

若菜は日の光に豊かな頬を浮かび上がらせながら、あどけなく瞳を見開いた。

「これも、石堂様が？」

若菜は、軒に吊るされている鳥籠を振り仰いだ。

一徹は立って軒先から鳥籠を外すと、若菜の前に置いた。細い竹ヒゴを組み合わせ、幾重にも漆を塗り込めた一尺四方ばかりのそれは、素人の手によるとは到底信じられないほどに精巧を極めたものであった。

若菜の手が伸びると、中の小鳥は青い翼を僅かに開いて鋭く鳴いた。

「これを、石堂様が！」

若菜は切れ長の目をさらに大きくして眺めていたが、不意に悪戯っぽい微笑を一徹に浴びせた。

「人は見掛けによりませんね」

これには、一徹も苦笑するほかはなかった。うららかな風が部屋の中を吹き抜けて、和んだ雰囲気が二人を包んだ。

「どうぞ、お続け下さいませ。ここで見ていても、よろしゅうございましょう？」

一徹は頷き長さ一尺ほどの太い孟宗竹(もうそうちく)を立てると、無造作に小刀を当てた。何かこつでもあるのか、力を入れる様子もないのに、竹は自分から弾けるようにスッスッと細片(さいへん)になって削り取られる。

次にその細片の角を落とし、すでに組み上がっている檜(ひのき)の底板に一本ずつ立てていく。その手捌きが職人の芸を見るように鮮やかで、若菜は瞬くのも忘れて見惚れていた。

「鳥籠を作ってどうなされます」

「六蔵が裏の山で、やまがらの巣を見付けたと申しております」

「雛からお育てになるのですか」

「いや、今は雛の孵る時期ではござりませぬ。親鳥となると、捕まえるのがちと面倒でありましょうな」

「そういえば、初めてお目に掛かった時も、石堂様はひばりの巣を覗いておいででしたね」

「あれを飼えないものかと、ふと思ったもので。しかしひばりは生餌が必要なゆえ、諦めてござる」

相変わらず重い口調でそう言いながら、一徹は僅かに顔をゆがめた。

「姫、もそっと脇に寄って下さらぬか」

「お邪魔でございますか」

若菜は身を翻すような素早さで一徹の横に回り、ここでいいかと尋ねようとして、ふっと訝しげな面持ちになった。一徹はどことなく落ち着かない素振りで、自分の視線から顔を背けているように思われたのである。

「どうして、そのように目をそらせておられます」

一徹は、この男には珍しいはっきりとした苦い表情をその肉の厚い頬に浮かべた。

「姫のような美しいお方は、拙者の顔などそのように真っ直ぐに見詰めるものではありませぬ。人は皆、拙者の顔を見ると気が滅入ると申しておりますぞ」

若菜は一徹の言葉に、ころころと澄んだ笑い声を上げた。

「これは驚きました。戦場でどんなに強い武者と会っても睨み倒してしまう石堂様が、私に睨まれると手も足も出ないとは。私はまた、石堂様は若菜がお嫌いなのかと心配しておりましたのに」

そういえば、一徹と初めて会った時に誰もが見せる怯えた表情を、この娘は露ほども窺わせなかった。一徹は首筋の汗を拭い、ようやく平静な気持ちに戻って、若菜のよく動くつぶらな瞳に向かい合った。

若菜は美しい娘だと、誰もが言う。もっともこの娘の目鼻立ちは、必ずしもこの時代の美人の典型に合致しているわけではない。

たとえば、若菜の眩しいまでにはっきりとした瞳は、かすみが掛かったような細い目をよしとする都風の好みからすれば、明らかに欠点と言えるであろう。

しかし若菜を見る者は、誰一人としてそんなことに気が付くはずはなかった。この娘の中には朝日を浴びた泉のような清冽なきらめきがあり、その表情にも動作にも限りなく溢れ出してくる透明な輝きが満ちていて、見る人の目に虹を懸けずにはおかないのであった。

これは素晴らしい娘だ、これでは吉弘が容易に手放すはずがあるまい。こうして若菜と向かい合ってみて、一徹は初めて吉弘の心境が納得できた。

「いや、拙者は気にいたしませぬが、あえて人を不快にするのも本意でなければ」

一徹は呟くようにそう言い、やがて部屋の隅の竹筒から麻の実を取り出し掌に載せ、鳥籠の扉を開けた。雀ほどの大きさのその小鳥は、慣れた様子で一徹の武骨な掌に飛び乗り、気忙しく麻の実をついばんだ。

灰色の体の中で翼と尾の色が濃く、小鳥が動くにつれてその色は紺にも茶にも光って見えた。小鳥の頭は黒く、頬だけが紅を刷(は)いたように赤い。

「逃げませぬか」

「よくなついております」

一徹は麻の実を口に含み、掌を口の端へ寄せた。小鳥は一徹の唇をこじ開けては、素早い身のこなしで何度となく麻の実を探り出した。

「まぁ、可愛らしいこと。私は、このような小鳥を初めて見ました」

「うそと申します。さほど珍しい鳥ではござらぬが、このようによく人に慣れているのは少のうございましょう」

一徹が若菜の掌に麻の実を載せると、うそは恐れる気配もなく若菜の手に乗り移った。うその嘴が掌をつつく軽やかな感触に、若菜は肩をよじって笑いを噛み殺していた。

「ほう」

今度は一徹が感心した。小鳥は臆病なまでに警戒心が強く、人間にはなかなか馴染まないものなのだ。

若菜はなおもうそを掌の上で遊ばせながら、独特のきらきらした光を瞳に湛えて、

「私も、何か小鳥を飼ってみたいと思います。どのようにしたらよいのか、教えて下さいませぬか」

「それならば――」

一徹はためらう色もなく、うその鳥籠を若菜の前に差し出して、これを進呈いたそうと言った。若菜は驚いて顔を上げた。

「これは、戴くわけには参りますまい。石堂様が、これほどまでに丹精なされておりますものを」

「ならば、一徹以上に可愛がってやって下され」

「自分はすぐに、裏山でやまがらを手に入れることができる、それにうそは飼うのがたやすい」

と、一徹は言葉を継いだ。

若菜はまだ、一徹のこの唐突な提案を素直に受け取っていいものかどうか迷っていた。しかし、鳥籠は現にこうして目の前に置かれており、さっきうそが餌を漁っていた時のこそばゆい感触は、今も掌に快く残っているのである。

それに若菜は娘らしい直感で、この大男の肉の厚い頬の奥に不器用な好意がこもっていることにとうに気が付いていた。しばらくためらってから、若菜は子供のようなあどけない仕種で上目遣いに一徹を見上げた。

「本当に、よろしいのですか」

いかにも素直なその表情に一徹が笑みを含んで頷くと、若菜は白い歯を覗かせて無邪気な喜び方をした。

「でも、戴くばかりでは困ります。お礼として、何か若菜にできることはありませぬか」

「それでは、この里の唄でも歌うていただきましょうか。姫は、このあたりで一番の美声と聞き及んでおります」

「お戯れを。石堂様こそ長い間諸国を巡られて、さぞ唄の名人、上手と言われる人にお会いしておりましょう。若菜の唄などは、お耳を汚すばかりでございます」

「ならば、この小鳥を差し上げるわけには参りませぬ」

「それは困ります」

若菜はきつい目をして一徹を睨んでから、不意にこぼれるような笑顔になった。もともとが、無用の恥じらいを持たない娘なのであろう。若菜は長いまつげを半ば閉じると、呼吸を整えて静かに歌い出した。

雨は降る　去(い)ねとは宣(のた)ぶ笠はなし　蓑(みの)とても持たらぬ身に
ゆゆしかりける里の人かな　宿貸さず

(雨が降っているのに、出て行けとおっしゃるのですか。笠も蓑も持っていない私に、何とむごい仕打ちをする里の人でしょう。宿も貸してくれないなんて)

一徹は、思わず息を呑んだ。この明るい娘のどこからと驚くほかはない、哀調を帯びたよく通る声であった。音域が高まるにつれて声はますます細く澄み通っていき、微妙な小節回しもよく冴えて、一徹は自ら所望しながらただ呆然として聴き惚れるばかりであった。

やがて若菜は、心に染み渡る余韻を残して柔らかに歌い終えた。一徹はなおもしばらくは目を閉じていたが、ようやく顔を上げて言った。

「いや、これほどまでの美声とは思いも及びませなんだ」

「まことですか」

若菜は頰を緩めて、のどの奥で笑った。

「石堂様は諸国を歩いておられるのですから、さぞたくさんの里の唄や今様を存じておられましょう。されど私はこのような山国に生まれ育って、他国のことは何も知りませぬ。どうか、面白い唄などお教え下さいませ」

「いや、拙者はそのようなことはとんと不調法でござって」

「されど、まさか父ほどではありますまい。あれでも父は、何か新しい今様はないかなどと申して、よく私のところに習いに参ります」

「ほう、殿の唄は姫のお仕込みでござるか」

一徹は、珍しく楽しげな微笑を口辺に置いた。

「まことに、瓦は百年磨いても鏡にはなりませぬな」

うそが跳ね上がったほどの高い声で、若菜は笑った。肉付きの豊かな頰が、それだけで意志を持った生き物のように、春の日を受けて伸びやかに動いた。

しかし若菜はその笑顔の裏で、一徹が冗談を言ったことに軽い衝撃を覚えていた。他の武士と対している時の一徹はきわめて寡黙で、何を考えているのか分からないという印象が強い。それがどうして自分にだけは、こうも滑らかに口が動くのであろう。

「でも、父の唄はあれでよろしいのでございましょう」

涙が出たのか、若菜は袖で軽く瞼を押さえながら、ようやくいつもの無垢の瞳を一徹に向けた。

「もし父の唄が人並みにまで上達したりすれば、あるいはこの横山郷を失う羽目になるかも知れませぬもの」

一徹は、打たれたように笑いを消した。下手もあれほどまでに徹底すれば愛嬌があり、かえって人を引き付ける力になると若菜は言いたいのであろう。ひどい音痴の吉弘に、笑いもせずに次々と唄を教えている若菜の姿が、一徹の脳裏に浮かんだ。しかし、一徹の表情に小首を傾げたこの娘の顔に浮かぶものは、妖精のような透明の輝きだけである。

一徹は、ふっと話題を変えた。

「ところで、姫の若菜というお名前は、ひょっとして源氏物語にちなんだものではありますまいか」

これには、若菜が眼を見張った。天下に名高い剛勇でありながら、若菜という名前から源氏物語を連想する一徹という男に、若菜は新鮮な驚きを隠し切れない。

「たしかに、私の名前は文字に明るい伯母が、源氏物語五十四帖の中から選んでくれたものでございます。しかし、この遠藤家の武士の中には、源氏物語を知る者など、一人もいないでありましょう」

一徹が不意に苦い表情を浮かべたのに気が付いて、若菜は慌てて言葉を継いだ。

「ところで、この小鳥に名前はないのですか」

「よろしければ、青葉(あおば)と呼んで下され」

一徹の顔に、この時初めて暗い影が走るのを若菜は見た。

「八年前に死んだ、娘の名でござるが」

第二章　天文十八年　晩春

一

廊下を駆ける慌ただしい足音が響いた。薄暗い灯の下で帳簿を調べていた金原兵蔵が筆を置くより早く、蹴り返すほどの手荒さで板戸が開いて、一人の若者が部屋に転がり込んできた。

「伊作、どうした」

兵蔵は思わず胴震いを覚えた。伊作はもともとは馬の世話をする小者だが、機転が利く性格を吉弘に見込まれ、今は中原郷の領主、高橋広家の中原城（松本市保福寺町付近に所在）の城下に物売りとして潜入している間者なのである。

その伊作の風体が、尋常ではない。髪は緩み、顔も衣服も泥にまみれ、手足のあちこちに血が滲んで、目ばかりが獣のように光っていた。

「夜討ちじゃ。高橋勢の夜討ちじゃ」

伊作は吠えるように叫んだ。広家が今晩、この吉弘の館に奇襲を掛けるために、百三十人の手勢を引き連れて申の刻（午後四時）に出立すべく準備しているのを知り、四里（十六キロ）の山道を駆け戻って来たのである。

「なんと！」

この報告を受けて金原兵蔵が呆然としてうめいたのは、しかし奇襲そのものだけが原因ではなかった。何しろこの危機に、領主の吉弘が館を留守にしてしまっているのである。

四月に入ってこの数日、横山郷の南端に近い神戸村のあたりに野武士の一団が出没しているという情報が入り、吉弘は八十名を率いて掃討に出掛けていた。遠藤家の動員兵力は百二十人、そのうちの八十名を吉弘が連れて行ったのだが、だからといってこの館に四十名の兵力が残っているわけではない。

兵農が分離していないこの当時、どこの家中でも兵力の相当部分を農民が担っていた。領主はいくさに先立って領内の村々に陣触れを出し、必要な人数の百姓を徴発して家臣団に組み込み、軍勢を整えた上で戦場に赴くのである。従ってこの時館にいる兵力は、留守居番の十名しかなかった。

申の刻に出発したとすれば、高橋勢がこの館に殺到するのは、恐らく戌の刻（午後八時）頃であろう。すぐに使者を立てて吉弘に事態を急報しても、吉弘が館に帰り着けるのは早くとも子の刻（午前零時）が精々ではなかろうか。

　とすれば、道は二つしかない。

　一つはこの館を捨てて、吉弘の妻子をどこかへ落とすことであり、もう一つは館にこもって、最後の一兵まで徹底的に抗戦することである。

　しかし与えられた時間は僅か一刻（二時間）しかなく、女子供を連れた逃避行とあっては、勢いに乗った高橋勢の追跡をかわすことはまず不可能であろう。

　それでは、館にこもる戦術はどうか。

　この館も、戦国の常として周囲に堀と塀を巡らしてはいるが、要するにただの屋敷で格別の防御力があるわけではない。しかも寄せ手の百三十名に対し、守備側は僅か十名が限度なのである。まさに、必敗のいくさと言うほかはない。

　しばらくは自失していた兵蔵は、やがて我に返ると泳ぐような足取りで廊下に飛び出した。軍事に暗い兵蔵にしてみれば、何はともあれ石堂一徹に相談してみる以外に、知恵の出しようもなかった。

　一徹は離れの一室で灯を引き寄せ、筆をとって一心に文字を書き連ねていた。

「高橋広家の夜討ちか。出立は申の刻と申したな」

　一徹は動ずる風もなく奉書を巻き、鋭い視線を虚空に投げた。

「左様でござる。おそらくは神戸村の野伏せりの件も、殿を釣り出すための広家の策でございましょう」

兵蔵はさらに続けようとして、ふっと口を噤んだ。闇を見据えて思案している一徹の姿に、この男はさっさと退散するつもりかも知れぬと、兵蔵は思った。

それも当然であろう。

遠藤家と縁もゆかりもない浪人者が、このような絶対の死地に自ら身を投じるなど、どだいあり得ない話なのだ。しかし、しばらくして一徹が口から吐いた言葉は、兵蔵の予感とはまったく正反対のものであった。

「兵蔵、今館には男は何人おる」

兵蔵は質問の意味が分からないままに、早口に答えた。

「留守居番の十名の他には、常時詰めている男は勘定方、賄い方、作事方など十五名おりますが、勘定方、作事方はこの時刻にはすでに自分の屋敷や長屋に戻っておりますれば、賄い方の五、六名が夕餉（ゆうげ）の後片付けのために残っているばかりでございます」

「それでは賄い方の者達に申し付けて、勘定方、作事方の者どもを至急館に呼び戻せ。そして顔を見せた者から次の口上を読み聞かせて近郊の村々に走らせ、今から半刻（はんとき）（一時間）のうちに人数を集めるのだ」

一徹はいつにない引き締まった表情で、言葉を重ねた。

「そこに筆と紙がある。今から申す口上を書き取ってくれ。

『館で、緊急に男手を集めておる。体が動きさえすれば、老人でもよい。声変わりが済んでいれば、子供でもかまわぬ。一刻ほど手を貸してくれた者には、褒美としてそれぞれに米一俵を与える。事態は急を要する。何の準備も要らぬ、直ちに身一つで館に駆けつけよ。必要な人手は百名、早い者勝ちで人数が足り次第打ち切りとする』

口上は以上だ。それから、姫を至急にこちらへお連れ申せ」

「若菜様を？　いかなる所存で」

「申している暇はない」

一徹は隣室の六蔵に大声で具足の支度を命じてから、強い光を湛えた目を兵蔵に向けた。兵蔵は刺すようなその眼光に射すくめられて、思わずその場に平伏した。

若菜が一徹の部屋に入ってきた時、一徹は六蔵に手伝わせて、黒糸縅（くろいとおどし）の鎧を身に纏っている最中であった。

（これは！）

若菜は胸の中で叫んだ。

そこに立っているのは、いつもの物静かな、ゆったりとしたたたずまいの石堂一徹ではなかった。この男のどこに、このような激しいものが潜（ひそ）んでいたのであろうか、一徹の動作はほとばしるような生気に満ち、太い眉にも口辺にも凜とした気迫が溢れているのである。

「無礼の段は許されよ」

一徹は、若菜を呼び付けたことをまず詫びた。

「奥方に言上すべき筋合いながら、何分にも御病弱ゆえ、代わって姫に申し上げる。高橋広家の夜討ちでござる。危急の場合なれば、これからは何事もこの一徹の下知に従っていただきます」

すでに高橋広家の夜討ちの噂は、奥にまで聞こえていた。若菜は騒ぎ立てる女中達をたしなめて嫡子の万福丸ともども病身の母の枕元に詰めていたが、そうした落ち着いた態度も、この娘の立場がそうさせたまでのことに過ぎない。乏しい灯の中で不安気な女中達の顔が揺れ動くのを見ていると、若菜もまた座っている腰が知らぬ間に浮き上がって勝手に歩き出してしまうような不安が、ふつふつと湧き起こるのはどうしようもなかった。

だが一徹の闘志溢れる様子を目にして、若菜の気持ちからすっと緊張が抜けた。一徹の意図は分からないながらも、自信満々のその態度を見れば、この大男にはすでにこの事態に対処する策があるとしか思えないではないか。

「それで、何をすればよろしいのですか」

若菜は自分でも驚くほどに落ち着いた声でそう言い、青いまでに澄んだ目を一徹に向けた。ほの暗い灯火の中に、若菜の白い顔が浮かび上がった。いつもの愛らしい笑顔に代わって、僅かに赤味が差した頬にも固く結んだ唇のあたりにも、いかにも健気(けなげ)なりりしさが覗いていた。

(笑顔の可愛い娘は多いが、真剣な表情がこれまでに美しい娘は他に知らぬ)

一徹はひそかにそんな思いを嚙み殺しながら、口を開いた。

「この館には、兵蔵以下五、六名の兵しか残せませぬ。それゆえ、姫にもいくさの支度をしていただきましょう。まず女子供のうち、足手まといになる者は残らず館より遠ざけられたい。その後、堀に架かる橋を落とし、門を閉ざして守りを固められよ。ただし、篝火(かがりび)はすべて消して下され。遠くから見た限りでは、当方が奇襲の計画を察知していないと高橋勢に思い込ませることが、何よりも肝要でござる」

「分かりました。それで、石堂様はどうなされます」

「拙者は、可能な限りの手勢を率いて、高橋勢に奇襲を掛けまする」

若菜は耳を疑うように大きく目を見開いたが、やがてそのふくよかな頰に、この場には不似合いなほどの明るい微笑が浮かび上がった。

奇襲を掛けるどころの話ではない。高橋広家の方から奇襲を掛けてきたからこそ、このような騒動が持ち上がっているのではないか。殺到して来る高橋勢をどうやって防ぐか、誰もが動転して色を失っている中にあって、ただ一人平然として攻勢をとろうとする一徹の発想が、若菜には何かしら楽しいものに感じられたのである。

「それしか策はござらぬ。そしてこの一徹が指揮を執る以上は、十中八、九まで御味方の勝ちでございましょう」

一徹は兜の忍び緒を固く結び、余った紐（ひも）を小刀で切り落とすと、六蔵の差し出す大文字の豪刀を無造作に背負った。

黒糸縅の鎧を着、三日月をうった黒漆塗り（こくしつぬ）の兜をかぶった黒ずくめの一徹の姿は、もともとが並外れた巨大漢なだけに、こうして唇を引き締めて仁王立ちになると、まさに部屋を揺るがすような威圧感に溢れていた。

「しかし、勝負は水もの。万が一御味方が敗れた時には、御覚悟をしていただかなければなりませぬ」

「分かっております」

「万福丸様のことも」

「はい」

落ち着いているというよりは、うろたえることを知らない娘なのであろう。この非常事態に際しながら、若菜の挙措動作には少しの高ぶりも動揺の色も感じられなかった。

黒目勝ちの瞳にひたむきな光を湛えて、瞬きもせずに見詰める若菜の姿に、一徹は不意に一種の感動を覚えた。

この透明な感性を持つ娘は、もし自分が敗れた時にも、やはりこのような清冽な表情を浮かべたまま誰を恨むこともなく静かに死んでいくだろうと思われたのである。

一徹は若菜に一礼して、庭に下りた。まだ西空にわずかに明るさが残っているが、すでにあちこちに篝火が焚かれ、人影が動いていた。

吉弘が遠藤勢の精鋭を率いて出陣しているだけに、今、留守居番として館に残っているのは服部良蔵とその一族郎党しかいない。

そのどれもが、顔色がひどく青い。一徹はゆったりとした歩調で、無言のまま庭の中央に歩み出た。

威風は争えない。一徹が凛とした気概を双眸に込めて眺め渡すとともにざわめきは一度に止んで、十名の兵は思わず粛然として隊伍を組んだ。

一徹は一同の不安に満ちた表情を眺め渡しながら、初めてよく通る錆びた声で命令を下した。

「高橋広家が、夜討ちを掛けて参る。されば我らはその裏をかき、高橋勢を行軍の途中に急襲して、散々に叩き潰してくれようぞ。遥か四里の夜道を駆けてわざわざ首を届けに参るとは、高橋広家もまことに殊勝な男ではある」

一徹の異様な迫力を湛えた武者姿に触れ、その確信に満ちた言葉を聞いても、兵達の心はなお静まらなかった。この摩利支天のような大男にたとえどれほどの武勇があるにしろ、たったこれだけの人数で何ができるというのか。暗い沈黙の中で、篝火が風に巻かれて大きくはぜた。

しかし、一徹は不安に打ちひしがれたそんな空気を一切意に介さず、落ち着き払ってさらに続けた。

「出陣の前に、ひと働きしてもらいたい。今、金原兵蔵に命じて人数を集めておるが、その者達につかわす米をこの場に積み上げておかねばならぬ」

一徹は兵蔵を呼ぶと、館の裏手の兵糧蔵に案内させた。田植えが済んで間もない今は、まだ去年の年貢の米俵が蔵の半分を占めて積み上がっていた。

米俵は一俵が十六貫（六十キログラム）あるので、屈強な男でも腰に力を入れないと簡単には持ち運べない。他の者達は慎重に一俵ずつ肩に担いだが、一徹のみは無造作に両手に一俵ずつを提げて歩き出した。

一同が兵糧蔵と庭とを二往復したあたりから、早くも口上を聞いた近隣の者が三々五々姿を見せ始めた。年寄りや子供もいるが、壮年の元気な者もかなり混じっている。

「お前達にやる褒美だ。自分の分は、自分で蔵から運び出せ」

一徹にそう言われると、いい年をした老人までが目を輝かせて兵糧蔵に走った。集まってきた者の数は、小半刻(こはんとき)（三十分）も経たないうちに百を超えた。

「もう締め切りましょうか」

人数を数えていた兵蔵がそう言ったが、一徹はわずかに笑った。

「早い者勝ちと申したのは、一刻も早く人数を集めるためだ。せっかく来てくれた者を、追い返すことはあるまい」

百十俵ほどの米俵が積み上がったところで、一徹は全員をその前に集めた。村々から馳せ参じた者達は、これから何が始まるのか、興味津々といった面持ちで一徹を仰ぎ見た。

「高橋広家が夜討ちを掛けて参る」

一徹の言葉に、大きなどよめきが起きた。いくさの手伝いでは、話が違うではないか。

「心配は要らぬ。いくさは、我々遠藤家の家臣だけでやる。お前達に頼みたいのは擬勢(ぎせい)だ。つまり戦場の横手にあって松明(たいまつ)を振り回し、大声を上げて相手を震え上がらせてくれればそれでよい」

「本当にそれだけか。危ないことはないのか」

かなりの年配の男が、震える声でそう尋ねた。一徹は頷いた。

「ない。一刻の後には、間違いなくお前達はこの米俵を一俵ずつ担いで家に帰れるのだぞ」

一同は緊張した表情で、一徹とその背後に積み上がった米俵の山を見比べた。

遠藤家の領民は恵まれているとはいっても、それは毎日の食事に困らないですむということで、ほとんどの百姓にとっては、米の飯は冠婚葬祭の時、つまり儀式の日にしかありつけない貴重な食料なのである。

またこのあたりではまだ貨幣は普及しておらず、農耕の道具や衣類などの生活必需品を手に入れるには、物々交換によるのが通例だった。その際に最も尊重されるのが米で、米は食料であると同時に、何とでも交換できる大切な通貨なのだ。

その米が今、山となって目の前に積まれている。百人を超す村人達は、血走った目でその米俵を眺めて生唾を飲んだ。

これが各人に一俵を与えるという口約束だけならば、戦闘に巻き込まれるかもしれないという恐怖が先に立って、気持ちが怯(ひる)んでしまうのは避けられまい。しかしこうして宝の山を目の前にしてしまっては、欲が恐怖を凌(しの)ぐのが人情であろう。

もちろん一徹はそうした絶大な視覚効果を狙って、わざわざ庭先に米俵を積み上げて見せたのだ。

「俺は行くぞ」

誰かが叫ぶと、たちまち賛同する声があちこちから沸き上がった。隣の家の者が米俵を担いで帰るというのに、自分だけ手ぶらで戻るわけにはいかないではないか。

一徹は村の者達の気合いが揃ったのを見届けると、この百十名に、兵蔵に用意させた松明を一本ずつ持つようにと命じた。

勘定方、賄い方、作事方の十五名は館の警備に残し、一徹は服部良蔵とその一族郎党の十名、応援の村人百十名、合計百二十名を引き連れて出陣した。時刻はすでに戌の上刻（午後七時四十分）に入っており、高橋勢が到着するまでにはもう半刻もないであろう。

二

玄関の前に、たすきを掛け白い鉢巻きを締めた若菜が右手に薙刀（なぎなた）を構えて立っていた。侍女が何人かその左右を守り、金原兵蔵は番犬のようにその前に控えている。

「待って！」

目礼をして通り過ぎようとする一徹に、若菜は明るい声を掛けて走り寄った。そして体が触れるばかりに身を添わせると、いぶかしげな一徹を無視して右手を自分の頭に乗せ、そのますっと前に伸ばした。六尺を優に超す一徹とこうして並んでみると、小柄な若菜は一徹の顎までも届かず、実際若菜の三人くらいは楽にその巨体の陰に隠れてしまいそうだった。

互いの息を感じるほどの近くで、若菜は一徹を見上げてふっと微笑した。

「何と、大きいこと」

独り言のようにそう言って戻っていく若菜の後ろから、一瞬の間を置いて大きな笑いが湧き起こった。

「あの姫のなされようよ」

百姓達は袖を引き合い、大仰に体を揺すって笑いこけた。たしかに黒ずくめの一徹は、誰の目にも天を衝くばかりに大きく見えたが、その一徹と背比べをしてみるというあまりにも子供っぽい若菜の仕種は、骨が鳴るほどに緊張し切った百姓達の心さえ一気に解きほぐしてしまったのである。

一徹はこの機会を掴んで百姓を纏め、館を出た。

雲が厚く、星の光すらないまったくの闇夜である。先頭に立って一徹の馬を曳く六蔵のみが、松明に火を点けて道を照らした。しばらくは道の両側に深田が続き、やがてうっそうたる竹の林になる。その中に僅かに左右が開けた場所があり、一徹はそこで馬を止め、全員に策を授けてから二手に分けて竹林の中に散らした。

準備が整ったところで松明を消させ、自身もしかるべき地形を選んで身を潜めると、墨を流したような闇の中に、松明に火を点けるために百姓達が隠し持っている火縄の焼ける匂いが鼻をついた。

頭上の至る所で、竹の葉がさらさらと不気味なほど大きく音を立ててさざめく。風が雨気を含んでいた。

長い沈黙に耐えかねてか、誰か小声で私語する者があり、それに続いてこの場にはおよそ不似合いな忍び笑いが聞こえた。一徹の胸に、先刻の爽やかな衝撃がこころよく甦ってきた。

若菜は、皆が思っているほどには単純で無邪気な娘ではない。あの娘は出陣する者どもがあまりにも怯え切った表情をしているのを懸念し、平常心を取り戻させるために、とっさにあのような行動に出たのに違いなかった。

(味なことを)

愛馬の腹を撫でながら、一徹は唇を緩めた。そしてまた、自分があの娘の心の動きを見抜いていることを若菜の方でも分かっているように、一徹には思われてならなかった。

(あの娘と俺とは、互いに無言のまま微笑を交わし合うようなところがある。それにしてもこの一徹、妻の朝日と死別して以来、二度(ふたたび)あのような娘と巡り合えるとは思わなかったわ)

そんなことを考えながら一徹が無意識に唇を手の甲で拭った時、突然南の方角に火が動いた。それはたちまち数を増し、太い竹の間に狐火のように見え隠れしながら近付いてきた。一徹は馬を静めつつ馬上の人になり、背にした三尺に余る大文字を抜き放った。

紛れもなく、高橋広家の軍勢であった。

闇夜でもあり、また竹林を抜けると両側が深田で足元がよくないだけに、松明に火を点けているのであろう。ここまでくれば館はもう目と鼻の先で、たとえ館の者が気付いたところで、もはや防御を固める余裕はないのである。

高橋勢は、一列になって一徹の前を通過しつつあった。一間半の槍を手にした騎馬武者が先頭に立ち、徒歩の雑兵と騎馬の侍が二十人ほど続いた後に、鹿毛の優駿にうちまたがった大兵の姿が現れた。

身に着けた武具甲冑といい、悠然と構えた武者振りといい、夜目にも一軍の将たるにふさわしい武将と見て取れた。

「あれこそ、高橋広家にございます」

広家の顔を見知った伊作がささやくよりも早く、一徹は馬の腹をあおっていた。その後ろ姿を見送って、伊作は思わず息を呑んだ。

一徹は手綱を口にくわえて馬を操りつつ、丸太のような双腕で大文字の豪刀を振りかぶっていたのである。

それは、闇の中から現れた一陣の疾風であった。高橋広家にとっては、突如降ってきた白刃の光を意識した瞬間に、すべてが終わった。そして広家の二十二貫（約八十三キロ）の雄偉な体が馬の背から転げ落ちると同時に、暗い竹林の中にパッパッと光が動いたかと思うと、静まり返った周囲の闇が咆哮した。松明の光はたちまち五十になり、百を超えた。

しかもその間にも、一徹の野太い大音声（だいおんじょう）は激しく高橋勢の耳を捉えていた。

「遠藤吉弘の家臣、石堂一徹が、高橋広家を討ち取ったり！」

高橋勢に名状し難い混乱が起こった。待ち伏せされたと直感したその瞬間から、高橋勢は軍団としての統制を失ってしまった。

遠藤勢がこうして待ち構えている以上は、今晩の奇襲はとうに敵方に情報が漏れてしまっていたのであろう。吉弘は神戸村に釣り出されたと見せかけて、昼間のうちに館にとって返し、手ぐすね引いて竹林の中に潜んでいたのに違いあるまい。

だとすれば、兵力が百三十対百二十と拮抗している上に、戦闘が始まった瞬間に早くも大将の広家が討たれたとあっては、地理に暗い高橋勢に到底勝ち目はない。

今や燃え盛る火勢は竹林の中を激しく左右に動き回り、百姓達の上げる大声が高橋勢の動揺をいやが上にも煽り立てた。

一徹は今、全力を挙げて高橋勢に大きな幻覚を与えようとしていた。目くらましのたねは、相手の恐怖心を煽り立てることに尽きる。いったん魂が宙を飛ぶほどに竦み上がってしまえば、松明を振り回している者達が武装していないことにも気付かず、雑然とした大勢の叫び声もが厳しく訓練されたそれとなって耳に轟き、一徹が三人も敵を切り伏せれば、相手は十人も討たれたように錯覚するであろう。

しかし、高橋勢を鉄板の上で炒られる豆のような状態に追い込んでおくためには、絶えず新しい薪を投入しなければならない。

黒ずくめの戦装束を利して周囲の闇に溶け込んでいる一徹は、めぼしい騎馬武者を見掛けると、突如闇の中から馬を躍らせては一撃のもとに大地に叩き落とし、瞬時にまた闇の中に消えた。そして馬首を巡らす度に、錆びた声を張り上げて叫んだ。

「石堂一徹である。手向かう者は、容赦せぬぞ」

普段は戦場で名乗りを上げないこの男だが、今のこの局面では、幾多の功名に血塗られた石堂一徹の名前は、百人の手勢にも増して相手を威圧するに違いあるまい。

一方で六蔵は、服部良蔵以下の十人を率いて闇の中に潜んでいた。そして、一徹が騎馬武者を倒すのを見るとわっと喚いて走り寄った。主人の救出に駆けつけた郎党どもを六蔵、服部良蔵、その弟の重蔵、嫡子の竹蔵が防いでいる間に、残り七人の郎党が地面に落ちてもがいている騎馬武者を押さえ込んでは、止めを刺した。郎党達の反撃が手強かったり、目当ての武士にまだ充分な戦力が残ったりしている場合には、六蔵は即座に、「退け！」と命じて兵を散らした。

ここで足を止めて戦っていれば、近くにいる高橋勢がすぐに加勢に押し寄せてくるであろう。そして本格的な戦闘が始まってしまえば、武装をした兵力が僅かの遠藤勢の手にまったく勝ち目はないのである。一徹とともに戦場を往来すること二十年、こうした場合の進退の呼吸は、六蔵には考えるより先に体が動くまでに手馴れたものであった。

こうして三人目の敵を倒した時、相手の顔を改めた郎党の一人が驚きの声をあげた。

「これは、高橋利家ではないか」

利家は広家の弟であるが、猛牛の角を両手で摑んで捩じ伏せるほどに力が強く、その勇名はこの近郷では知らぬ者もない。先刻高橋勢の先頭を切って通過して行った利家は、後方で騒ぎが起きたのを知って急遽馬を返して駆けつけたところを、これまた一徹の闇討ちを食らって、太刀を合わせる暇もなく馬から転げ落ちてしまったのであろう。

郎党の声を聞いた六蔵は、とっさに大声を張り上げて呼ばわった。

「鈴村六蔵が、高橋利家を討ち取ったり！」

この六蔵の言葉は、高橋勢に二重の大きな衝撃を与えた。

一つ目はもちろん、首将の広家に引き続いて攻撃の要（かなめ）とも言うべき利家までもが討たれてしまったということであり、二つ目は遠藤勢には石堂一徹の他にもまだ、利家を倒すほどの剛の者がいるという驚きであった。

ここにいたって、高橋勢は崩れに崩れた。一人が退けば、もう収拾がつかなかった。ここは敵地の真ん中であり、取り残されれば死ぬよりほかはないのである。そして踏みとどまって態勢を立て直そうとする者は、次々と一徹の大刀の前に倒れ去っていった。

戦闘には、小半刻（三十分）も掛からなかったであろう。百姓達が竹林の中から煤（すす）けた顔を並べて出てきた時には、すでに道に高橋勢の松明の光は見えず、あちこちに敵の武者の死体が散乱しているばかりであった。

「石堂殿は、草を刈るようなたやすさで敵を討たれる！」

しかし一徹は、百姓達の素朴な賞賛を受けても少しも喜びの色を見せず、服部良蔵の郎党の中から足の達者な若者を選んで指示を与えた後、ただちにまた馬を曳かせた。

「急いでむくろを取り片付け、火の始末をせよ。拙者はひとまず館へ次第を報告し、すぐに戻って参る」

一徹が命じておいた通り、すでに橋は落とされ門も固く閉ざされていたが、塀の上から誰かが一徹の姿を認めて、急いで門を押し開いた。一徹は逞しい黒鹿毛の馬を躍らせて、三間（約五・四メートル）の堀を飛び越えた。

乏しい灯の点る式台に、女中達を後ろに従えて若菜が立っていた。一徹は巨体を揺すって馬を降りた。

「ご安心下され、いくさは御味方の勝ちでござる。高橋広家、利家の兄弟は、もはやむくろになっております」

金原兵蔵は目を剝いた。高橋広家は十年以上も抗争を続けている宿敵であり、その手強さが夢でうなされるほどに骨身に染みている兵蔵にとっては、一徹がこの難敵を比較にもならない劣弱な兵力で一蹴したとは、どうしても現実のこととして理解できなかったのである。しかも豪勇の誉れ高い利家までも倒しながら、この無表情の大男は息遣いさえ乱していない。

「人間業とは思えませぬ」

若菜はそう言いながら、澄んだ微笑をその頰に置いた。いつもはもっそりとした暗い表情を保っている一徹が、今日ばかりは躍動するまでの覇気を全身に漲らせているのが、この娘にはたまらなくおかしく感じられたのである。

「さぞ、お疲れでございましょう。早速広間に酒宴の用意をさせますほどに、上がって休息なさいませ」

「そうしてはおられませぬ」

一徹は強い光に満ちた目で、若菜を見た。

「これは千載一遇の好機でござれば、拙者はこのまま高橋勢の後を追い、中原城を強襲したいと存ずる。幸い殿のおられる神戸村は中原郷との境に近く、連絡(つなぎ)さえ取れれば、我らと前後して中原城に到着することができましょう。すでに使者を放ってござれば、我らも闇を掠めて急行せねばなりませぬ」

「このまま中原城を攻めると申されますのか！」

「左様。遅くとも明朝までには、中原城は殿のものとなりましょう」

平然として言い放った一徹の大言は、たった今赤子の手を捻るようにして高橋兄弟の首を討っているだけに、異様な重みをもって人々の胸に響いた。

「姫、吉報をお待ち下され。では、御免」

遠目には黒と見えるほどに濃い鹿毛の馬に跨がった一徹の耳に、若菜の明るい声が届いた。

「石堂様、御武運を！」

一徹は馬首を巡らして若菜の方に向き直ると、珍しく頬を緩めて静かに言った。

「先ほどからの立ち居振るまい、お見事でござる」

その言葉に込められた強い親しみの情に気が付いた者は、恐らくは若菜ただ一人であったろう。

「いいえ、自分では落ち着いているつもりでおりましたのに、身支度をする時ふと気が付きましたら、右足に両方の足袋を穿こうとしておりました」

若菜がこぼれるような微笑みを浮かべた時には、一徹の長身はすでに堀を躍り越えて深い闇の中に呑まれていた。

三

遠藤吉弘は、中原城の手前五町のところで馬を止めた。どれほどの軍勢が城を囲んでいるのだろうか、山麓のあちこちにおびただしい篝火が焚かれて、松明がしきりと動いていた。

しかし物見の者の注進によれば、それは石堂一徹の手勢であった。一足先に城下に到着したあの男は、暗夜なのを幸い七十名ばかりの小勢を二倍にも見せながら、盛んに敵を威嚇していたのである。

吉弘は馬を走らせ、やがて一際大きな篝火の傍らに、仁王像のように屹立（きつりつ）している一徹を見出（みいだ）した。黒糸縅の鎧に身を包んだ一徹の姿は、普段よりも確実にひと回り以上は大きく見え、その冴えた眼光には思わず吉弘の居ずまいを正させるほどに凄味が溢れていた。

一徹は、落ち着いた声で今までの状況を語った。あらましはすでに使者から耳にしていたが、極度に言葉を惜しんだこの男の話を聞いていると、その態度に少しも昂ぶったところがなく、吉弘は改めてこの巨大漢の知勇に舌を巻くほかはなかった。

「高橋勢を撃退した後、すぐにこの機に乗じて中原城を落とすことを思い付き、応援に駆けつけてくれた村の者達にこう申したのでござる。

『これから高橋勢の後を追って中原城まで足を延ばしたいと思うが、付いてきてはくれぬか。褒美として、さらに米一俵を取らすぞ』

四里の夜道を駆けるとあって、体力に自信のない者は辞退いたし、六十名が付いて参ってござる。従って殿には無断で、百七十俵の米を百姓どもに下げ渡す約束をしてしまっておりまする。まことに申し訳ござらぬ」

吉弘は、鷹揚に微笑して言った。

「一徹の活躍がなければ、兵糧蔵にあったすべての米は、今頃は高橋勢の手に落ちたに決まっている。それがわずか百七十俵の米で一兵も損せずに高橋を討ったとなれば、こんなに安い買い物はあるまい。さて、これからどうする。皆殺しにしてくれるか」

一徹の報告を受け終わった吉弘は、燃え上がる血を抑えられずに目を輝かせた。

高橋広家は長年にわたっての宿縁がある強敵であり、弟の吉明を失ったのも、この高橋勢との小競り合いによるものだった。広家の所領は吉弘に勝り、それだけに常に苦戦を強いられてきた。吉弘は、いまや高橋勢を一気に壊滅させられると考えただけで、手足が勝手に躍り出すような興奮を覚えずにはいられなかった。

「いや、それは得策ではありますまい」

しかし一徹は吉弘のそんな胸中など素知らぬ顔で、慌ただしく火の動く城内を眺めやった。

「小なりといえども堅固な山城、強攻すれば多くの御味方を損じましょう」

高橋勢は当主の広家が首将となり、武勇では並ぶ者もない利家が先鋒を務めるのが常のいくさ振りなのである。その両将はすでに討たれ、子供達は幼く、一族にも将才を備えた人材は見当たらない。となれば高橋勢は、もはや軍団としての機能を喪失しているのに違いあるまい。

そこへ、この無数の火の海である。城内の武士達の動揺は、推して知るべきものがあろう。

「降伏する者は、すべてお許しなさりませ」

一徹は静かな、しかしきっぱりと断定する口調で言葉を続けた。

「殿、考えてもみなされ。この中原城を攻略すれば、殿は一万石近い大身でござるぞ。

それだけの領地を維持していくのに必要な兵力を、殿はどこから調達なさるおつもりでござるか」

吉弘は背筋に冷水を浴びせかけられたように、一瞬にして酔いが醒めた。「皆殺しにしてくれるか」という台詞(せりふ)は、高橋広家に頭を抑えられていた重圧感から解放されたうれしさがふと言わせた言葉で、冷静さを取り戻しさえすれば、吉弘にしてもそんな無謀な行動に出るわけもない。

しかしそれにしても、いくさの前の高揚した緊張が渦巻く中にあってこの無表情な大男だけはすでに勝敗の帰趨を見通し、さらにその先の領地経営に思いを馳せているのである。

また誰かが薪を投げ入れたのか、火の粉を噴いて燃え上がる炎を受けて、一徹の厳しく引き締まった顔は鬼のように赤く染まっていた。

一徹は吉弘の許しを得て使者となり、城門の前に立って城兵に降伏を説いた。六蔵の掲げる松明の光に一徹が手にした二つの首級が浮かび上がり、それがつい先刻まで自分達の主君であった広家と利家のそれだと認めた時、城兵は自ら城門を開いて吉弘の軍を迎え入れた。抵抗の姿勢を示した数人の武士は、城兵自身の手によって切られた。

父の代から死闘を繰り返してきた吉弘にとっては、事実を眼前にしながらなお信じられないほどそれはあまりにあっけない落城であった。

城内の兵には叛意はなかった。高橋の縁に繋がる者が次々と殺戮されていくのを、城兵達は眉一つ動かさずに見ていた。それは敗者の避けることができない運命だった。それに、城内に一徹の武勇談を知らない者はなく、それは高橋勢が豪勇無双と信じ切っていた利家を一撃で倒したという伝聞と相まって、今や息をするのも恐ろしいほどの恐怖感となって全員を包んでいた。城兵達はただ、自分が殺されないで済んだ幸運に、そっと胸を撫で下ろしているばかりであった。

吉弘が狭い城内を一通り検分し終えた頃、長い夜は山の端を染めて白々と明けようとしていた。

吉弘は広間に主だった家来を集めて、祝勝の宴を開いた。

神戸村から駆け戻ってきた八十名、横山郷から一徹に付いてきた百姓六十名、さらには降伏した百四十名の高橋勢の将士達にも、吉弘は幾樽かの酒を振る舞うことを忘れなかった。

奇妙な宴会が始まった。勝ちいくさの後の祝宴ともなれば、酔うにつれて座は乱れに乱れ、ついには座敷の床板を踏み抜くほどに荒れるのが通例なのに、今日ばかりはどうにも勝手が違った。

何しろ、ここに集まっている二十名足らずの顔触れの中で、実際に得物を振るって敵を倒したのは石堂一徹ただ一人なのである。主君の吉弘を含めてあとの者は寝付いたところに一徹からの急報を受け、息せき切って中原城まで駆け付けてみれば、城兵が自分で門を開いて降伏してしまっただけのことに過ぎない。

高橋との長い因縁を思えば、これはあまりにも無造作過ぎる結末であり、こうして酒を酌み交わしていても、勝利の実感など湧いてくるべくもなかった。

それだけではない。もしここで一徹がその錆びた声を張り上げ、高橋勢を逆に奇襲によって打ち砕いた顚末を得意気に物語れば、広間はやんやの喝采に満ち、座は一気に勝ち祝いにふさわしく賑やかに沸き返ったことであろう。

一徹がこのいくさで見せた鮮やかな手腕は、どんなに誇っても誇り足りないものと言ってよく、またこのような功名談こそは人々の最も愛好するものなのである。しかし一徹は、かたくななまでに自分の功績を語らない男であった。

「拙者も、列席せねばなりませぬか」

祝宴の誘いを掛けられた時、一徹が僅かに見せた困惑の表情を吉弘は忘れることができない。

「この城下に殿が間者を放っておかれたことが、何よりでござった。あの伊作の通報がなければ、恐らく今頃は高橋広家が、遠藤家の館でこのように酒宴を催しておりましょう」

この戦闘について、一徹はそれだけを論評した。広家を討ち、利家の首を得たことも、この男の固く引き締まった頰を緩めるには何の力にもならなかった。

一徹は戦場とは別人のように寡默であり、その顔には相変わらず摑みどころのない暗い憂いが刷かれているばかりであった。感情を表に出さないというよりは、一徹には喜びとか悲しみという情念そのものが欠落しているように誰の目にも映った。

酒は強い。ほとんど表情を持たないこの男は、飲むほどにますます凄絶な鬼気を全身に漲らせながら、ただ静かに杯を重ねていた。

これではならぬ、吉弘は焦った。今日のいくさでたった一人の功労者である一徹がこの有様では、宴が盛り上がるわけがないのである。

（一徹、もっと弾め！）

それが、将たる者の務めではないか。たとえ敗北を喫しても、なお笑いを忘れぬほどの不屈の明るさがあってはじめて、家臣達の心を繫ぎ留めることができるのだと吉弘は信じている。

だが、心中で舌打ちしながら祈るような気持ちで一徹を見ても、時折り吉弘に投げる一徹の視線はあくまでも冷え冷えとしていた。

（俺はいくさをしてきたのだ。座を賑やかにするくらいは、お前がやれ）

　一徹がそう突き放しているようにも思えて、吉弘はさらに苛立たしく唇を噛んだ。

「今回のいくさは、石堂殿が手柄の独り占めでござるな。何しろあの高橋広家、利家二人の首級を挙げたのじゃから」

　すでに首筋までを赤く染めた越山兵庫が、吠えるように叫んだ。

　大柄で赤ら顔のこの男は、筆頭家老という立場もあって普段から家中の者すべてを面と向かって呼びつけにしている。しかし一徹がその比類ない知勇を発揮して見せた今となっては、五歳年下のこの大男を『殿』を付けて呼ばなければならない無念さが、その言葉の端々にこもっていた。

　一徹はぎろりと底光りのする眼で、越山兵庫を見返して言った。

「いや、今回手柄を立てたのは、何と言っても伊作であろう。あの者が高橋勢の出陣を知り、出立の時刻までを聞き出して館に急報したからこそ、この勝利が得られたのだ。強いて貢献度の重み付けをするならば、伊作が十のうちの八、竹林で待ち受けた拙者以下の十二名が二に過ぎぬ」

「馬鹿馬鹿しい、伊作などに何の功がある。伊作が誰の首を取った。地面に落ちた武者に止めを刺しただけの郎党どもに、何の手柄がある」

「そうじゃ、そうじゃ」と、あちこちから兵庫の言葉に賛同の声が上がった。当時の武士達にとっては、敵の大将の首を討つことこそが最高最大の手柄だというのは、誰一人疑う余地もない常識なのである。

「あの奇襲に当たっては、拙者は相手の騎馬武者を一撃で叩き落とすのが役割、六蔵以下の十一名は地上に落ちた武者に止めを刺すのが役割、竹林の闇に潜んでいた百姓は、松明を振り回し、大声を上げて高橋勢を恐怖のどん底に追い込むのが役割である。全員が持ち場持ち場でそれぞれの役割を完璧に果たしたからこそ、あの勝利があったのだ。皆の働きに、優劣などない」

「馬鹿な」

なおも兵庫が喚きかかろうとするのを、吉弘は手を上げて押し留めた。

一座に居並ぶ者達の表情はほとんどが兵庫に味方するものであり、一徹の主張は誰の心にも届いていないと思われたからである。ここで議論を終結させてしまわなければ、せっかくの大勝も家中に余計な波風を立てるばかりとなろう。

「一徹の謙遜も度が過ぎよう。あのような絶体絶命の窮地に置かれながら、逆にそれを利して敵城を抜くなどという奇計は、一徹の他には到底思い及ばぬ。まして独力でそれを成し遂げるなど、まさに前代未聞の功名であろう。

この大功には、何としても報いねばならぬ。そうだ、何なりと望みのものを申してみよ。この吉弘の手にあるものならば、誓って一徹に進ぜようぞ」

吉弘の言葉に、ようやく広間にどよめきが起きた。一徹の無欲は知らぬ者もないだけに、かえって一体何を望むのか、人々の好奇心を誘った。迷惑そうに眉を寄せた一徹の瞳に、不意に蛍のような強い光が宿った。

「何なりと、と申されるか」

「おう、左様じゃ」

「ならば、若菜殿を頂戴致したい」

あっと、吉弘は息を呑んだ。相変わらずの無表情のまま、不気味な威圧感を湛えて一徹はじっと吉弘を見据えた。吉弘はただ絶句するばかりであった。

若菜には、まだ婿と決まった男がいるわけではない。しかし親として吉弘がひそかに心に描いているあの娘の婿とは、爽々（そうそう）とした風韻をもつ涼やかな武将でなければならなかった。

いかに一徹が勇略に優れているとはいえ、その陰鬱な面構えは桃の花のような若菜の愛らしさと比べるにはあまりにも暗く、人の心を自然と高揚させるような華やかさがまったくなかったのである。また年齢からみても、若菜と一徹では倍ほども離れているではないか。

（若菜はやれぬ、あの可愛い娘を戦功の褒美とすることはできぬ）

と吉弘はうめくように思った。吉弘は自分の目から見てもでき過ぎたこの娘が、年を経た猛虎にも似たこの男の獣欲の生贄（いけにえ）になる場面を想像しただけで、背筋が寒くなるような戦慄を覚えた。

「若菜はやれぬ」

吉弘は、強いて笑顔を作ってみせた。

「あの娘には誰とは言えぬが、すでに決めた男がある」

人々は息を殺して、吉弘の顔と一徹の広い背中を見比べた。

吉弘の言葉が嘘であることは分かり切っていたが、遠藤家の家臣達の誰にとっても若菜はあこがれの的なのであり、この得体の知れない流れ者にさらわれてしまうことなど、とても受け入れる気持ちにはなれなかった。

人々の理解を超えた大才を持つこの男を、家臣達は無意識のうちに白々しい感情で眺めるようになっていた。

一徹は何の感情も示さないまま、黙って頭を下げた。それは吉弘の言葉に納得したようでもあり、またさらに重ねて懇望を続けているようにも思えて、吉弘は焦った。

「そうだ、あれを一徹に進呈いたそう。誰か、高橋の娘をこれへ連れて参れ」

高橋の血を引く者は、夜明け前にことごとく討たれていたが、広家の上の娘だけは吉弘がその美貌に目を留めて、命を助けて監禁してあったのである。娘は、すぐに荒くれた男どもの手で広間の板敷きに引き出された。

年の頃は十六、七歳であろう。濃いまつげから肉の薄い頬にかけて、いかにもひ弱なかげりがあり、それは触れれば折れそうな華奢(きゃしゃ)な体つきとともに、この娘の楚々とした印象を形作っている。血の失せた顔は透き通るほどに青く、長い髪が腰のあたりにまで乱れていた。

思いも掛けない運命の激変にもはや刺激に反応する気力も消え失せたのか、娘は横座りに投げ出されたまま、ただ僅かに肩を震わせるばかりである。

「どうだ、まぶい娘であろうが。可愛がってやるがよい。いや、それにしても惜しいものだ」

吉弘は意識してくだけた調子で言った。広間はまたどっと湧いた。吉弘が胡蝶(こちょう)という この娘を今日の夜伽(よとぎ)をさせるために生かしておいたことは、誰の目にも明らかだったからである。

「有り難く、お受け致す」

しかし一徹の声には、隠しようのない失望がこもっていた。一徹はのっそりと歩み寄ると、猫を摑むようなたやすさで娘をその両腕に抱き上げた。胡蝶は体を捩じってもがいたが、もとよりこの巨大漢にとっては蚊が刺すほどの抵抗でしかない。

「御免」

一徹は吉弘に一礼し、娘を抱いたまま広間から退出した。

「まだ夜が明けたばかりでござるぞ」

「さて、石堂殿は今度はどのように首級を挙げられるやら」

一徹の背中にそんな声が飛びかい、野卑な哄笑が渦を巻いた。一徹の表情は、いつにもまして厳しい。


城内のあちこちで雑兵達が車座になって酒盛りをしている中に、一徹はやがて無人の一室を捜しあてた。女中部屋ででもあろうか、日も差さない暗い小部屋の片隅には粗末な夜具が敷かれており、その上に花模様の小袖が脱ぎ捨ててある。

静かに夜具の上に下ろされた娘は、体を硬くして壁際ににじり寄った。

「安心するがいい。何もいたさぬ」

一徹は低い声でそう言いながら、板の間にゆっくりと胡坐をかいた。

「いずれ、どこかしかるべき所へ落として進ぜよう。だがしばらくは、ここにおとなしくひそんでいてもらわなければならぬ。部屋の外には狼がおるでの」

「……」

「わしがそなたの父を討たなければ、そなたの父がわしを討ったことであろう。だが、そうは言ってもそなたの恨みは晴れまい。今は生きる力のすべてを込めて、このわしを恨むがよい。思えば、互いに因果な業を背負うて生きているものよ」

一徹の言葉はそこで切れた。じっと身をすくませていた娘が、ようやく一徹の方に顔を向けたのは、穏やかな寝息を耳にしてからであった。見ると、一徹はいつか横になって眠っていた。

『今は生きる力のすべてを込めて、このわしを恨むがよい』

胡蝶はじっと一徹の顔を見詰めながら、その言葉の持つ哀しい響きを痛いほどに噛み締めていた。

胡蝶も、乱世に生まれた娘である。いくさに敗れた時に女がどんな目に遭うかは、分かり過ぎるほどに分かっていた。それだけに、こうして一指も触れずに眠っている一徹の態度は、放心状態から覚めやらないこの娘にも一種の感銘を与えずにはおかなかった。

(不思議なお方だ)

娘はそう思いながら、そっと近付いて一徹の体に夜具を掛けた。

四

道の両側のぶなや楓の新緑が、朝日を浴びて目に染みるほどに鮮やかであった。その匂うばかりの緑の中を、遠藤吉弘は石堂一徹と肩を並べて馬を進めて行く。

二百名の遠藤勢は、ここからほど近いつつじヶ原で不破左近(ふわさこん)の勢と決戦すべく、進軍の速度を速めつつあった。

吉弘自身は、当初から不破との戦いを望んでいたわけではない。不破左近は野獣のように獰猛な男で、いくさとなれば決まって先頭に立って突進し、その爆発的な破壊力で一気に勝負を決することで知られていた。こうした狂気に満ちた暴力を武器とする武将は、性格が温厚な吉弘にとっては最も苦手とするところであった。

それでも、これまでは高橋領が間に存在したために、吉弘は直接不破左近とは戦わないで済んでいた。しかし高橋家を滅ぼした今は不破家と領地を接することになり、左近との決戦は避けられないものと覚悟せざるを得ない。

ところが思いがけないことに、吉弘が中原城に移って間もなく、不破左近の方から本領安堵を条件に臣従を申し入れてきたのである。

左近としてみれば、遠藤吉弘は高橋広家を討ってその兵力は二百六、七十にも達し、左近のそれの倍に近い。しかも中原城を奪取した石堂一徹の武略は、実態に輪を掛けて左近の耳に届いている。

内政に定評のある遠藤吉弘に、武名並ぶ者もない石堂一徹が手を貸しているとなれば、まさに鬼に金棒と言うべきであろう。ここは身を屈してでも吉弘に臣従するほかはないと、不破左近は考えたに違いない。

吉弘はその提案に乗り気になった。左近の突進力は敵とするならまことに手ごわいが、それだけに味方の先鋒としてはこれほど心強い戦力はないであろう。一兵も損ずることなく不破家の軍勢が傘下に加わるというのだから、吉弘にとってはこんなにうまい話はない。

しかし、一徹はその提案を一蹴した。

「あの不破左近という男は、何事につけても独断専行が目立ち、家中の評判もよろしくない。あの男が遠藤家の軍勢に加わったとしても、素直に殿の采配に従って動くとはとても思えませぬ。必ずや、さきざき遠藤家の災いとなりましょう」

しかしそれは表向きの理由で、一徹が不破を討たなければならないとする真意は別にあった。

本領安堵となれば不破家の領内では今まで通り左近が支配権を持ち、吉弘が内政に口を挟むことは許されない。不破領からは、一粒の米も遠藤家にはもたらされないのである。

不破左近が請け負わなければならないのは、遠藤家から送られてくる陣触れに応じて百三十名の手勢を率いて参軍し、吉弘の指揮下に入って手弁当で戦うことだけなのだ。しかもその百三十の兵力はあくまでも左近の軍勢であって、吉弘が直接命令を下すことはできない。

今後遠藤家が大を成していくためには家中が一枚岩でなければならず、こうした異分子を抱え込むことは決して望ましいこととはいえまい。

ここで不破左近を追放して吉弘が左近の直轄領を自分のものとすれば、遠藤家の領地が広がり、その分年貢が増えることになって遠藤家の基盤はいっそう堅固なものとなるであろう。

しかも左近には財を貪る悪い癖があり、領民から搾取して恨みをかっているのが実情ではないか。吉弘が得意の内政手腕を発揮して善政を施せば、領民は声を上げて喜びこそすれ、反抗する者は一人もあるまい。

不破家の家臣については、高橋家の場合と同じく降伏するものはすべて許して本領安堵すると触れを出せば、競って吉弘のもとに集まってくるであろう。百三十名の顔触れは同じでも、今度は遠藤家直属の兵力であり、吉弘の采配が直接軍勢の隅々にまで行き届くことになる。

「あとは不破左近をいかにして討ち果たすかという策でござるが、それは拙者にお任せあれ。なに、ああいう暴れ武者はやることが決まっているだけ、御しやすいものでござるよ」

一徹の自信に満ちた言葉を聞かされては、吉弘は一抹の不安を覚えながらも頷くほかはなかった。

一徹は吉弘の了解を得た後に、不破左近の使者にこう申し渡した。
「臣従は認めぬ。不破左近は三日のうちに屋敷を明け渡し、どこへなりとも落ちるがよい。この返答に不服ならば、三日の後、つまり五月十五日の午の刻（正午）に関ヶ原であい見えたいと、左近に伝えよ」

不破左近のような血の気の多い人間が、戦わずして屋敷を明け渡すなどという屈辱的な条件を呑むはずがない。一徹は左近を戦場に引っ張り出し、一気に決着をつける腹なのであった。

十四日の午後、吉弘は中原城の広間に主だった家臣を呼び集めた。

吉弘が上座に席を占め、家臣はその前に向かい合って二列に座ったが、左側のもっとも吉弘に近い席には石堂一徹が平然として胡坐をかいていた。

それは一徹が無禄ながらも事実上の筆頭家老だということを、無言のうちに家中に宣言する態度であった。そのことに違和感を覚える者は一人もなかった。

一徹が遠藤家に身を寄せた当初は、無禄ということもあって家中での位置づけが明確ではなく、家臣の中には単なる食客としか見ていない者も多かった。しかし中原城の奪取に際して見せた鮮やかな手腕は、一徹の評価を一変させた。

あの一夜が明けた時から、一徹の地位は吉弘に次ぐもので名目上となった筆頭家老の越山兵庫の上位にあるというのは、誰の目にも共通の認識になっていたのである。

「今日皆に集まってもらったのは他でもない。明日は、いよいよ不破左近とのいくさである。それに先立って、明日のいくさだて（作戦）について一徹から皆に説明してもらいたい」

吉弘の言葉を受けて、一徹は落ち着いた口調で話し出した。普段は寡黙なこの男だが、こと軍事の話になると言葉が流れるように溢れ出してくるのが、人々を驚かせた。

「この信濃の国は、いまや風雲急を告げておる。北信濃の村上義清、中信濃の小笠原長時、南信濃の武田晴信、この三人がいずれも信濃全土を我が物にせんと、火花を散らして争っておるのだ。この中で、最も警戒すべきは武田であろう。遅くとも二、三年の間には、武田は中信濃に兵を進めるに違いない。そうなれば、この遠藤家も今までのようにどこにも属さずに高みの見物を決め込んでいるわけにはいかぬ。

武田に臣従するか、小笠原に協力するか、村上と手を組むか、それはその時の情勢次第で今は何も言えぬ。しかしはっきりしているのは、その時までに遠藤家をできる限り大きくしておかなければならぬということだ。遠藤家の兵力が百名か千名かで、相手の扱いはまったく違ってくる。現在のままでは恐らくは誰からも黙殺され、敵の軍勢に踏みしだかれるのが落ちであろう。従って、今後は一日を惜しんで遠藤家をいかに膨らますかに尽力せねばならぬ。そのためには周囲の敵を次々と討ち滅ぼさねばならぬが、その際に皆に肝に銘じておいてもらいたいことがある」

一徹は、整然と並ぶ武士達を眺め渡しながら続けた。

「皆は今まで、いくさといえば各人が目の前の敵を倒すことに専念し、そうした各人の働きを寄せ集めたものが勝敗を決するのだと思っていたであろう。しかし、そんな子供が田圃のあぜで棒切れを振り回して叩き合うようないくさぶりでは、村上とも小笠原とも武田ともとても戦えぬ。皆は、武田勢の戦いぶりを見たことがなかろう。五千、一万の軍勢が大将の采配のもと、整斉としてひた押しに押してくるのだ。そしてどこかの一手が敵の手で突破されそうになると、すかさず本陣で鉦(かね)や太鼓が鳴り、同時に赤母衣(あかほろ)の伝令が馬を走らせ、後詰の軍勢の一手が動いて苦戦している部隊の援軍となり破綻はたちまち修復されてしまう。

もちろん戦況は千変万化するが、それに応じて大将の采配は絶えず振られて指令を出し、全軍はそれに応じて一つの生き物のように動く」

武士達が息を呑むのが、一徹の座るあたりにまで伝わってくる。

「我らは今後、そうした敵と戦わなければならぬのだ。今までのような各人の勝手気ままないくさでは、到底勝つことなど覚束(おぼつか)ぬぞ。角力(すもう)をとる時のことを考えてみよ。手足がそれぞれに連携して動いてこそ、技が決まるのだ。手足がめいめい勝手に動いていては、自分の身が立っていることすらできぬであろう。そこで明日のいくさからは、殿のおられる本陣からの指示によって全軍が手足となって動く訓練をいたしたい。そもそもいくさだてとは、いかに味方の犠牲を少なくして、楽に敵に勝つかを追求して決めるものでなければならぬ。これから明日のいくさだてを説明するが、皆も明日は黙ってこの策に従ってもらいたい。さすれば、いくさがこんなに楽なもので、誰もが命を落とさなくて済むものだと実感できるであろう」

一徹はここで言葉を切り、村山正則に合図をして、二列に並んだ一同の間に大きな紙を広げさせた。それは、翌日のいくさの戦場となるつつじヶ原の地図であった。一徹はさらに、白と黒の碁石をそれぞれ二十個ほど手元に用意させた。

「つつじヶ原は、この中原城からは一里の西、不破の館（上田市鹿教湯（かけゆ）温泉近辺に所在）からは二里の北にある。このあたりの山野はぶなや楓、ななかまどといった林が続いているが、このつつじヶ原だけは山道の両側が開けていて、その広さは幅一町（約百十メートル）、長さは二十町ばかりはあろう。この地図は殿の座っておられる方が西で、我らは二百の兵を率いてそちらから東に向かって進む。このようにだ」

一徹は、白の碁石二十個を、つつじヶ原に向かう山道の上に一列に並べてみせた。

「相手の不破左近は、百二、三十の兵力をもって、このあたりの小高い丘に陣を張るであろう」

一徹は地図の反対側の丘の上に、今度は黒の碁石を十三個置いた。遠藤家の家中にはこのような図上演習を見た者がなく、皆目を丸くして一徹の説明に聞き入っていた。

「それではいよいよ明日のいくさだてを説明する。不破左近はおのれの武勇を頼んで常に自分が先頭に立って突進し、その一撃で相手を殲滅する戦法をとる。当然明日もその戦法は変えまい。

越山殿は七十五名の手勢を連れて右翼に、馬場殿は同じく七十五名を率いて左翼に陣を取れ。もっとも右翼、左翼と言うと、本陣を中心に大きく左右に開いた鶴翼の陣を思い浮かべるかと思うが、今回は右翼、左翼と言うも、その間隔はわずかに三間(約五・四メートル)、しかもそれぞれ四列縦隊の細くて長い陣形を取ってもらいたい」

一徹は白い碁石を草原のしかるべき地点に左右に八つずつ並べ、五個は本陣としてその後ろに置いた。

「なるほど、これは分かりやすい。戦場が目に見えるようじゃ」

人々は声を上げて感嘆した。一徹はここで近習の原田馬之介に右翼、左翼に属する家臣の名前を呼び上げさせ、この場の全員に徹底させてから説明に戻った。

「いくさは陣太鼓一つをもって型通りに矢合わせを行うが、不破左近はすぐに全軍を叱咤激励して、先頭に立って突進してくるであろう。そこで本陣では陣太鼓を二つ打つによって、右翼は右に、左翼は左に退いて道を開け、不破左近を黙って通せ」

説明に合わせて一徹は白黒の碁石を動かし、両軍の動きを図上で演じて見せた。一座の者は、固唾を呑んで一徹の手元を見つめている。

「そして左近が右翼、左翼の間を走り抜けた瞬間に、今度は陣太鼓を連打する。その合図によって、右翼、左翼は左近に続く不破勢を左右から挟み討ちにするのだ。この時、五騎、十騎の武者が包囲を突破して左近に続いても、それは一向に構わぬ。大切なことは不破勢の本隊がそこで足を止めてしまい、我が軍の右翼、左翼と戦いを始めてしまう形を作ることにある。自分に従う者がたとえ十騎になろうとも、不破左近は少しも怯むことなく目前の遠藤勢の本陣を急襲するであろう。そこで本陣に詰めている五十名のうち十名は殿の警護のために残し、残る四十名を率いてこの一徹が左近を迎え撃つ。

槍を四、五合（ごう）も合わせれば、勝負は決着する。左近の首級を得れば、本陣で鉦を鳴らし勝利の勝ち鬨（どき）を上げる。それが耳に入った時は、右翼、左翼ともにその場で兵を退け。左近が討たれたことを知った不破勢は戦意を失い、算を乱して敗走するであろう。追撃したいところだが、これは追ってはならぬ。不破家の家臣はできる限り生かしておいて、遠藤家に召し抱えるのだ」

皆は一徹の作戦の見事さに感嘆するばかりだったが、さっきから顔を真っ赤にしてもの言いたげだった越山兵庫が、ついに立ち上がって吠えるように叫んだ。一徹より五歳年上のこの男は今までは筆頭家老であったが、一徹の仕官によって実質的には次席家老に滑り落ちていた。

「いや、そのいくさだては面白からず」

兵庫は敵意のこもった目で一徹を睨みつけながら、さらに言葉を続けた。

「それでは、いくさの功名は石堂殿の独り占めではないか。我らは石堂殿の功名のために力を貸すだけで、大汗をかいても何の手柄にもならぬ。馬鹿馬鹿しくて、とてもやっておられぬわい」

「石堂一徹が不破左近のごとき木っ端武者の首級を挙げたところで、何の功名にもならぬわ」

一徹は冷ややかにそう言い切ってから、ふっと諭すような口調で続けた。

「先ほど申したように、拙者のいくさだては味方の損害を最小に抑えて、確実かつ無駄骨を折らずに勝つことを眼目としておる。皆がこのいくさだて通りに動けば、いくさには小半刻（三十分）も掛からずに、味方の大勝利に終わるであろう。それだけのことで、遠藤領にさらに五千石近い新領が加わるのだ。皆、心して働くがよい」

兵庫はまだ何かを言いかけたが、吉弘がそれを制して一座の顔を眺め渡して言った。

「皆もまだ得心の行かぬこともあろう。だが一徹は、世に知られたいくさ巧者じゃ。ここは一つ、明日は一徹のいくさだてに従ってやってみようではないか」

軍議はこれで終わった。しかし居間に戻る吉弘の胸中には、越山兵庫のいかにも不満に満ちた態度が繰り返し浮かんできて、いやな予感がしてならなかった。

五

つつじヶ原に向かう遠藤吉弘と石堂一徹の前に、土埃を掻き立てながら馬を飛ばしてくる男があった。高橋勢の奇襲を急報した、あの伊作である。

いや、今はもう伊作ではない。中原城を奪取した後の論功行賞で、一徹の強い推挙によって伊作は馬廻（うままわり）の小者から一躍三十石取りの士分に抜擢されたのである。そればかりか、これも一徹の提案で偵察方（ていさつがた）という情報収集を担当する新しい部署が設けられることになり、伊作はその責任者に据えられたのだ。

士分ともなれば、まず姓を考えなければならない。伊作は自分ではどうしていいのか分からずに、吉弘によい名を選んでくれるようにと頼んだ。

吉弘はしばらく考えていたが、やがて笑って言った。

「お前は、四里の夜道を駆け通して士分に取り立てられた運のいい男だ。いっそのこと、そのまま運野四里（うんのよんり）と名乗るがよい」

伊作の異例の昇格には、家中にも古手の家臣を中心に相当の反発があった。いくさの勝敗に直結するような貴重な情報は、時として敵将の首級より価値があるとする一徹の評価には、家中の大半が素直には納得していない。

ましてや昨日まで馬の世話をしていた小者が、三十石取りの一人前の武士となって古参の家臣と肩を並べようというのである。これでたとえば修理とか蔵人といった大層な名前を名乗れば、家中の反感は一気に噴出するに違いない。

それが運野四里というどこか滑稽な味がする名前ならば、そのいわれを思っただけで人々は笑ってしまい、多少なりともこの若者を受け入れる気持ちになってくれるのではあるまいか。吉弘はそこまで考えていたのである。

その運野四里が偵察方としての初仕事として、五人の配下を率いて不破左近の館周辺に潜伏している。そして毎日夕刻には四里自身が姿を見せて、不破左近の動きを報告していた。

この日の四里は緊張に頬を紅潮させながら、馬を寄せて叫んだ。

「不破左近は、辰の刻（午前八時）に館を出立すべく準備を進めております。つつじヶ原に到着するのは、恐らく巳の刻（午前十時）頃でありましょう」

一徹は大きく頷いた。決戦は午の刻（正午）と申し入れてはあるが、左近が先に戦場に到達して陣を定め、遠藤勢が姿を見せるやいなや陣形を整える暇を与えずに猛進して、一気に勝敗を決しようという戦法を取ることは十分に予測されていた。

それで遠藤勢は不破左近に先行してつつじヶ原に到着できるように、中原城を辰の刻に出発してきたのである。四里の情報がたしかならば、つつじヶ原までの距離が半分の遠藤勢が戦場に先着できるのは間違いあるまい。

不破勢が戦場に姿を見せたのは、遠藤勢が一徹のいくさだてに従って草原に陣を敷き終わってから半刻の後であった。

「いよいよでござるぞ。殿はこの高台にあって全軍の動きを眺め渡し、誰がどう戦ったかを洩らさず見届け、公平な論功行賞を行って下され」

遠藤勢がすでに戦闘態勢に入っていることを知った不破左近は、すぐに陣形を改め、自身が先頭に立っての得意の突撃を開始した。間合いを計って遠藤家の本陣から陣太鼓が響き、横に広く展開した弓隊が一斉に矢を放った。

しかし、不破左近は雨のように降り注ぐ矢を恐れる色もなく、馬腹をあおって突進を続けた。

ここで吉弘のいる本陣では、陣太鼓が二つ打ち鳴らされた。昨日の打ち合わせに従い、左翼の馬場利政はただちに矢合わせを止めさせ、全体を三間ばかり後退させた。

しかしこの時、思いもかけない異変が起きた。越山兵庫は右翼を後退させるどころか、突撃してくる不破勢に自身が先頭に立って馬を向かわせたのである。

たちまち、不破勢と越山勢との間で乱戦が始まった。悪いことに右翼が左に動いたために馬場利政は前を塞がれた形となり、応援に駆けつけることもできない。

「兵庫のたわけが。これではいくさは滅茶苦茶ではないか」

吉弘は、思わず床几から腰を浮かして叫んだ。何の策もなく正面からぶつかり合ういくさならば、爆発的な破壊力を持つ不破左近の望むところであろう。事実、越山勢はすぐに左近に突き崩され、じりじりと後退を始めている。

一徹はこの危機を見て取るなり、すぐに黄母衣の伝令を呼びつけた。

「利政に、『ただちに左に迂回して前進し、不破勢の横腹を突け』と伝えよ」

この伝令から伝えられた指示により馬場利政の手勢が動き出したのを見て、吉弘はようやく床几に腰を下ろした。これで戦闘に参加している兵力はほぼ互角となったが、こちらには本陣の五十人が後詰の形で残っているだけ有利であろう。

だが吉弘がほっとしたのも一瞬で、馬場勢が参戦した後も越山勢の後退は止まらない。当然不破勢は全軍を挙げて左近に続くべきところだったが、利政が横手から執拗に攻撃を仕掛け続けたために、不破勢の後ろ半分はやむなくその場に足を止めて馬場勢と戦わざるを得なくなっている。

左近の率いる前半分は勝ちに乗じてどんどん前進するが、後ろ半分はその場から動くことができない。従って不破勢は、前後が一町（約百十メートル）ほども距離を置く二つの軍団に分かれて戦う形になってしまった。

(利政はいくさがうまい)

吉弘はやっと胸を撫で下ろしたが、しばらくしていくさはさらに予想外の展開を見せた。不破勢の後方から四十名ほどが本隊を離れ、戦闘がたけなわになっている戦場の右側をすり抜けるようにして、遠藤勢の本陣に突撃をかけてきたのである。

「あれは、不破隆幸(たかゆき)であろう」

吉弘はうめいた。不破勢は兄の左近が先鋒となり、弟の隆幸が殿(しんがり)を務めるのが常である。兄の猛勇の陰に隠れてはいるが、本当にいくさ上手なのは隆幸だと、不破の家中では評判が高いという。

隆幸は、今日のいくさに敗れれば不破家は滅亡すると分かっている。そこで、越山兵庫が動いたことで遠藤勢の右翼ががら空きになっているのに目を付け、ここを駆け抜けて吉弘のいる本陣に突撃し、捨て身の勝負に出ようとしているのに違いあるまい。

いくさ上手の不破隆幸はこれまでの展開を見ていて、歯を嚙み鳴らして焦ったのであろう。今でこそ左近が越山兵庫を追い散らしているが、やがては石堂一徹が後詰の五十名を率いて参戦してくるのは目に見えている。

左近の手勢は六十五、遠藤側は越山勢の七十五に後詰の五十を加えて百二十五、これでは到底勝ち目はあるまい。そこで隆幸は戦場の南側ががら空きになっているのを幸い、起死回生の策として、自分の配下の四十名で吉弘のいる本陣を突こうとしたのに違いない。

息を呑む吉弘には目もくれず、一徹は周囲を見回して叫んだ。

「申し合わせの通り、十名はこの場に残って殿の警備に当たれ。残りの四十名は、ただちに我に続け」

一徹の後ろには、六蔵がいくさの始まる前から馬の手綱を持って控えていた。

一徹はすぐにその逞しい黒鹿毛の馬にまたがると、突撃してくる不破隆幸の軍勢に厳しい目を向けた。まだ周囲には四十名の武者は揃っていなかったが、敵の進撃の速度はこれ以上の待機を許さないものがあった。

「参るぞ！」

一徹はそう叫ぶと、馬腹をあおって突撃に移った。十騎ほどの騎馬武者とその郎党二十名ばかりが、その後を追っていく。

「なんという見事な武者ぶりであろう」

吉弘は、馬を進めていく一徹の姿に感嘆の声を上げた。中原城の奪取に当たっては、吉弘自身は一徹の戦いぶりを目撃していない。従って、吉弘が一徹の騎乗姿を自分の目で見るのはこれが初めてなのであった。

何と言っても、一徹の体の大きさは並外れていた。成人男子の平均身長が五尺二寸

（約百五十八センチ）とされているこの時代、一徹はその水準を一尺（約三十センチ）ほども抜いているのである。

しかも肩幅が広く、胸板が厚い。その巨体をこれも規格外の大きな鎧と三日月をうった大兜で飾っているのだから、誰の目にも摩利支天の再来のように映った。

乗っている馬がまた凄い。この時代の日本の馬は体高（肩の高さ）が四尺（約百二十センチ）あるのが標準とされていたから、現代の西洋種の馬から見るとまことに小さい。四尺八寸（約百四十五センチ）もあれば八寸(やき)と呼ばれて、巨馬の代名詞になっていたほどである。

それが一徹の乗馬、三日月は、肩の高さが五尺六寸（約百七十センチ）はあるであろう。現在の競走馬の体高は、百六十センチから百七十センチほどだから、三日月はそれと比較してもむしろ大きい部類に属する。どこの国にこれほどの巨大な馬が育つのか、この馬と並ぶと並の馬はまるで仔馬にしか見えなかった。

一徹は不破勢の先頭の騎馬武者に走り寄ると、無造作に相手の槍を自分の槍で跳ね上げると同時に、馬腹を蹴って相手の馬に体当たりをかませた。相手の馬はこの一撃のあまりの圧力に腰砕けとなり、騎馬武者もろともに大地に崩れ落ちた。

一徹はその敵はその場にうち捨てたまま、さらに馬を走らせて、次の敵をこれも巨馬の体当たりで弾き飛ばした。これを見た不破勢が一気に浮き足立つのが、吉弘の目にも明らかに見て取れた。逆に一徹に従う遠藤勢は、意気を盛んにして不破勢に突きかかっていく。

「鮮やかなものだな」

吉弘は、一徹のいくさぶりに名人の芸を見る思いであった。

不破勢は決死の覚悟で突撃してきたとはいえ、音に聞く石堂一徹の武名には恐れを抱いているであろう。まして初めて見る一徹の武者姿は、予想以上の威圧感に満ち溢れているではないか。

騎馬武者を二人まで馬の体当たりで一蹴するという派手な演出で、一徹は開戦早々に隆幸勢の度肝を抜き、恐怖心をいやがうえにも煽り立てているのに違いあるまい。

一徹はくるくると馬首を巡らしつつ、次々と不破勢の武者を槍先に掛けて叩き落とした。しかもその間にも絶えず周囲に目を走らせていて、味方の中に苦戦している者があればすぐに馬を寄せて、自分がその難敵を引き受けてあしらっている。

（他の者が皆肩をいからせ、目を血走らせて戦っているのに、一徹一人は自分の庭で遊んでいるようなものだな）

吉弘が多少は安心して戦況を眺めているうちに、一徹は戦機を摑んだと見えて槍を上げて合図をすると、先頭に立って隆幸が率いる不破勢に突撃を開始した。すでに浮き足立っている不破勢はたまらずに道を開き、一徹は苦もなく敵の真ん中を突破していく。

すぐに遠藤勢から歓声が上がった。吉弘からは見えなかったが、一徹が不破隆幸の首級を挙げたのであろう。

一徹は主を失った隆幸勢を追い散らしつつ、そのまま前線の激戦地へと向かって馬を走らせていた。

吉弘が眼前の戦いに目を奪われているうちにも、不破左近と越山兵庫、馬場利政の戦況は激しく動いていた。

不破隆幸は馬場利政によって分断された不破勢六十五のうち、自分直属の四十名を率いて突撃を敢行したが、当然兄に所属する二十五名には、「目の前の敵はうち捨てて、ただちに本隊に合流せよ」と指示を与えたのに違いない。しかしその動きを見て取った馬場利政は、素早く不破勢の間に兵を入れて前後に分断してしまった。しかも後ろの二十五名には長井八角(ながいはっかく)に三十名を預けて立ち向かわせ、自身は残りの四十五名を率いて不破本隊の背後を襲ったのである。

勝ち誇っていた左近勢としては、思いもかけない展開であったろう。後ろに続いているとばかり思っていた味方の六十五名は、いつの間にかどこかに消え失せ、気が付けば前も後ろも遠藤勢ばかりではないか。

それだけではない。見れば左手には隆幸の手勢が敗走しており、石堂一徹を先頭にそれを追う遠藤勢は、口々に「不破隆幸を討ち取ったり！」と叫んでいるのである。隆幸が討たれたと知って、不破勢は大崩れとなった。それと同時に敗色濃厚であった越山勢が息を吹き返し、ついには兵庫が乱戦に疲れ果てた不破左近を討つに及んで、遠藤勢の勝利は確定した。

遠藤勢は逃げる不破勢をかさにかかって追う勢いを見せたが、一徹は最前線に馬を走らせ遠藤勢の前に槍をかざして立ちふさがり、追撃戦を止めさせた。

やがて本陣の吉弘の前に、石堂一徹、越山兵庫、馬場利政をはじめとする諸将が戻ってきた。

激戦を物語るようにそれぞれの鎧は血潮を浴びていたが、とりわけ越山兵庫は両腕に手傷を負い、自分の血と返り血とで全身が凄まじく朱に染まっていた。その兵庫は、大事に抱えてきた一つの首級を吉弘の前に据えた。

「不破左近の首でござる。これこそ、今日一番の功名でござろう」

「黙れ、兵庫！　うぬはおのれが何をしたか、分かっておらぬのか」

いつもは冷静そのものの一徹が、珍しく怒気を含んで兵庫に向かい合った。

「うぬは本陣の合図を無視して勝手気ままに戦い、その結果、遠藤勢を危機に陥(おとしい)れたのだぞ。うぬは目の前の敵を追うのに夢中で気が付かなかったであろうが、右翼ががら空きになっているのを見て取った不破隆幸が、四十名を率いて我が本陣を突いてきたのだ。

むろん拙者が本陣の四十名を引き連れて立ち向かい事なきを得たが、我らが戦ったのは本陣のわずか三十間（約五十四メートル）手前であったのだぞ。二、三人にでも突破されてしまえば、殿のお命すら危険に晒すところであったのだ」

「殿を守るのは石堂殿のお役目であろう。とにかくいくさには勝ち、この兵庫が敵将の首級を得たのでござる。これが一番の功名でなくて、何とする」

「先ほど前線を見回って参ったが、我が方の死者は十四、五名にも達しておろう。うぬが拙者のいくさだてに従ってさえいれば、あの者達は死なずに済んだのだぞ」

「犠牲を恐れていては、いくさなどできぬわい」

「黙れ、愚か者。あの者達にも、妻子がおるのだぞ。うぬが功名心に逸るあまりに、あの者達を無駄死にさせてしまったのだ、その妻子達に何と言って詫びるつもりか」

いくさの直後で、それでなくても皆気が立っている。越山兵庫は全身を激しく震わせながら、なおも一徹に逆らう姿勢を見せた。

「兵庫、頭を冷やせ」

一触即発の気配を見て取った吉弘が、ここで二人の間に割って入った。

「兵庫が不破左近の首を取った功績は認めよう。しかし不破隆幸の突撃を受けて、この俺が肝を冷やしたのもたしかだぞ。本陣の指示に従わなかったことは、今回に限って不問とするが、今度同じことを繰り返せば厳しく処分する。分かったな」

兵庫はまだ頭から湯気が立つほどに怒り狂っていたが、一徹が相手ならばともかく、吉弘にそう言われては不承不承ながらも矛を収めるほかはなかった。

それに、口論などしている場合ではない。いくさの後始末はまだ終わっていないのである。遠藤勢はこれから不破館に急ぎ、接収して検分をしなければならない。館にこもって抵抗する者がいれば、また戦闘となる可能性すらあるのだ。

「この場には、原田十兵衛に雑兵十名をつけて残ってもらう。死者を収容し、重傷を負った者は木陰に集めて手当てに当たってくれ。不破館からの帰路に、死者、重傷者の全員を中原城まで搬送することとしよう」

吉弘はそう下知して、この場の紛争を結着させた。

運野四里を不破館に先行させておいて、吉弘は一徹と並んで山道に馬を走らせた。時刻はもう正午に近く、鎧に身を包んでいると自然に全身に汗が滲んでくるほどに暑い。

「今日のいくさの一番の功名は、何と言っても馬場利政でありましょうな」

後続の者達には聞こえないように、一徹が小声で報告した。

「兵庫が不破左近を討ったのではない、利政が兵庫に左近を討たせてやったのでござるよ」

一徹の言葉に、吉弘は頷いた。

「利政は情のある男よ。兵庫が本陣の指示を無視して勝手にいくさを始めた上に、大勢の味方を死に追いやり、しかも相手の大将の首も取れなかったとあっては切腹ものの大罪であろう。利政はそれを思いやって、左近の首は兵庫に譲ったのに違いあるまい。利政は兵庫より七歳も年下で、家老としても兵庫が上席なのだから、ここは兵庫の顔を立てたのであろうよ。だが、今の兵庫にはそうしたいきさつが何も分かっておらぬ。明日、兵庫の頭が冷めたところで俺からよく話して聞かせよう。兵庫は血気にはやるところはあるが、決して道理が分からぬ男ではない」

「それは殿にお任せ申す。それに兵庫の勇猛は、今の遠藤家にとって捨て難いものでござる」

自分のいくさだてを無視して勝手に戦った兵庫の振る舞いを、一徹は許さないのではないかと吉弘は危惧していた。しかし、この大男はすでにいつもの落ち着きはらった態度に戻っており、まったくの無表情な横顔からはその内心の動きは読めなかった。

一徹と兵庫は水と油で、いつかさらに大きな衝突を起こすのではないか。

吉弘の胸を不安の影がよぎった。馬を早足で進めつつ、吉弘は白い雲がゆったりと流れる空を仰いだ。

その二日後、家中の主だった面々を中原城の大広間に集めて、吉弘は今回のいくさの論功行賞を発表した。一番手柄は馬場利政、二番手柄は越山兵庫とまで読み上げたところで、早くも満面に朱を注いだ兵庫が立ち上がって叫んだ。

「殿の采配に従わずに働いた以上、拙者の手柄が割り引かれるのはやむを得ますまい。しかし相手の大将の首級を挙げた手柄が、利政と同等ならばまだしも、下位になるとは心得ませぬ」

「控えよ」

一徹は厳しい表情で、兵庫を睨み据えた。

「不破左近が最初に突進を仕掛けてきた時、越山殿が迎え撃ってすぐに首級を挙げたのなら、まだ評価のしようもあろう。しかし実際には越山殿は不破に押されに押されて、後退する一方であったではないか。多勢に無勢のいくさで疲れ切った不破左近ならば、誰にでも討てる。越山殿を二番手柄としたのは、殿の温情だということがまだ分からぬのか」

「殿が情けを掛けられたと申すのか！」

越山兵庫は、激昂して叫んだ。

「相手の大将の首を取って主君から情けを掛けられる、そんな馬鹿な話は聞いたこともないわい」

「二人とも、静まれ」

吉弘は見かねて、言葉を挟んだ。

「兵庫の功績はわしが認めておる。だが利政の働きがなければ、そちの手柄はなかったのもたしかなのだ。利政を一とし、兵庫を二とするのはそのためで、そこをわきまえてくれ」

なおも不満を全身にみなぎらせながらも、兵庫が黙って腰を落としたのを見て、吉弘はようやく胸を撫でおろした。一徹と兵庫の両雄はしょせんは並び立たない宿命なのではないか、吉弘は不吉な予感を意識していた。

第三章　天文十八年 夏

一

「まぁ、お行儀の悪い」

若菜は笑いながら、手早く障子や襖（ふすま）を開けて回った。吉弘は若菜の部屋に入ってくるなり、下帯一つの姿になって胡坐をかいたのだ。

顔といわず背中といわず、全身から水を浴びたように汗が噴いていた。中原城は山の中腹から頂きにかけて築かれた山城だけに、部屋の周囲を開け放すと、樅（もみ）の匂いを含んだ爽やかな風が通った。

「井戸に瓜（うり）が冷えております。取って参りましょう」

「そなたも、今や一万五千石の大名の娘ではないか。さようなことは、誰ぞに命じてやらせるがよい」

「いやでございますよ。私は、いつまでもただの豪族の娘で結構。どこへでも行けるし、誰とでも話ができますもの」

若菜は軽い身のこなしで部屋を出ようとして、独特の心に染み透るような笑顔で振り返った。

「瓜だって、若菜が城下で求めてきたのですよ」

吉弘が苦笑しながら汗を拭っていると、すぐに若菜が盆の上に瓜を四つ載せて戻ってきた。

「おう、甘露だ」

若菜に皮を剝いてもらった瓜にかぶりついて、吉弘は嘆声を上げた。よく冷えた果肉に芳香が満ち、歯に触れるとそれだけで溶けてしまうほどに甘い。

「このところの御城下は、朝市が立つやら、中間長屋が争うように普請中やら、沸き返るような騒ぎでございますね」

「それよ。今日も朝から四人もの浪人が、仕官したいと目通りを願い出た。それも、いずれも名のある男どもさ。おかげでこの頃、とんと今様を習う暇もない。半年前にはとても考えられぬことだ。日の出の勢いとは、まさにこれであろうよ」

「まことに武運めでたい」

「いや、一徹が打ち出の小槌なのさ」

それにしてもと、吉弘は髭を濡らして瓜を貪りながら思った。

夢ではないのか。

石堂一徹が吉弘の下に加わって三ヶ月あまり、今まで土豪同士で一進一退を繰り返していたのが嘘のように、吉弘の軍は圧倒的な勝利を重ねていた。

それは言うまでもなく、一徹の底知れぬ軍事的才能によるものであった。中原城の攻略にあたって、その武勇といい軍略といい神業にも似た実力を全軍に認識させた一徹は、今や吉弘から絶対的な信任を与えられた軍師として、その比類のない才幹を発揮していた。

その巨大な体と並外れた筋力から、一徹は世間には無双の豪勇としてのみ喧伝されているが、吉弘の見るところでは、軍略家としての能力は武人としてのそれをさらに大きく凌いでいる。

実際あの大男が古今の合戦に精通していることは、まったく驚くべきものがあった。およそ人が知るほどのいくさならば、一徹はたちどころに両軍の兵力、陣形から説き起こし、勝因、敗因を分析した後、そのいくさの戦術的、戦略的な意味までも微細に解説することができた。

そして一徹の場合、後世の兵学者の机上の空論と違っていたのは、その理論を実践する機会に常に恵まれていたことである。戦場を往来すること二十年、今では一徹の軍事手腕は完全に円熟の域に達して、進退ともにまさに芸術的な鮮やかさを見せるに到っていた。

一徹の戦法の特色は、黄母衣の伝令十名ばかりを常に手元に置き、これを縦横に走らせて全軍を一つの組織として機能させるところにあった。

これまでの自儘（じまま）ないくさに慣れた諸将の間には、当然このような集団戦術に対する根強い抵抗があり、現につつじヶ原のいくさでは越山兵庫が勝手な暴走をしたこともあった。

あの時には兵庫自身が命を危険に晒す羽目となったのに対し、一徹はそれ以降の数度の合戦にいずれも圧倒的な勝利を収めてみせることで、そうした不満を粉砕した。人々は、一徹の下知に従って動けば今までよりも遥かにたやすく勝利を摑めることを、不承不承ながらも納得しないわけにはいかなかったのである。

「お父上、お髭に瓜の種が付いていますよ」

若菜は白い歯を見せて笑いながら、自分も瓜の一片を口に含んだ。

「実は、お願いがあるのです」

「何なりと申してみよ」

「唐織りのきれが欲しい」

若菜は意識して無邪気な表情を作ったが、吉弘は目を剝いた。

室町幕府による対明貿易が始まるとともに、金襴、繻子、綸子、緞子といった唐織りと総称される特殊な織物が日本に渡来するようになっている。いずれも日本では真似することもできない華麗なものだが、中でも金銀その他様々な色糸で模様を織りなす蜀錦ともなれば、その絢爛たる美しさは他にたとえるものもない。むろん、大変に高価なものである。

「唐織りの小袖を作ろうというのか。それは無理よ。あれは、こんな小ぎれでも金何枚もする」

「買ってくれとは申しませぬ。このお城の蔵に、小さなきれが三枚あるのを見ましたが、まことにこの世のものとは思えませんでした。あれが欲しい」

「なんだ、あれならいい。守り袋でも作るのか」

若菜は首を振ると立って隣の部屋へ行き、大きな木の彫像を大事そうに両手に抱えて戻ってきた。丈は一尺（約三十センチ）を超し、材は楠であろうか、吉弘が手に取ってみるとどっしりと持ち重りがした。

四、五歳の童女が右手に毬を載せ、首をあおむけている全身像で、下ぶくれの顔に目はあくまでもつぶらに見開き、口は僅かに緩んで透き通るような微笑をたたえている。全体に薄い色調で彩色が施され、頰の淡い赤さが哀しいまでに愛らしかった。

髪の毛の一筋一筋までを彫り込むほどに手が込んでいながら、全体から受ける印象はさりげなく素朴で、神々しいまでの気品がある。若菜は明るい微笑を保ちながら、数日前にこの木彫から受けた衝撃を鮮やかに思い出していた。

「石堂様、ちょうどいいところでお目に掛かりました。どうか、私の部屋までお越し下さいませ。お目に掛けたいものがございます」

城内の長廊下で一徹を見掛けた若菜は明るい声でそう言い、手を引かんばかりにして自分の部屋へと連れて行った。

「これを見て下さいませ。もともとが詰まらない山水の絵でしたので、若菜が描き替えてみました。どうでございましょう」

菊に茶菓の用意を命じてから、若菜は一徹に右手の襖を指し示して言った。

それは四枚組みの襖で、全体を一つの構図として童女とその母親が描かれていた。

童女は鮮やかな朱を主体とした衣装に身を包み、いかにもあどけない表情で傍らの母親を見上げている。

落ち着いた茶の地に秋の草花を散らした小袖を着た母親は、半ば背中を向け、僅かに穏やかな横顔を覗かせながらゆったりとした態度で童女に対していた。画面から温かい情感が匂い立つような、身分のある親子のほのぼのとした光景である。

若菜は一体に器用な質で、楽器でも琴だけは十歳にならないうちに家中でも名手と評判の高い老女について習ったが、それも二年もしないうちに師匠格の老女が「姫にはもう何もお教えすることがござりませぬ」と感じ入るまでに腕を上げた。笛や鼓に至っては、誰に師事するということもなく見様見真似でものにしてしまっている。

もっとも、絵については専門の絵師に付いて習っている。

五年ほど前、横山郷に京都でも名のある狩野派の絵師が流れてきたのを幸い、三ヶ月ばかり掛けて館中の襖絵や掛け軸を描いてもらったことがある。

若菜は毎日のようにその絵師の作業を眺めているうちに、自分でも絵を描いてみたくてたまらなくなり、教えてくれるようにと頼み込んだ。当初は気乗り薄だったその絵師も、思いのほかに若菜の筋がいいのに驚き、毎日一刻ほどの時間を割いて筆の使い方、ものの形のとり方から丁寧に指導してくれた。

そして一応の基本が身に付くと、まず絵師が自分で絵を描き、それを正確に写すようにと若菜に命じた。若菜は素直にその指示に従って何枚か描いたが、すぐにそのやり方に飽きてしまった。

なるほど、模写をすることで得るものは大きかったが、若菜には見たこともない山水画の風景などに興味はなく、それよりも目の前にある花鳥風月を、自分が感じるままに描いてみたかったのだ。

しかしそれを言うと、絵師は厳しく若菜をたしなめた。

「師匠の絵を寸分たがわずに写すことこそが修行の本道で、これを何年も辛抱強く続けることによってのみ、その流派の真髄を会得することができるのですぞ」

と言うのである。後で知ったことだが、これはこの絵師だけの教育法ではなく、どの流派にも共通の普遍的なやり方であるらしかった。

(何と窮屈なこと。それなら私は、若菜派の家元になりましょう)

まだ十三歳だった若菜は、その時はもちろん口に出しては反論しなかったが、心の中ではこうつぶやいた。

それからも若菜は折りに触れて絵筆を執っており、自分ではそれなりの進境を重ねているとひそかに自負している。この襖絵は自分としては会心の出来で、これならば気難しい一徹も素直に感嘆してくれるのではあるまいか。

襖絵をしばらくじっと見詰めていた一徹は、やがて若菜の方に向き直ると無表情のままぽつりと言った。

「結構な絵でござる」

しかしその言葉には軽い失望がこもっていることを、若菜は敏感に見抜いた。

「うそ」

若菜はそう言って、眼にきらきらとした光をたたえて笑った。

「石堂様は、この絵を気に入ってはおられませぬ。教えて下さいませ、この絵のどこに不満がございますのか」

一徹は本心を言ったものかどうかしばらくためらった後に、意を決したように若菜の顔を真っ直ぐに見据えた。

「十日ほどの日時を下され。拙者の思いは、その時にお分かりになりましょう」

一徹の率直な批評は、言葉にしても若菜には伝わらないということであろうか。この大男が自分の絵を高く評価してくれないこと自体は多分に不満であったが、十日の間に一徹が何をしようとしているのか、若菜は興味津々に頷いた。

それから八日後に、一徹は大きな布包みを右手に提げて若菜の部屋を訪れてきた。吉弘の陣羽織を仕立てていた若菜は急いで裁縫道具を片付け、一徹を部屋に招き入れた。

一徹は部屋の中央に座ると、ゆったりとした身のこなしで布の結び目を解(ほど)いた。そこに、丈が一尺二寸（約三十六センチ）ばかりの白木の童女の像が現れた。若菜はその木彫をしばらく深々とした眼で眺めていたが、やがて硬い表情のまま、その童女の像を自分の襖絵の前に置いた。

その姿は、右手に毬を載せて斜め上に視線を投げた姿勢といい、透き通るような無邪気な表情といい、若菜の襖絵とよく似ている。ただこうして比べてみると、自分の絵の童女はただひたすらに愛くるしいばかりなのに対して、一徹の木彫にはあどけない中にも凜とした気品があって、どこかおごそかなまでの深味が漂っている。そこまでの精神性を十八歳の自分に求めるのは無理だということは若菜にも分かっていて、そのことはさして衝撃というわけではなかった。だが二人の作品には、それ以上に根本的な差異があった。それは若菜の絵には母親の姿があり、一徹の木彫にはそれがないことであった。

さらにその木像を凝視していた若菜は、やがて、「あっ」という声を上げた。その童女の信頼に満ちたひたむきな視線の先に、向かい合う母親の姿が鮮やかに浮かんで見えてきたのである。

その母親の慈愛に満ちた眼差しも、穏やかな微笑も、今はありありとした目の前の現実として激しく若菜の心に迫ってきた。

若菜は首を回して、自分の絵を厳しく睨んだ。若菜の絵は、母親を描いたことで一つの絵画世界が完結している。だがそのことが、絵画の周囲に鑑賞者の想像力で自在に膨らむ空間をなくしてしまっている。その点、一徹の木彫には母親の姿がないが、逆にそのために見る者の思い入れ次第で無限の世界が広がっていくではないか。

母親を描かずして見る者に母親を感得させる、そこにこそ絵画や木彫を志す者の至上の喜びがあるのだと、一徹は言いたいのであろう。むろんそれは、先日若菜の絵を見た時に閃(ひらめ)いた直感に違いない。だがそれをいくら言葉を尽くして説明しても、自分の真意はこの娘には到底伝わるまい。そこで一徹は、こうして自らが手本を示すことで、絵を描く上での心得を若菜に叩き込もうとしたのだ。

「姫の筆遣いは、本職の絵師にも勝っておりましょう。しかし姫の絵には、その技巧が表に出てしまっております。どうだ、うまいだろうという気持ちが先に立ってしまっては、見る者を心底感服させることはできませぬ」

背中に投げ掛けられた一徹の言葉に、若菜は唇を噛んだ。

家中の誰もが若菜の絵や唄には感嘆するばかりで、若菜自身は厳しい評価を受けたことなどこれまでに一度もなかった。若菜もそうした賛辞に囲まれ続けているうちに、知らず知らずに自分の技量に満々の自信を持つようになってしまっていた。

しかし一徹は、技巧は人を感心させることはあっても、感動させることはないという。その指摘は、何事にも器用な若菜の陥りやすい欠点をずばりと突いていたのである。

生まれて初めて自分の未熟さを思い知らされて、若菜は冷水を浴びたように全身が引き締まった。

「何事も、奥が深いものでございますね」

若菜が溜め息をついてそう言うと、一徹は濃い髯が覆う頰を僅かに緩めた。

「姫の絵が箸にも棒にも掛からぬものならば、拙者も大仰に褒めてそれでおしまいでござるよ」

おおいに見所があるからこそ、あえて本気で厳しい指摘をするのだと一徹は言いたいのに違いない。そしてこの男の言葉に込められた温かい好意は、初めから若菜にも通じていた。

僅か八日の間にこれだけの作品を完成させるためには、一徹は自分の時間のほとんどをこのために費やしたのであろう。それでは、一徹をそうした行為に駆り立てた動機は何だろうか。若い娘の常として、若菜もそこに男女の感情を一瞬思い浮かべたが、すぐに苦笑して首を振った。

今回の出来事を通して痛感したことは、思いもかけないことに、絵画や木彫に関して一徹の造詣(ぞうけい)が極めて深いということであった。しかしこの巨大漢のそうした一面には、家中の誰もがまったく関心がない。

一徹ももとよりそれには何の期待もしていなかったのだろうが、襖絵を見て、初めてともに語るに足る知己を若菜の中に見出したのではあるまいか。

若菜は初めて一徹に会った時から、このお方は他の武士とはまるで違うという印象を抱いていた。

この娘がそれまでに見ていた武士とは、粗野で殺伐としていて、近くに寄ると血の匂いがする男どもであった。だが、一徹はそうではない。若菜はそれを表現する言葉を知らなかったが、一徹は戦国の武士にはかえって邪魔になるほどの繊細な感覚を備えた人間で、その武骨な外観の裏側に豊かな精神世界を持っているのである。

若菜と相対した時だけは、一徹の身辺にいつも漂っている他者を寄せ付けない峻厳な空気が、嘘のように消えている。このお方は私に対してだけは心を開いていて下さる、若菜は小躍りするほどにうれしかった。

そして若菜自身も、一徹と顔を合わせていると、他の誰と接しているよりも気持ちが解放されていくのを感じていた。

（石堂様は、どんなに本気でぶつかっていっても、笑って受け止めていただける）

こうしたほのぼのとした信頼感は、この娘にとっても初めての経験だった。家中の誰もが一徹を表面は敬いながらも遠ざけている雰囲気が、若菜には不思議でならなかった。

「この木彫は、戴いてもよろしいのでございますか」

一徹が頷くと、若菜はさらに言った。

「それでは、この像に彩色を施してもよろしゅうございますか」

「姫の修行のお役に立つならば、どう扱われても結構でござる」

真意は分からないまでも、この娘らしい機知に富んだ思案があるのに違いあるまい。

一徹はその結果を見るのが楽しみで、若菜のいつになく真剣な表情を眺めやった。

「これは、青葉様でございますね」

一徹が、八年前に亡くした娘、青葉を念頭に置いてこの童女像を製作したことに、若菜はとうに気付いている。この木彫が持つ透き通るような気高さは、亡き娘に寄せる一徹の深い愛惜の念なしには絶対に表現できるものではあるまい。

それを思えば、今の若菜にできる唯一のことは、おそらくは生涯に豪華な衣装など身に着けることがなかったであろう青葉に誰にも真似のできない美麗な衣装を纏わせ、一徹の厚情に報いることしかない。

二

「可愛(かわゆ)うございましょう。これにあの唐織りを貼って、着物にしたいのです」

若菜の言葉にひそむ深い意味には気付かずに、吉弘は腹を揺すって笑いこけた。高橋広家が家宝にしていたあの唐織りを、若菜は何と人形の衣装にしたいというのである。なりは大きくなってもまだまだ子供なのだ、吉弘は目を細めて愛娘(まなむすめ)を眺めた。

「なるほど、よく似合うだろう。どうした、これも城下で求めて参ったのか」

「いいえ、これは石堂様に戴きました。石堂様が御自身で、いくさの合間の手すさびに彫られたものでございます」

「一徹が？」

吉弘はなおも人形を手にしたまま、微かに苦い表情を浮かべた。

「おかしな男だ、妙なところに芸がある」

「ちょうど、お父上の今様のように」

若菜ははぐらかすようにころころと笑ったが、吉弘はそのままふっと黙り込んだ。吉弘の心の中には、抜くことのできない刺のようにひそひそと疼くものがあった。

それは中原城攻略の恩賞として、一徹が若菜を望んだことである。吉弘は当初はあの男の言葉をむしろ単純に受け取り、拒絶するとともに、列席した家臣には酒の上の座興として固く口外を禁じて事を済まそうとした。

そんな吉弘の気持ちがふと動いたのは、代わって一徹に与えた胡蝶という娘のその後を知ってからである。一徹はあの娘を、飛驒高山に住む高橋家の親戚のもとへ、六蔵をつけて丁重に送り届けたという。

一徹はあの娘には最後まで手を付けなかったのではないか、もとより何の根拠もないことながら吉弘はそう直感した。だがそれでは、一体何のために一徹は若菜を望んだのであろうか。

「一徹に妻子はないのか」

そんな疑問を持った吉弘は、ある時一徹に尋ねてみたことがある。

「拙者も、かつては妻と呼ぶべき女を持ち、娘をこの手に抱いたこともござる。されどその妻も子も、武田の手に掛かって果てておりまする」

それは吉弘にとって意外な事実であった。一徹が武田について語る時には、その言葉は常に賛辞に満ちていて、敵意の片鱗も窺わせることはなかったからである。

吉弘がそれを言うと、この大男は無愛想に、

「拙者の遺恨は遺恨、晴信の評価はまた別でございましょう」

とだけ答えた。吉弘は匙を投げて、話題を変えた。

「ならば後添えを貰うがよかろう。まだ、女が要らぬ年でもあるまいが」

「いや、拙者は自身の勝手気ままから、妻子も顧みずに戦場暮らしに明け暮れ、挙句に女房子供を死なせております。せめてもの供養に、生涯他の女は近付けぬ所存でございまする」

やはりそうであった。

一徹はあの時、自分の女として若菜を望んだのではないのである。それだからこそ、吉弘が胡蝶を与えた時に、この男には珍しくはっきりとした失望の色を浮かべたのであろう。

だがそれでは、この男の真意は一体どこにあるのか。

吉弘はそれを訊きたかったが、一徹は酔余の冗談としてあの話題には触れたがらず、

吉弘もそれを押してまで口にする勇気がなかった。

（あの男の考えていることは、しょせん俺にはわけが分からぬ）

最後には、そう思うことで吉弘は無理に自分の心を捩じ伏せるしかなかった。

軍略だけでなく、一徹の言動は常に吉弘の理解を遥かに超えていて、一々詮索するだけ空しいことだったのである。


不意に、隣の部屋で鋭い鳥の声がした。若菜は瓜を置いて立ち上がり、すぐに漆塗りの鳥籠を提げて戻ってきた。中でせわしなく青い翼が翻った。

「お父上が来られたので籠に入れられ、怒っているのですよ」

若菜はあやすように鳥籠の縁を叩きながら、可愛い仕種で吉弘を睨んだ。

一徹から譲り受けたあのうそは、今ではすっかり新しい飼い主になついていて、若菜は大部分の時間を籠から出して自由に遊ばせている。

娘の肩や襟に戯れている小鳥を見る度に、吉弘は若菜と一徹を結ぶ絆といったものを感じて、一種複雑な思いにとらわれた。憎々しいことには、うそは吉弘の姿を見掛けると狂ったように逃げ惑うのである。

「若菜は一徹が怖くはないのか。人は皆、一徹を見ると思わず道を避けると申しておるぞ」

「怖い？」

若菜は小首をかしげた。

「それは何故でございますか。石堂様は、あのようにお心の優しい方であられますのに」

「馬鹿を申せ。武士の心は、昔から猛々しいものと決まっておる。まして一徹は、鬼をもひしぐ希代の荒武者ではないか」

「けれど――」

笑いを消すと、若菜は吉弘が内心驚いたほどに深味のある表情になった。

若菜がうそを籠から出して遊ばせている時、たまたま一徹が部屋の前を通り掛かったことがある。するとうそは一徹の体にまつわりついてしまい、若菜がいくら呼んでも絶対に帰ってこなかったのだという。

「当たり前ではないか。一徹は元の飼い主ゆえ、小鳥も覚えているのであろう」

「いえ、それは違いましょう。石堂様は若菜より心がお優しく、それが青葉にはよく分かるのだと思います」

「若菜より心が優しいと？　益体もない」

学問によって人格を陶冶することがない時代である。無学文盲がむしろ当然視され、男も女も本能をむき出しにして奔放に生きていた。

　まして血で血を洗う生活を送っている武士ともなれば、いやが上にも野生の息吹を全身に漲らせて、毎日を過ごしている。吉弘は、一徹の無類の豪勇と若菜の言う心の優しさとは、一つの人格として溶け合うものとは到底信じることができなかった。

「若菜には、一徹という男が分かっておらぬ」

「ほんに、私には石堂様というお方は分かりませぬ」

　若菜は悪戯っぽく首をすくめて見せた。笑顔になると、いつもの夏空のような輝きが表情に溢れた。

　むろん、若菜にとっても一徹という人間は一筋縄ではいかない複雑な性格で、その内面が摑みにくい。まして吉弘の目から見れば、あの大男はそれこそのっぺらぼうの壁のようなもので、呆然として途方に暮れるほかはないのであろう。

（入り口を間違えておられるのだ）

　若菜はそう思っている。一徹の性格は、奥行きの果てしない深さに比べていかにも間口が狭く、しかもそこから光を当てない限りは、何一つ形のあるものが見えてこないのではあるまいか。

　若菜の感覚では、一徹という人間を成り立たせている背骨は有り余るほどに豊かな感受性だ。そしてそれがあの男の人となりを、他の誰とも違う際立って彫りの深いものにしているのに違いない。

たとえば戦場におもむく途上で行く手に一輪の野の花を認めた時、一徹は黙って一歩脇に寄り、その花を踏みしだくことを避けるであろう。あの男の武骨な外見と、それとはまったく裏腹の繊細な内面との大きな落差が、若菜には思わず微笑を誘われるほどに好ましい。

だが直情径行の荒くれ者ばかりの武士の世界にあっては、あまりにも鋭敏な感性が災いして一徹は周囲とうまく折り合いを付けることができずに、あのように不器用な身の処し方になってしまうのに違いない。

一徹の軍師という立場を考えれば、若菜は家中でのあの男の孤立はこのまま放っておけない気がする。一徹に人を惹きつける才能がないのであれば、自分がそれに少しでも手を貸すことはできないであろうか。

むろん、遠藤家の中心には吉弘がいる。この男は明朗闊達な性格で家臣を思う気持ちが強く、依怙贔屓のない公正な論功行賞を行うことから家中の人望も厚い。

だが若菜もまた、吉弘とは別の意味で家中に大きな影響力を持っている。若菜は爽やかな容姿と透き通るような美声を併せ持ち、しかも誰からも好かれる人懐こい人柄で、武士はもちろん、奥の女中達や城下の者達からも絶大な敬愛を一身に集めているのだ。

自分が遠藤領全体の求心力になれれば、いざという時に遠藤領が一丸となって敵に当たることができるのではあるまいか。一徹という人間への理解が深まるにつれて、若菜は次第に一徹に肩入れしたい気持ちが強まっていくのを意識していた。

しかし、むろん若菜はそれを口にしない。吉弘はとてものことにそんな説明を理解しそうになく、とすればそうした利口ぶった振る舞いは、かえって一徹に対する余計なこだわりを作らせるだけに違いない。若菜と一徹を並べた時に見せる吉弘の微妙な感情に、この娘はとうに気が付いていた。

「とにかく、石堂様という呼び方は止めるがいい。一徹は俺の家臣、となればそなたも一徹と呼べ」

「けれど、石堂様はいまだに無禄ではありませぬか。無禄ならばあくまでも当家の客、お客様を呼び捨てにはできませぬ」

若菜はからかうように、小生意気な理屈を並べた。吉弘は瓜にも飽きたか、太い指を口に入れて歯をせせった。

「不思議な男よ。一徹は、俺が与えようとする恩賞は何一つ受けようとせぬ。五千石をやろうと申しても、迷惑そうに首を振るばかりだ」

「石堂様には欲がない」

「いや、根っからの仕事師なのだろう」

五千石を拝領すれば常に百五十人ほどの兵を養う義務があり、そのためには年貢の徴収、民事、行政、さらには治水、殖産といった事業まで手掛けなければならない。

一徹には、五千石の名誉よりもそれに伴う雑務のうとましさの方が比重が大きく、戦闘指揮に専念するためにあえて無禄を貫こうというのであろう。

しかし、ほとほと奇妙人と言うほかはない。一所懸命という言葉が示すように、武士は己（おのれ）の所領を守るためにこそ命を懸けて働くものであり、領土欲を離れては本来成立し得ない存在のはずなのである。

「だが、あまりに人と変わっているのも困りものだ。家中での評判もある」

「不人気なのでございますか」

若菜は慎重に言葉を選んだが、表情に不満そうな色は隠せなかった。部屋のすぐ外の桐の木で、油蟬（あぶらぜみ）が太い声で鳴き始めた。

「いや、それとも違うな」

吉弘は話を続けようとしたが、一徹の立場を表現するのにふさわしい言葉が急には思い付かなかった。吉弘はまた指を口に入れて、ぺっと瓜の種を吐いた。

一徹の武勇や知略はもはや神話のように持てはやされていて、伝令の一卒に至るまでが、この男の命令通りに動けばいくさは絶対に勝つと固く信じて疑わなかった。たとえ戦況が多少不利になっても、背後に『無双』の旗がある限りは、人々はますます闘志を高めて敵に当たった。

そして好機を摑んだ一徹が九枚笹の旗差物を翻しながら疾駆すれば、紅煙とともに一条の道が開けて、たちまち勝利は遠藤勢の手に転げ込んだ。人々の目には、一徹はまさに軍神そのものであった。

しかしそれは、人望という感覚とはまた違った雰囲気なのである。人々は一徹を尊重し畏怖していたが、人間的な親しみという点になると、打ち解けた感情を持っている者は皆無と言ってよかった。

いかにあの男が鬼謀を巡らして大功を上げても、遠藤勢の中心はあくまでも遠藤吉弘なのであった。衆望は常に吉弘の上にあり、人々は吉弘のために、そして吉弘のためにのみ、命を投げ出して戦っていたのである。

「そうだ、強(こわ)もてという言葉がある。皆が一徹に接する態度はまさにそれよ。家中のすべてがあの男を恐れ敬ってはいるが、近付こうとする者は誰もおらぬ。合戦の度に、単騎でいくさをしているような功名を重ねていながら、烏(からす)の群れに紛れ込んだ鵜のように一徹はいつも一人きりだ」

吉弘は、そこで口を噤んだ。それ以上の感懐は、たとえ自分の娘にさえ洩らすべきではない。吉弘は不器用そうに汗を拭い、手を鳴らして着替えの用意を申し付けた。

一徹が家中から浮き上がっているというのが、近頃吉弘の頭を痛めている最大の問題なのである。中でもあの男の戦功に対する評価基準が、家臣の誰とも大きく食い違っているということが様々な摩擦を生んでいた。

たとえば、

「中原城の奪取に当たっての一番の功名は、高橋勢の奇襲を急報した伊作である」

と一徹は言う。しかし当時の武士の常識からみれば、伊作の功績などは多少の銭を与えればそれでおしまいのものでしかない。

つつじヶ原のいくさでも、一徹に言わせれば一番の功名は馬場利政なのである。不破左近の首級を挙げた越山兵庫などは、本陣の命に背いた罪との相殺でお咎めなしが精々であろう。

一徹はいくさだてを家臣達に説明する際に、

「無駄死にするな、大将以外の敵はできる限り殺すな」

と訓示するのが常であった。しかし当時の武士にとっては、いくさに参加する目的とは敵の名のある武士を討ち取って手柄を立てること以外にはない。そうした功名心を禁じてしまったら、一体誰が命を投げ出して戦うであろうか。

もちろん、一徹にはそれなりの言い分がある。当時の武士は戦闘専門の職業軍人ではなく、本質的には在郷地主なのである。それぞれが自分の所領を持ち、そこに屋敷を構えていて、いくさの時以外はその屋敷に居住している。そして所領の統治を通じて行政能力を身に付け、民情にも精通していた。

武田の襲来が目前に迫っている今、遠藤家に与えられた時間はもういくらもない。寸暇を惜しんで遠藤家を大きくしていくためには、領主の交代に伴う領民の動揺を最小限に抑え、またできるだけ短期間に人心を安定させて次の展開を図っていかなければならない。

そのためには、敵の家臣の本領を安堵して遠藤家の家臣団に組み込み、地生えの武士と領民の結びつきを壊さないようにするのが一番の早道なのである。

もし敵の武士を殺してしまえば、それに相当する武力は吉弘の盛名を聞きつけて集まってくる浪人を召し抱えるしかない。しかし素性も分からず、行政能力も不明な者を多数登用すれば、あちこちで混乱が起きるのは目に見えているではないか。

「いたずらに敵の首級を挙げようと思うな、味方の勝利への貢献こそが功名のあるなしを決する」

と一徹は繰り返し述べている。

それは、総論としては誰もが理解しようとしていた。しかしそれではいくさにあたって自分がどう動いたらよいのか、具体的には何も分からなくなってしまうのである。目の前の敵の首を討ち取る以外に、一体どんな働きようがあるというのか。

自分の目に見える戦況しか把握していない家臣達が、

「馬場殿が、一体誰の首を取られたのか」

と不満を漏らすのも、困ったものだと思いながらも、吉弘にはそれなりに分かる気がする。双方の言い分が理解できるだけに、吉弘の論功行賞も両者の顔を立てて『足して二で割る』式の曖昧なものになってしまうのだった。

それだけではない。吉弘から見て、一徹が不気味に思えてならないことがもう一つある。

この男には一つ一つのいくさが独立したものではなく、あの厚い胸板の中には将来に対しての確固とした目標と、その目標を達成するための綿密な日程があり、それに沿って今月はこれ、来月はあれと、一段ずつ着実に階段を登りつつあるのではないか。

しかし目指すものは何かと本人に尋ねても、

「一日も早く、遠藤家をできる限り大きくすることでござる」

と曖昧に言葉を濁すのみで、それが何かは具体的には決して語ろうとしない。

この比類のない軍略家が遠藤家をどの方向に引っ張って行こうとしているのか、当主の吉弘にもまったく分からないというのは、やはり異常としか言いようがない。

(有り余る軍才を持ちながら、しょせんは将器ではない)

吉弘は心の最も深いところで、一徹をそう評価するようになっている。人の上に立つほどの者ならば、第一に自然と人がその下に群がり集まるような人望がなければなるまいが、その一点だけでも一徹は完全に失格であった。

人を惹きつけて放さない磁石のような魅力とは、ただその人の性格だけからくるものなのであろうか。いやむしろそれは、才能とか気質とはまた別な、持って生まれた人間の器量とでも言うべきもののように吉弘には思われる。

武術でも技芸でも、名人、上手と言われるような人間は決まって群を抜いた才能に恵まれているように、人の上に立つべき者には、後天的な修練ではどうにもならない天賦の才が必要なのではないのか。

（もしあの男に、せめて俺ほどの人望があれば――）

吉弘は思った。一国一城の主になるくらいは、それこそ赤子の手を捻るよりもたやすいことに違いないのだ。しかし知恵も勇気も肝の太さも戦略眼も遥かに衆を超えていながら、十年近い放浪の果てに一徹が得たものといえば、六蔵と呼ぶ初老の槍持ただ一人だった。

吉弘はそこまで考えて、不意に身震いを覚えた。鋭すぎるほどの頭脳を持つ一徹なら、そんなことはとっくに分かっているはずだ。

吉弘には、一徹が毎夜独座して大盃を傾けずにはいられない心情が、肌寒いほどに理解できる気がした。

三

——男振りなら村山様。

城下の娘達の間で、近頃そんな評判が高い。村山正則のことである。

実際、この若者が当世具足に身を包み朱塗りの長槍を小脇に抱えて馬を進めていく姿には、香気が匂い立つばかりの爽やかさがある。しかも戦場における働きの凄まじさは、家中で並ぶ者もいないであろう。

その正則が、早くも秋の気配を感じさせる爽やかな風の中を歩いていく。大輪の牡丹の小袖に、背に三日月を描いた袖無しの胴衣（どうぎ）という、いかにもこの男らしい派手やかな身なりで、手に大ぶりのひょうたんを二つぶら下げている。中身はもちろん酒だ。

中原城は山城だけに、いたる所に石段がある。正則は軽やかな足取りで、塀に沿って搦（から）め手へと登っていく。時折り人影を見掛けると、たとえそれが中間の小者であっても必ず自分からおうおうと声を掛けて通り過ぎた。

七月の空に、入道雲があちこち湧き上がっている。道端の椎（しい）の木からは、鳴きかわす油蟬の太い声が耳に痛いほどに響いた。

搦め手の門の近くから右手に折れて形ばかりの馬場をかすめて行くと、そこに一徹の住まいがある。

もともとは高橋利家の想い女（め）が住んでいたというが、身分のある娘ではなかったのであろう、部屋が二つに土間が付いただけの小さな檜皮葺（ひわだぶき）の小屋で、門もなければ塀もなく、疎（まば）らな木瓜（ぼけ）の生け垣に粗末な枝折り戸があるばかりである。

望んで無禄を通しているとはいえ、一徹こそは家中で随一の重臣であるに違いなく、となれば使用人の二十人も置くような屋敷を構えるのがむしろ当然であろう。しかし一徹は、屋敷を建てることなど無駄なことだと言い切り、この雨の漏りそうなあばら屋に六蔵と二人だけで暮らしている。

（これは、質素などというものではない）

生け垣越しに中を窺いながら、正則は小首をかしげた。自分の財を惜しむのならばともかく、一徹の場合は主君の吉弘から、必要に応じて思いのままに金を引き出してくる特権を与えられているはずではないのか。

しばらく息を整えてから、正則は明るい表情を作って枝折り戸を通った。

「石堂様はござるや」

すぐに障子の向こうで人の動く気配がし、六蔵の脂気のない顔が覗いた。

「おられぬ」

一徹は昼前に、馬に乗ってどこかへ出掛けたという。例によって領内の地形、街道の状況、さらには稲の実り具合などを検分しているに違いない。

「おっつけ日も暮れる。待つうちには、帰ってこられよう」

正則は板敷きへ上がろうとして、ふと白い歯を見せた。

「よい酒が手に入ったので、持って参った。一つは石堂様に差し上げるとして、あと一つは六蔵殿と二人で片付けるといたそうか」

六蔵は別に礼を言うでもなく、無愛想に正則の手からひょうたんを受け取った。すぐに塩豆と熱い酒が、正則の前に並べられた。

「六蔵殿、まずは一献(こん)」

六蔵は枯れ木を刻んだように肉のそげた体をしゃんと伸ばして、杯の縁を嘗めるように息長く静かに飲む。その間、瞳を動かすのも惜しむかと思われるほどに、感情が顔に浮かび上がってこない。

(これは主人の一徹よりも難物ではないか)

そう思うと正則はいっそ噴き出してしまいたいような気持ちで、さらに酒を勧めた。

すでに西の空は赤く染まり、窓を背にした六蔵の姿を黒々と浮かび上がらせていた。軒先の鳥籠でしきりにやまがらが鳴く。

「六蔵殿は、よほど以前から石堂様に仕えているようだが」

「殿に槍を教えたのは、このわしだ」

やはり正則の推測通り、六蔵は一徹の父の代からの家臣であるらしい。となれば、一徹という途方もない怪物をこの男こそは最も深い所でとらえているはずだ。正則は身を乗り出して言った。

「どんなに鮮やかな勝利を収めても、石堂様は顔の筋一つ動かすことがない。誰もが不思議と申しておるのだが、石堂様はいくさに勝ってもうれしゅうはござらぬのかな」

不意に、正則が一瞬息を呑んだほどに強い光が六蔵の双眸に宿った。しばらくそのまま正則を見据えていた六蔵は、やがて杯を置いて静かに口を開いた。

「石堂一徹ほどの男が、名もない土豪ずれの首級を挙げたからといって、それが何の功名になろうぞ。勝てるに決まったいくさなど、殿もわしも少しもうれしゅうはないわい」

言葉の意味をはかりかねている正則に追い討ちを掛けるように、六蔵はさらに言った。

「しかしいつの日にか、あの殿が顎を外して笑うまでに会心のいくさをする時が必ず来ようぞ。その日のために、貴殿も存分に腕を磨いておかれるがよい」

正則は当惑した。最近の数度の合戦は、遠藤勢にとってはいずれも胸のすくような快勝に終わっている。だがこのような勝利など何の功名にもならぬと、六蔵は言う。

この数ヶ月のいくさなど、一徹にとってはものの数にも入らないものであるらしい。

しかし、それではあの気難しい一徹が顎を外して笑う会心のいくさとは、果たして何を意味するものなのか。一体誰を相手にして、そのような一戦を繰り広げるつもりなのか。

正則は、六蔵に次々と杯を勧めた。酒でも飲ませれば、この男の重い口も少しは滑らかになるのではあるまいか。

もともとが酒好きと見えて、しばらく杯を重ねているうちにようやく六蔵の頬に赤みが差し、表情が穏やかになってきた。

「石堂殿の在所は、どちらなのかな」

「北信濃の埴科郡に石堂という村がある。石堂家はその土地に七代続く領主で、初代の時に土地の名をとって姓としたと聞いておる。五代前からは村上家に仕えて、今でも一千石を与えられている」

六蔵はそこで言葉を切り、遠い往時を偲ぶまなざしを宙に投げた。

一徹は、五代目当主の龍紀(たつのり)の次男として生まれた。子供の頃から群を抜いた骨太の体格で、十三歳の頃には早くも並の大人を凌ぐ体になり、誰からも武人としての将来を嘱望(しょくぼう)される存在であった。しかも利発で、史書を読む早さには龍紀も感心するばかりであった。

六蔵は一徹が七歳の時に龍紀から頼まれて傅役（教育係）となり、槍と太刀の稽古をつけるようになった。その上達振りには眼を見張るものがあって、十四歳になる頃には師の六蔵も歯が立たないまでに腕を上げた。

鈴村六蔵といえば、村上勢の中でも『槍の六蔵』の異名を取る槍の名手なのである。その武芸自慢の男が、しかも三十歳という体力、技量ともに最盛期にありながら、わずか十四歳の少年に手も足も出ない。

六蔵が特に感心したのは、一徹の武芸が有り余る体力に任せた力技ではなく、あくまでも理にかなった動きを積み重ねる、いわば磨き上げた華麗な芸とでも言うべき強さを備えていることであった。

六蔵は、この少年が自分を凌ぐ力量を発揮するようになったことで狂喜した。

「石堂家に麒麟児が現れた。この若の武勇こそは、石堂家の家運を興すであろうよ」

六蔵は一徹のことを、若殿を略して「若」と呼んでいたのである。この時から六蔵は龍紀に願って一徹付きの家臣となり、常にそばにあってこの神童に武芸だけではなく、武将としての心得を叩き込むことに努めた。

一徹の初陣は十五歳の時で、これは誰の場合でもそうであるように、六蔵をはじめとする家臣、郎党達がお膳立てをして相手の武者の首を取らせたものであった。しかし一徹は二度、三度と場数を踏むうちにたちまち戦場の空気に馴染み、誰の介添えもなしに敵の首級を挙げるようになった。

それどころか常に周囲に目を配る余裕が一徹にはあり、郎党が苦境にあるとすぐに馬首を回して、相手を追い払うのもいつものことであった。

十八歳の頃からは一徹は武者働きばかりではなく、いくさの駆け引きにも才能を発揮するようになっていた。石堂勢の犠牲を最小にするために、退くべき時は退き、攻めるべき時は先頭に立って突撃して、進退ともにまったく危なげがなかった。

「一徹は、俺よりもいくさがうまい」

龍紀は感心し、自身は前線に出ずに戦闘の指揮は一徹にすべてを任せるほどであった。幾多の武功を重ねるうちに、二十歳になるかならずかで一徹は村上の家中でその名を知らぬ者がないまでになった。

「やがては、村上の軍勢を石堂一徹が背負って立つであろう」

と誰もが言い、ついには村上義清が石堂龍紀を呼んで、こう申し渡した。

「次男ではあるが、あの一徹に家督を譲ってやれ」

通常ならば長男の輝久(てるひさ)が石堂家を継ぎ、次男の一徹は輝久を補佐する立場なのである。だがそれでは、一徹はその大才を存分に伸ばし得ないと義清はみた。

「石堂家の総領(そうりょう)になってこそ、一徹は思いのままにその天賦の才を発揮できるであろうよ」

それは、龍紀もまたひそかに思っていたことであった。だが過不足なく長男の役割を果たしている輝久に、自分の口からは言い出しかねていたのである。主命ということになれば、輝久もいやいやながらも納得せざるを得まい。

こうして一徹は、石堂家の六代目当主となった。そしてそれを機に妻を娶り、二年後には女児を得て内外ともに順風満帆の生活が続いた。むろんその後も一徹の功名は増すばかりであり、それに応じて所領も二千石にまで膨らんだ。

しかしいつの頃からか、一徹と村上義清との間に微妙な溝が生じた。二十五歳を超えて戦術の名手となっていた一徹は、戦術だけでなく戦略にも自分なりの意見を持つまでに成長していた。その一徹の目から見ると、義清の戦いぶりには納得のいかないことが多かったのである。

まだ若かった一徹は、恐れる色もなく主君に直言しては、義清の不興をかった。そして同じようなことが何度も重なった挙句に、ある時義清は、一徹に相談すれば反対されるのを承知していながら、あえて独断で武田信虎を挑発する行動に出た。武田は素早く村上領の佐久郡小室（現小諸市）へ進出し、焼き働きを行って反撃した。しかも一徹にとっても義清にとっても不幸なことに、病気の父を見舞うために実家に戻っていた一徹の妻と愛娘の青葉が、その戦禍の中で失われてしまったのである。

それを知った一徹は、ついに義清を見限る決心をした。

（戦略でも戦術でも、自分は義清を遥かに凌いでいるではないか。義清に自分をうまく使いこなすだけの度量さえあれば、村上家の将来は洋々たるものになるはずなのだ。しかし、現実には義清はつまらない意地を張って自分と知恵比べをしては、悪戦苦闘を続けている。こんな武将に従っていては、自分自身の将来の展望も開けてこないであろう）

こう思われてならなかったのである。

（この広い世間には、必ずやこの一徹にすべてを託すだけの度量を備えた武将がいるに違いない。そうした大将に仕えてこそ、初めて自分の大才が花開くというものであろう）

そう信じた一徹は、家督を兄の輝久に譲って村上家を退散し、流浪の旅に出た。従う者は、鈴村六蔵と郎党の駒村長治（こまむらながはる）のただ二人であった。六蔵もまた長男に家督を譲り、妻子を石堂村に残しての出立である。

しかし一徹の予想に反して、その後の旅は苦難に満ちたものになった。遠藤家に身を寄せるまでに、一徹は三人の武将に仕えた。いずれも自分の采配でたちまち領土を大きくしていったが、やがて主君との間がうまくいかなくなってしまい、退散することの繰り返しだった。

その原因はある時は主君の猜疑心であったり、嫉妬であったりしたが、いずれにしても一徹を受け入れる器量の男など、滅多にいるものではないと思い知らされる日々であった。

それまでは一徹も仕官の常として主君から知行地を与えられ、功名の度に加増を受けるという形を取っていたが、領地の増えるのがあまりに早く、やがては家臣達ばかりか主君からさえも白い目で見られることが多くなった。知行地が増えればそれに応じて自前の兵力が大きくなり、いずれは主家を乗っ取るのではないかと疑われてしまうのである。

ついに三人目の主君に仕えた時からは、一徹は一切の知行を受け取らず、無禄で通す方針に切り替えた。人の何倍も働いて主家を富ますばかりで、自分には何の報酬も求めないというのであれば、痛くもない腹を探られることもないのではないか。

一徹は、もはや富貴も立身も望んではいなかった。

この比類のない戦略家は、自分の才能を存分に発揮できる場を得て、石堂一徹がどれほどの男か世間に知らしめることだけを念じるようになっていた。

一徹は自分の魂が音を立てて燃焼するような陶酔を求めて、全知全霊を傾けて戦っているのだ。現代の言葉で言えば、自己実現を目指しての雄渾な旅とでも表現すべきであろう。

しかしそれでも、一徹の切なる願いはむなしかった。武士が戦場で命を張って戦うのは、功名を立てて所領を増やしたいからなのである。一徹のように無報酬でただひたすらに働くということ自体、当時の世間の常識からはおよそかけ離れた価値観なのであった。

この男の戦術眼には年を重ねるにつれて益々磨きがかかり、今やいくさにかけては右に出る者はこの信濃の地におるまい。何しろ一徹のいくさだてによる戦いで、この十数年の間に一度も負けたことがないのである。

しかし、この大男の放浪の旅はいつになっても終わらない。その間に自分の才能に対する自負と現実の落差は、次第に風貌に孤高の気配を濃く漂わせ、暗い陰影がその全身を包むようになっていった。

四

六蔵はしばらく感慨にふけっていたが、やっと正則の視線に気が付いて言葉を吐いた。

「世の中にはごくまれに、途方もない大きな夢を持ち、しかもそれを実現するだけの力を備えた男がいるものじゃ。それは、雲を摑むような話かも知れぬ。だが、若はそれに賭けているのだ。そしてここまでくれば、わしも同じさ。わしが見込んだ石堂一徹がどれほどの男であるか、それを見極めるのがわしの生き甲斐なのよ」

「夢だと？　それはどんな夢でござる」

「今はまだ言えぬ。だがあと一年もすれば、貴殿にも分かるであろう」

六蔵は、もう何も言わなかった。判然としないまま正則が杯を傾けているうちに、当の一徹の雄偉な姿が庭先に動いた。

正則は腰軽に縁先に出て挨拶をしたが、一徹は一瞥を与えただけで六蔵に水を汲ませ、ゆっくりと顔から首筋を拭った。

紅を刷いたような空の下で、秋が近付いているのを知らせるように虫が鳴き始めた。

「実は、折り入ってお願いしたい儀がありまして、まかりこしました」

馬乗り袴を脱いで胡坐をかいた一徹に、正則はあくまでも明るい声で言葉を続けた。

一徹は六蔵の用意した杯を干しながら、先を促すように眼を上げた。

「この正則を、石堂様の下に置いていただきたい。石堂様のご承諾さえいただければ、明日にも殿に願い出る所存です」

一徹は底光りのする目を正則に注いでいたが、やがてゆったりと尋ねた。

「そのわけは？」

「あるいはお聞き及びかと思いますが、この正則、若菜様に想いを懸けております」

　正則はさらりとそう言い、こぼれるような笑顔になった。こうした言葉を吐いても雰囲気が生臭くならず、どこまでも爽やかに透き通っているのがこの男の身上であろう。

「だが、私は百姓の生まれで門地がない」

　つい数ヶ月前まで三千八百石に過ぎなかった遠藤家で家柄が云々されるなど、一徹にとっては笑止の沙汰としか考えられない。しかし逆に言えば、このような山間の僻地(へきち)であればこそ、代々積み上がった地縁、血縁といった繋がりが、余所(よそ)者には理解しがたいまでに重みを持っているに違いない。

　召し抱えられて数年に過ぎぬ正則にしてみれば、そうした遠藤家譜代の家臣達を凌ぐためには、功名に次ぐ功名を上げて実力で圧倒し去るほかはないのであろう。

「実は数日前、殿が鷹狩りに参られた折りに姫を戴きたいと申し入れ、見事に叱りとばされております。いや、別に落胆はいたしませぬ。石堂様でさえ、この中原城攻略の恩賞に若菜様を望んでかなえられなかったのですから」

　正則は快活に笑った。

「断られてもともと、今は殿に私の存念を知っていただければ充分です。後は戦場での働き一つで、何とでもなりましょう。ただ、競争相手が石堂様というのは、ちと荷が重うございますが」

正則はことさらに軽く言って白い歯を見せたが、一徹は僅かに眉を寄せて不興気な表情になった。

「拙者も、もはや不惑に近い。おぬしと姫を争う気など、初めから持っておらぬわ」

「では、何のために若菜様を望まれました」

一徹は正則から目をそらせたまま、苦い顔で杯を重ねた。気まずい沈黙が二人を包んだ。

そこへ賄い方の役人が、膳を運んできた。六蔵が連絡しておいたと見えて、正則にも料理一式が用意されている。正則は救われた気持ちで椀に手を伸ばした。

膳の上には、鯉のあらいに野菜の煮付け、味噌を塗った焼き茄子、具だくさんの汁などが並んでいる。

「そなたは、越山兵庫殿の与力であったな」

なおも杯を運びながら、不意に一徹が尋ねた。

村山正則は遠藤吉弘の直臣だが、身上が小さいために戦場にあっては侍大将の越山兵庫の指揮下にある。これを当時の言葉で『与力』といい、『寄騎』とも書いた。一徹には諸国から流れ込んできた新参者を中心に、百三十人が与力として預けられていた。

「越山殿の下では、思うように功名が得られぬか」

「越山様に不服があるわけではない。ただあのお方は、いくさとは自分の運と勇気を頼りに、ひたすら敵陣に突っ込むことだと思うておられる。いや越山様だけではなく、この近郷の侍どもは皆同じでございましょう」

一徹のいくさ振りはまったく違う。一徹の戦術の特色は、戦闘から賭博の要素を一つ一つ取り除いていき、ついには筋道の通った理と技ですべてを事務的に処理してしまうところにある。従って一徹の用兵は、常に理詰めで危ういところがない。いわば能役者が能を演ずるように、あくまでも磨き上げた芸でいくさをする。百戦して百勝するのが当然だという意味のことを、正則は喋った。

「それで、拙者の与力になりたいと申すのか」

「左様」

正則は熱い汁を冷ましつつ、ゆるゆると雑談風に付け加えた。

正則が見るところ、吉弘の薫陶（くんとう）もあって家中には勇猛の士が多く、下級将校である物頭（ものがしら）級の人材も揃っている。ただ高級将校というべき侍大将達に一徹のいくさだてを完全に消化できるだけの頭脳がなく、まして臨機応変の才を持った者は皆無と言ってよい。

中では馬場利政が抜きん出ていようが、その利政にしても目先の変化に大過なく対応するのが精一杯で、戦局全体を見通して働くまでの眼力はない。

一徹の戦略がいかに卓抜なものであっても、その成否はいつに侍大将達の指揮能力に懸かっている。当然一徹はそれを制約条件としつつ、作戦を立案せざるを得ないのだ。

「私に命じて下されば、もっとやれる」

とまでは、正則は言わない。だが、むろんあとは察してくれということであろう。

(売り込みか)

一徹は、この爽やかな風貌の若者に興味を覚えた。武勇を売り込んでくる男は多いが、頭を買ってくれというのは他に例がない。

正則はいわゆるいくさ働きのいい男で、どんな乱戦の中にあってもよく大局を掴んでいて、進退ともに余裕がある。

正則もまた、体質的に芸でいくさをする男なのではあるまいか。さもなければ、あも的確に一徹の戦法を分析できるはずがない。

だが、いつになく熱を帯びた自分の心に気が付いて一徹は唇を引き締めた。大言壮語と実際の能力とがまったく別のものであることを、この男は長い経験で知り尽くしている。

あとはやらせてみるしかない。

「与力の件は、明日拙者から殿に言上しよう。殿のお許しが戴ければ、早速にも申し付けたい儀がある」

「これはかたじけない」

「口外してはならぬが、近日中に沼田主膳を討伐する。今まで通り降伏するものはすべて許すが、主将の沼田主膳は表裏のある男ゆえ、必ず除かなければならぬ。館を急襲すれば、主膳は刈谷原峠越えの間道を逃げて遠縁の太田弥助を頼らんとするであろう。そこでおぬしは間道を検分し、主膳を討ち取る策を立てて具申せよ」

「私に一手をお任せあるのか」

「それは、策による」

「いや、有り難い」

これが登用試験であることにあるいは気が付いていないのではないか、一徹がふと危ぶんだほどに、正則は無邪気な表情になった。

三日後、正則は山歩きの軽装のまま一徹のもとに帰って報告した。

「峠のしばらく手前に、右手が崖、左手が谷となった切所があります。ここに前日から兵を入れ、沼田主膳の通るのを待って巨岩、大木などを投げ落とせば、労せずして奇功を博しましょう」

一徹は満足した。正則は、槍をとっては家中に並ぶ者もない武勇の持ち主である。

血気にはやって敵と渡り合いたいと言い出すのではないかと、一徹はひそかに危惧していた。が、どうやらこの若者には存外な器量があるらしい。

その数日後、遠藤吉弘は一徹の進言を入れて沼田討伐の兵を起こし、村山正則は二十人の雑兵を率いて山にこもり、手はず通りに沼田主膳の首級を得た。得意満面の正則は吉弘の前に進み、山中に主膳を待ち伏せして奇襲し、数十合の激闘の末についに主膳以下八名全員の首級を挙げたと言上し、即座に銀三枚の恩賞を受けた。

不審に思った一徹が後で正則を呼ぶと、正則は悪戯を見つかった子供のように首をすくめた。

「白昼堂々と得物を振るって敵を討ったと言わねば、味方の士気が上がりませぬ。殿も、そうした話を喜ばれます」

一徹は一瞬虚を突かれて、言葉がなかった。こうした計算の確かさとこの男のいかにも爽やかな印象とは、どこでどう繋がり合うのであろうか。

第四章　天文十八年　晩秋

一

頭に掛かる楓の枝を払いのけつつ、ゆったりと吉弘は歩いていく。こうして視界一面が燃えるばかりの十月の紅葉の中に身を置いていると、夢の世界にでも紛れ込んでしまったような錯覚すら覚えてくる。すでに首筋のあたりまで薄く染めるまでに酒が回り、一歩ごとに上体がゆらゆらと揺れた。

大きな楓の木を回るとそこには一際鮮やかな緋毛氈(ひもうせん)が敷かれていて、女達の一団が賑やかに談笑していた。

「若菜、ひと回り歩いてみぬか」

吉弘の姿を見て、若菜は手にしていた横笛を置き軽やかに腰を浮かせた。

「参りましょう。でも、大丈夫でございますか」

「何の、これしき。紅葉を愛(め)でて酒を酌む、まさに極楽よ」

吉弘は酒が強い。というよりは飲んでも芯は存外にしっかりしていて、酔うほどに好人物を演じてみせるようなところがあり、そんな父を知っているだけに若菜は笑ってその後についた。

侍女が一人、転げるように若菜に続いた。

楓、銀杏、小楢といった木々が、その鮮やかな色彩を競い合うようにして空を閉ざす中を、道は緩く下っている。あちこちに筵や毛氈が敷かれ、着飾った老若男女があるいは飲み、あるいは歌い、歓声が絶え間なく起こった。

吉弘と若菜はそれぞれに会釈を送りつつ、ゆるゆると歩いていく。

「よいことを思い付いてくれた。見るがいい、家中の者も城下の者も、いや近在の百姓どもまでが、こぞって楽しんでいるではないか」

新美山で紅葉狩りをやろうと提案したのは、若菜なのである。それも百姓、町人一丸となった盛大な物見遊山にしたいのだという。

「そうすれば、みんなが喜ぶ」

若菜はわざと舌足らずにそう言い、吉弘は小考してその案を採った。

この中原郷が遠藤家の領地となって日も浅く、まして春から夏にかけての連戦で、民の負担もかなりきつくなっている。領土が広くなれば動かす軍勢の規模が大きくなって、移動を容易にするための道普請が急務となるし、また戦場が次第に中原城から遠くなるために、兵糧や武具を運ぶための荷駄（補給部隊）の徴発も大掛かりにならざるを得ないのだ。

いっそここは、前例がないほどの華やかなお祭り騒ぎをぶち上げて、一気に人心の結束を図るべきであろう。

この目論見は見事に当たった。今日この紅葉狩りに参加している者は、百姓どもまで含めれば優に千人を超えているに違いない。

やがて両側に僅かに平地が開けて、大勢の人々が溢れるように群れていた。無礼講とはいいながら自然と身分によって占める場所が分かれており、このあたりは百姓や城下の商人の姿が多い。道端には、酒や餅や焼き栗などを売る出店が一杯に並んで賑わっていた。

「殿が見えられた」

「お姫様じゃ」

人々は二人に気が付くと、頭を下げつつ道を開けた。その態度には領主を畏怖している様子もなければ、変に狎れたところもなく、ごく自然な親近感がこもっている。

二人は、一々それに挨拶を返しながら進んだ。

その後ろから子供達が何と言うこともなく従いてきては、お姫様、お姫様と声を掛ける。話がしたいというよりは、若菜がその心に染み透るような笑顔を向けさえすれば、それだけで充分であるらしい。

「お姫様、これを」

団子売りの若者が駆け寄るようにして、一皿の団子を差し出した。若菜は、可愛い仕種で目を見張った。

「まぁ、おいしそうな」

若菜は手を伸ばして一串を取ると、周りの人々の顔を見渡しながら悪戯っぽく首をすくめて黒い餡の付いた団子を嚙んだ。黒山の人々から、わっと歓声が上がった。

「お菊も一つ戴きなさい。治助(じすけ)の心尽くしですよ」

若菜は団子を口に含んだまま、後ろの侍女を振り返った。

「私は……」

侍女は当惑した。菊にしてみれば、若い娘が人前で、まして道端に立って物を食べるなど裸で往来を歩くほどに気恥ずかしい。

「よし、俺に寄越せ」

横で見ていた吉弘が助け船を出した。

さすがに吉弘には分かっていた。団子を差し出した若者の心情を思えば、たとえそれが石でも笑って飲み下してみせるべきであり、さりとて二本の団子を平らげるのは、若菜にとっても辛いのに違いなかった。

のであろう。

だがそれにしても、このような細(こま)やかな心遣いを、この娘は一体どこで身に付けた

進むにつれて吉弘の驚きは増した。団子屋ばかりではなく甘酒屋、餅屋といった出店の主が、若菜に一休みしていくようにと、次々に気やすく声を掛けてくるのである。もちろん代金を取る気など毛頭なく、ただ若菜がにこやかに応対してくれさえすれば、それだけで満足であるらしい。さらに驚くべきことには、若菜はそうした物売り達の名前を大半はそらんじており、誰とでも気軽に受け答えをしているのである。

若菜のこの沸くような人気はどうであろう。

若菜が毎日城下の朝市に出掛けるのは吉弘も知っているが、夏祭りの時など夕刻に城を抜け出し、踊りの輪に入って舞いに舞い、ついには舞台に上がって唄まで歌っていたという。それが評判になり、翌日には近隣の村々から人が繰り出し、城下は割れるような騒ぎであったらしい。

吉弘は戦場にあってそれを知らず、後で聞いて珍しく若菜を叱った。身辺の警護の問題もあるが、第一どうにも領主の娘の振る舞いではあるまい。

「でも、みんな大層喜んでおりましたよ」

若菜は笑って舌を出すばかりでまるで子供だとその時吉弘は苦笑したが、こうしてみると、なるほど若菜の言いたいことは少し違うらしい。

若菜の態度には、あどけなさの中にも持って生まれた気品があり、そのために人々を嬉々として心服せしめるような不思議な雰囲気が漂っている。今若菜が右を向けと命じれば、ここにいる全員が一昼夜でも喜んで右を向いているであろう。

面白いと、吉弘は思った。

百姓、町人達を完全に掌握しているのは、どうやら吉弘ではなくこの若菜であるらしい。しかも武力も権威も背景としていないだけに、その支配力はむしろ完璧なものとは言えまいか。

そこへ、一人の娘が駆け寄るようにして飛び込んできた。

「お姫様、つるでございます」

一目で山育ちと分かる素朴な目鼻立ちをしたその娘は、幾分のはにかみを含んで自分の着物の袖を伸ばしてみせた。

「よく似合います」

若菜はつるをその場で回らせ、手を打って褒めた。つるの顔が赤くなった。

はて、吉弘は首を傾げた。つるという娘は日に焼けた肌の色といい、節の太い指といい、明らかに百姓の家の者なのである。

しかし着ている小袖は、赤地一面に菊の花を散らした見事なもので、とてものことに百姓の娘の手に入るような代物とは思われない。しかもその図柄には、うっすらとした記憶すらある。

「本当に、何とお礼を申してよいやら」

「では約束通り、その分だけ唄を聴かせてもらいましょうか」

「いえ、どうぞお姫様こそ舞台に」

まわりの群衆からも盛んに歓声が起こった。ちらりと吉弘を振り返って首をすくめる若菜に、吉弘は苦笑しながら頷くほかはなかった。この圧倒的な声援に逆らうことは、領主の吉弘にさえ到底できそうもない。

草を刈った広場に、高さ一間（約一・八メートル）ばかりの粗末な舞台が組まれている。若菜は、つると並んでその舞台に登った。その姿を見てさらに人が動き出したが、そのざわめきも笛が鳴り出すとぴたりと止み、水を打ったような静けさの中で若菜が歌い出した。

（また、一段とうまくなった）

音痴とはいえ、人の唄の巧稚は吉弘にも分かる。若菜の声はしっとりとした哀感が特色だが、歌い出しは意識して抑えていき、サビの部分に至って一気にそれを盛り上げるあたりの呼吸は、もはや立派な芸と言っていいであろう。

音域が高まるにつれて声はどこまでも細く澄み通っていき、ついには絶え入るかとみる間に一転して調子を変え、明るく続きを展開していくといった緩急自在の技巧を駆使しながら、しかもすべてを温かい情感に包み込んで技巧臭をまったく感じさせないあたりに、若菜が一歩突き抜けた境地に達したことを吉弘は認めた。

「お殿様、このたびは姫君より格別の御高配を賜り、まことにお礼の申し上げようもございませぬ」

いつの間にか木戸村の名主、徳兵衛（とくべえ）がそばに来ていて、腰をかがめて挨拶した。

「何のことだ」

「おや、お殿様は御存知ない」

徳兵衛はいかにも人のよさそうな小ぶりの顔を上げ、たどたどしく言葉を続けた。

二

この紅葉狩りが領内に布告されたのは、半月ほど前のことである。その高札に、

「身分の別なく参加勝手たるべきこと」

とあったから日を追うにつれて人気が沸くように盛り上がり、誰からともなく、村々から唄が自慢の者どもを選び出しのどを競おうではないかという話が持ち上がった。

ところで、木戸村の外れに住む木阿弥（もくあみ）という百姓につるという娘がいる。この娘が

野に出て歌えば、ひばりがさえずるのを止めるとまで言われ、その美声は近隣に聞こえていた。

が、何分にも家がひどく貧しい。紅葉狩りに出るにはそれなりに晴れ着を用意しなければならないが、つるにはそれができない。

その話を、若菜がどこかで小耳に挟んだ。すぐに若菜は侍女を連れて木戸村へ出向き、田の畔に立ってつるに唄を所望した。

突然の貴人の来訪に当惑していたつるも、若菜の人懐こさについほだされ刈入れ唄を一節歌って聴かせた。若菜はつるの噂以上の美声に驚き、その場で口移しにその唄を習い、別れ際に礼として菊に持たせてきた自分の小袖を与えたのだという。

もちろん二、三度は袖を通してはいるが、まだまだ充分に若菜自身の外出着として使えるものである。領主の娘の晴れ着なのだから、その華麗さは水呑み百姓の娘にとっては、手を触れるのさえ空恐ろしいほどであったろう。

「つるはうれしさの余り三日ばかりは眠ることもできず、野良仕事に出る時にも、きれに包んで大切に持って歩いたそうでございます」

徳兵衛はそう言って笑い、また吉弘に頭を下げた。

吉弘は黙然として腕を組んだ。唄を習った礼というのはむろん口実で、若菜は初めから小袖を与えるつもりでつるに会ったのに違いない。

若菜は小さい頃からよく気が付く娘だったが、それにしても最近の気の回し方は、親の目から見ても少々気味が悪いまでにでき過ぎている。

舞台では、今度はつるが歌っていた。つるの声はこの青空一杯にどこまでも広がっていくように、底抜けに明るく伸びやかである。

若菜が技術の積み上げの上に、独特の情感をまぶして一曲に仕上げているのに対し、つるの場合はまず歌いたいという強烈な情熱が中心にあり、その情熱がほとばしるにまかせて奔放に歌い上げていく。

これはむろん優劣とは関係がなく、どちらを採るかは各人の好みの問題でしかない。ただ、つるの声はこうして太陽の下で賑やかに楽しむのに向き、若菜のそれは夕刻一人静かにしみじみと聴くのによいとは言えるであろう。

若菜とつるは交互に歌い、ついには興の乗った若菜は鼓を取り、つるの唄に合わせて打ち始めた。

群衆の中にどよめきが起きた。二万石余の大名の娘が舞台に上がって唄を歌うだけでも、前代未聞の椿事（ちんじ）なのである。まして水呑み百姓の娘のために下座として鼓を打つなど、到底有り得べきことではなかった。

「あの姫のためならば、死んでもいい」

吉弘の近くにいた百姓男が、不意に顔を覆って泣き始めた。この時代、人は感情を抑制する習慣を持たないだけによく泣く。

この男につられて、あちこちですすり泣く者が続出した。

しかし若菜はそんなざわめきにも耳を貸さず、ただ一心に鼓を打ち続ける。唄の世界に陶酔しきったこの娘の頬は桜色に輝き、夢見るようなその表情は、もはやこの世のものとは思えないほどに美しい。

(はて、このような娘であったか)

ふと、吉弘は疑問を覚えた。若菜は昔から無邪気で誰からも好かれる娘ではあったが、しかし横山郷にいた頃は、それなりに喜怒哀楽の感情の振幅が大きく、吉弘に食ってかかるようなことも珍しくなかった。

しかしこの数ヶ月の間に、若菜の性格は良いところだけが大きく膨らみ、それがさらに純化されついには光り輝くようなあどけなさだけが残って結晶となり、眩いばかりにきらめいている。

今ではその身辺から生臭味といったものが完全に抜け切ってしまい、その挙措動作はすでに天女のそれに近い。そして人間の世界から一歩踏み出してしまったところが、人々に異様な感銘を与えて止まないのであろう。

だがこの娘を十七年も手元に置いて眺めている吉弘には、今の若菜の姿に微妙な違和感を持たずにはいられない。これはこの半年の若菜の成長を示すものなのか、あるいは何か他に原因があるのか。

(若菜の唄にしてもそうだ)

つるの唄を聴きながら、吉弘は思った。わが娘のそれこそ、このつるにもまして何の技巧もない飛び切り素直なものでなければなるまい。しかし現実の若菜の華麗な歌い振りには、精緻過ぎるほどの技巧がしっかりと裏打ちされているのである。

やがて若菜はつると並んで刈入れ唄を歌い、それを最後に舞台を降りた。割れるような喝采を浴びつつ吉弘のもとに戻ってきた娘はまだ興奮が冷めやらず、頰から首筋にかけてが紅を刷いたように赤く染まっていた。

「それほどまでに唄が好きか」

「はい。領主の娘でなければ、一日中でも歌っていられますものを」

本気で残念がっているその表情は、どう見ても子供っぽいまでに幼いものでしかない。

(すべては思い過ごしなのであろうか)

吉弘は唇をゆがめて苦笑した。

二人は人込みを分けるようにして歩き出した。

広場を抜けると武士達の領域で、子供達もさすがにそこまではついてこない。爽やかな秋風に頬をなぶらせながら、頭に触れるばかりの紅葉の中を二人はゆったりと歩いた。

「俺はまた、席に戻って飲まねばならぬ。そなたも少し休むがよい」

つややかな赤い実がたわわに実るななかまどの木の下で道は二股になり、吉弘はそこを右に折れた。城内の女達の席は、左手の坂を一町ばかり上った所にある。

だが、若菜は足が進まなかった。あの緋毛氈に戻れば、大勢の女達に取り囲まれ横笛の一つも吹いてみせなければならないであろう。どっと疲労が噴き出してきた今となっては、それがひどくうとましい。

その時道端のすすきの中から、石堂一徹がむっくりとその巨大な姿を起こした。

「お疲れでござろう」

袴に付いた草を払いながらそう言う一徹に、若菜はこの娘には考えられないような不機嫌な顔を向けた。

「それもこれも、石堂様がいけないのです」

実はこの紅葉狩りを言い出したのは、一徹なのである。領内を隈なく検分して歩いているこの男は、ある土地の炭焼きからこのあたりの紅葉の見事さを聞き、それを若菜に伝えた。

若菜は即座に紅葉狩りを思い付いたが、いっそそれを無礼講のお祭り騒ぎにすべきだと一徹は提案した。

「それも、姫から殿に言上なされるがよい。同じことでも、姫の口から出るとずんと華やいで聞こえます」

若菜は喜んでそれに乗り、そして今、紅葉狩りは予想を遥かに凌ぐ盛況裏に行われている。

が、疲れた。

若菜がいかに明るく陽気な娘だとはいっても、朝から数刻にわたって何百人もの人に会い、その間の態度にまったく緩みが見えないというのはやはり尋常なことではあるまい。

もちろん若菜は天性として邪気がなく、人懐こい。しかしいかに生地の性格とはいえ、その一面だけしか人目に晒すことを許されないというのは、時間が長引けば苦痛になるであろう。

そうした若菜の鬱積した気持ちが、一徹に向かって爆発した。

一徹は何度か目をしばたたき、やがて髯に覆われた頰を緩めて僅かに笑った。その間に何の言葉もなく、ただ目だけが優しい光をたたえていた。

(やはり、このお方だけは分かってくださる)

若菜の肩から、ふっと力が抜けた。

この娘が一徹に不満をぶちまけたのは、別に一徹に何かをしてもらいたいからではない。若菜はただ、実の親さえ察していないこの秘めやかな気苦労を、せめて一徹にだけでも知っておいて欲しかったのだ。

この男さえ理解していてくれれば、若菜はそれを支えにまた元気を奮い起こして、笑顔で演技を続けていけるのである。

「私はこの頃、自分がひどくいやな人間のように思える時がございます」

若菜は、なおも硬い表情を崩さずに言った。

繊細な心を持った人間には、生きるに辛い世の中なのだと一徹は思った。しかしそれを口に出しては言えず、ただ若菜の真摯な顔を見下ろしつつ小さく頷いてみせた。それだけでも、行間を読むことにたけたこの娘にはその思いが幾分なりとも伝わるであろう。

「この山の紅葉は、実のところ一人でしみじみと楽しむのによい。それで、ここから四町ばかり上ったところに姫のために席を設けてござる。途中は道も途切れて歩き難いが、要所要所に白い紙を枝に刺してあるゆえ、迷う恐れはありますまい。よろしければお使いくだされ」

「そこからは、どんな景色が見えます」

「左様……」

一徹は一瞬考え、改めて若菜の顔を見て微笑した。

「杉の木が一本」

それだけを言い、一徹は巨体を揺らしつつ坂を降りていった。背中に担いだ紅葉の一枝が、黒ずくめのこの男には不似合いなまでに鮮やかだった。

「本当に、気味が悪うございますね」

「何のことです」

不意に菊にそう言われて、若菜は驚いて振り返った。

「石堂様でございますよ。お姫様も、珍しく嫌な顔をなされていたではありませんか」

若菜は呆然とした。

たしかに今、一徹に対して嫌な顔はした。しかし一徹は若菜の演技を見抜いているただ一人の男であり、すでに舞台裏まで知られてしまっている以上、今更他人行儀に笑ってみせても始まらないであろう。若菜にとって、疲れて不機嫌な自分をそのまま安心してぶつけられるのはこの世に一徹だけしかない。あの場合、嫌な顔を見せることこそ何よりの信頼の証であり、この上ない甘えのあらわれではないか。

そして、一徹ほどに甘え甲斐のある男は他にあるまい。

一徹は若菜が疲れて帰ってくる時の心境を察し、若菜が一人で静かに心身を休められるようにと席をしつらえて待っていてくれたのだ。

だが、それが菊には通じない。普段はむしろよくものに気が付く娘なのに、この菊でさえ一徹という人間はその片鱗すら摑むことができないらしい。

「では、参りましょう。杉の木を見に」

若菜はきっぱりとそう言い、右手の坂を登り始めた。すぐに右手に細い分かれ道があり、白膠木(ぬるで)の枝に刺してある白い紙が風に吹かれていた。

やがてその道も途切れ、熊笹を摑まなければ登れないまでに険しくなり、若菜も菊も足を滑らせて何度か転んだ。

「もうお止めなさいませ」

菊は悲鳴を上げたが、若菜は聞かずに這うようにしてその難所を抜けると、不意に坂道が消えて視界が開けた。

山腹のそこだけが僅かな平地となり、濃いすすきの茂みを刈って緋毛氈が敷かれていた。若菜は二、三歩動いただけで、声もなく息を呑んだ。

目が眩(くら)むばかりの景観がそこにあった。

あらゆる赤とあらゆる黄色に染め上げられた山並みが幾重にも折り重なって連なる果てに、燕(つばくろ)岳から穂高(ほたか)岳に至る巨大な山塊が黒々と屹立している。魂まで吸い込まれるような深い藍色の空は、あくまでも澄み切って一片の雲すらない。

そしてこの尾根の先だけが一面のすすきの原になり、そこに一本の杉の木が天を指してそびえていた。全山燃えるような紅葉の中にあって、数日前の雨に洗われた杉の緑が眩しいまでに目に染みた。

呆然としてあたりを眺め渡していた若菜は、この時ふとあることに気が付いた。目の下にある高い木々のあちこちに、つい最近枝を切った跡が見えるのだ。注意して見ると、どうやらこの場所からあの杉の木を見通すために、障害となる木や枝を伐採したようだった。

（石堂様がなされたのだ！）

そう悟った瞬間、不意に激しい感情がどっと胸に噴き上げた。

若菜は毛氈の上に膝を突いて顔を覆い、身を揉むように泣きじゃくった。

一徹は若菜一人のために、この風景を一層完璧なものにすべく、木に登っては次々と邪魔になる枝を払ったのに違いない。しかも、それは今日ではない。

いかに不人気とはいえ家中きっての重臣である一徹は、今日はそれなりに酒をさされる機会が多く、とてものことにこんな山奥で木に登っているわけにもいくまい。とすれば一徹は前もって一里の道を駆けて下見をし、この場所を見付けておいたのであろう。

若菜は瞬きもせず、天に向かってすっくと立つ一本の杉を見つめた。

秋の透明な日差しを一杯に浴びた杉の緑は、凄絶なまでに原色が氾濫する中にあって、際立って目に優しく風にそよいでいる。高さは十五間を超えていようが、ここから見る限り、この光景の中に占めるその割合はさほどに大きなものではない。しかしそれを背景の山々との対比で捉えてみれば、その位置といい大きさといい、寸分も変更を許さないのっぴきならない関係であることが、若菜には恐ろしいほどに分かっている。

(この年古(としふ)りた一本の杉こそ、この風景の主題でなければならぬ)

そう断定したところが、一徹の審美眼の鋭さであろう。

あの男は山に入ってまずこの杉の木を発見し、周囲の紅葉と杉の緑が最もよく調和する場所を探し求めて、ついにここに至ったのに違いない。

しかしこの場所からは、木立ちに遮られて肝心の杉の木を見通すことができない。そこで一徹は、自己の美意識が命ずるままに木を切り枝を払って、この一大景観を作り上げた。

まさに創作であろう。

一徹は自分の美的感覚を理解しうるただ一人の鑑賞者のために、自ら斧を振るってこの風景を描き出してみせたのである。数百人の観衆に小器用に唄を歌ってみせたただけの自分に比べれば、たった一人の観客のためにこのような創造意欲と労力を惜しまぬ一徹は、どれ程に雄大な魂を抱いていることか。

だが若菜はこの時、一徹という男の不幸をしみじみと思っていた。

若菜には、自分が人より遥かに感受性が強い娘だという自覚がある。しかもその自分でさえ、一徹の感覚の鋭さには息せききってやっと従いていけるに過ぎないのだ。常人の世界からそこまで隔絶してしまえば、もはや人は孤高に生きるほかには、自分の魂を守り通していく道が持てないのではないか。

歌詠みや絵師であるならば、それはそれでよいであろう。しかし一徹は常に数百数千の軍団の中央にあって、その兵達の心を指先で自在に操らなければならない立場なのである。

どれ程の時が過ぎたか、背後の森で人の動く気配がした。

「ややあ、あの白い紙は何かと思うて辿ってくれば、何と姫がおられるではないか」

村山正則は掌までが赤く染まるまでに酔っており、一歩踏み出すごとにそれがひらひらと宙を舞うような歩き方で、無造作に毛氈の上に上がりこんだ。

「無礼でありましょう」

厳しくたしなめる菊に、正則は酒臭い息を吐きつつ、それでも爽やかさを失わずに笑ってみせた。

「なに、無礼講ではないか。いや、今日はしたたかに酔うた。今は途方もなく眠うてかなわぬ。では、御免」

言うより早く、大柄な体が傾いて首が若菜の前に倒れ、膝枕のような形で横になった。僅かに薄目を開けて白い歯を見せた正則は、次の瞬間には溶けるように安らかな寝息を立て始めた。

「何ということを！」

菊は顔色を変えた。主筋の姫に膝枕をさせるなど、家臣としてこれほどの無礼はない。吉弘に見つかれば、即座に打ち首にされても文句は言えまい。

だが、若菜はすでにいつもの柔らかい表情に戻っていた。

「いいではありませぬか。それとも、お菊が代わってくれますか」

誰に対してもそうなのだが、とりわけ若い武士に対しては、若菜は寛大な気持ちを持っている。一度(ひとたび)いくさが起これば、この若者達は明日にも死ななければならない身ではないか。それを思えばこの者達がいかに貪欲に今日を楽しもうとも、一体誰が非難できよう。

（けれど――）

と、若菜は唇をほころばせた。他の者ならばいざ知らず、この正則はたとえ地獄の鬼どもが迎えにきても、今度はその鬼と組み討ちして首級を挙げ功名の種にしてしまうのではあるまいか。

若菜は膝を正則に任せつつ、目を上げてなおも丹念に滴るような紅葉の様を眺めていた。吹き渡る風さえも赤く染まるかと思われるまでに、山々の色彩が濃い。

吉弘に膝を貸したことはあるが、若い男を相手にするのはもちろん初めてで、息の掛かるくらい近くに正則の髭の濃い端整な顔を意識すると、何やら甘酸っぱい気持ちがしないでもない。

やがて背後のすすきが揺れ、一徹の姿が覗いた。

「ほう、これは」

一徹は、この男には珍しいゆったりとした声を上げた。

「この天地の間に姫と正則を配せば、まさに一幅の絵でございますな」

「呑気なことを。石堂様、この無礼者を何とかして下さいませ」

菊は泣くようにしてそう頼んだが、一徹は眉も動かさずに素早く若菜の表情を読んだ。

「いや、これでよろしかろう。やがて目を覚ませば、いかにあつかましいこの男も面が上げられぬほどに恐縮し、御家のために身を粉にして働くに違いあるまい」

その時正則のまつげがさっと動いたのを認めて、一徹はひそかに苦笑した。予期した通り、一筋縄ではいかないこの若者は、はじめから少しも眠ってはおるまい。

実のところ、一徹はこうした行動にでた正則の心理がおおよそは分かっている。正則が吉弘に若菜を望んだのはつい先日のことであり、とすればこの男は今度は若菜自身の気持ちを探るために、あえてこうした暴挙に出たのであろう。

そしてやってはみたものの引っ込みがつかなくなったものか、あるいはあまりの心地好さに後はどうとでもなれと腹を括ったものか、こうして狸寝入りを続けているのに違いあるまい。

「見事な景色に、ただただ感服いたしております。ことに、あの斧の使い方には」

若菜は一徹を見上げ、それだけを言った。果たして、一徹は無表情ながらもふっと目を細めた。

「下では、あと半刻ほどで帰城の支度を始めると申しております」

「それまでに正則が目を覚まさなければどういたしましょう。それにこの大頭は、存外に重とうございます」

「酔っ払いを起こすのには、よい手だてがある。びんの毛を軽く引いてやれば、奇態と目を覚ますものでござる」

「まことですか」

一徹は頷いた。むろん、嘘である。しかしこう言っておけば、若菜にしても正則にしてもきっかけを摑みやすいに違いない。

一徹が去ってしばらくして、若菜は悪戯半分に正則のびんの毛を引っ張ってみた。本当に奇妙なまでに反応があり、正則はうーんと伸びをしつつゆっくりと目を開いた。

そして面白そうに覗き込んでいる若菜に気が付くと、大仰な身のこなしで跳び上がった。

「これは、とんだ粗相を致しました。天にも遊ぶ気持ちで眠っておりましたが、いや、これでは目を覚ますのではなかった」

「どうです、もう酔いは醒めましたか」

「まずは大丈夫」

正則はそう言いながら盛んに頭を叩き、顔をしかめて見せ、いかにもまだ相当に酔いが残っているという身振りをした。

「それでは、そこに立つと何が見えます」

そう言われて正則は、初めてその光景の目を奪うばかりの美しさに気が付いたらしく、瞳を見開いてあたりを眺め渡した。

「左様、目にも綾なる唐錦（からにしき）とでも申しましょうか」

柄にもなく懸命に美辞麗句を探している正則を見て、若菜は独特ののどを鳴らすような笑い方をした。

「いいえ、ただ杉の木が一本」

三

流し場でちかに垢を擦らせながら、吉弘は陶然として目を閉じた。女の手が背骨の節々を滑ってゆく度に、僅かに酔いの残る体の芯がうずくほどに心地好い。

「今日は早寝ぞ」

「一日中の紅葉狩りで、さぞお疲れでございましょう」

ちかは吉弘がつい最近側室に入れた娘で、切れ長の目と肉(しし)置きのいい体をしている。水が掛からないようにまくり上げた裾(すそ)から覗く足が、湯盥(ゆだらい)の湯気に溶けてしまうほどに白い。年はまだ二十歳を超えてはいないであろう。

「いやさ、お前を抱きたいからよ」

「いやでございますよ」

そう言って身をくねらせながらも、胸から腹へと女の手は微妙な動き方をした。

(俺も大した身分になったものよ)

それを思うと、吉弘はにまにまと笑み崩れてしまうのをどうしようもない。家は旭日昇天の勢いで内外に何の憂いもなく、夜は夜でこのような若い娘に伽をさせるとなれば、これほどの楽しみが他にあろうか。

その時、湯殿の外で人が動いた。

「石堂殿が、至急にお目通り願いたいと参上しておりますが」

金原兵蔵が板戸越しに言上するのを聞いて、吉弘は露骨に嫌な顔になった。

まだ宵の口とはいえ、こんな時に表向きの話を持ち込むことはないであろう。しかし余人ならばいざ知らず、一徹とあっては追い返すわけにもいかない。

「書院に通しておけ」

吉弘はちかに背中を流させ、湯殿座敷に入ってことさらにゆっくりと汗を乾かし、新しい下帯を付けた。

廊下を渡っていくと吉弘の動きにつれて虫の音が止み、すぐにまた背後に湧き上がってくる。夜に入って風が落ち、木立ちの闇が際立って深い。

一徹は部屋の中央に石像のように座っていた。表情のない暗い顔が乏しい灯を斜めに受け、いつにも増して不気味な陰影が濃い。

「酒を飲むか」

「いや、お人払いを」

一徹はまずそれだけを言った。吉弘はしばらく沈黙した。人といっても、この部屋には二人の他にはちかしかいないのである。が、やがて低い声で、

「行け」

と命じた。その表情はひどく苦い。

「夜分ながら、申し上げたき儀があって参上つかまつった。上原兵馬を急襲すべく、明朝卯（う）の刻（午前六時）に貝を吹き、兵を集めていただきとうござる」

「上原兵馬を！」

一徹が吉弘に随身するにあたって、船岡の里を所領として望んだことをむろん吉弘はよく覚えている。従って船岡村を統治している上原兵馬を討つこと自体は、吉弘も決して反対ではない。

問題は上原当人ではなく、その背後にある。船岡村は深志の地をすぐ眼の下に望む山里で、上原兵馬は古くから林城城主の小笠原長時と親交を結んでいる。

そしてその長時こそはこの中信濃で最大の豪族であり、勇名は遠く他国にまで聞こえていた。

船岡には小規模ながら砦があるが、そこから小笠原長時の居城、林城の付け城である犬甘（いぬかい）城、桐原（きりはら）城までは、一里強しか離れていない。上原兵馬に事ある時には、たちまちその精鋭が援軍として馳せ参じてくるであろう。

「それだからこそ、急襲して一気に抜かねばなりませぬ」

この城の内外にも、あちこちから大勢の間者が紛れ込んできている。その者達の手で、今日の城下あげての紅葉狩りのことは、すでに上原兵馬の耳にも届いているに違いない。

　こちらがこれだけのお祭り騒ぎを演じた以上、上原方としてもまさか明日遠藤勢が奇襲してくるとは思いも掛けていないであろう。ならば、攻撃を仕掛けるのは明日しかない。

「それが付け目か」

　いやな奴だとまでは、吉弘は思わない。

　しかし、家中こぞっての今日の行楽までを戦略の道具として利用し尽くそうという一徹の提言は、吉弘にとっても心の底が冷えるものには違いなかった。

「なるほど、上原の館は一撃にして落ちよう。しかし問題はその後だ。船岡村を我が物とすれば、以後は小笠原と境を接することになる。まずは全軍を船岡に結集して、対峙することになろう。それには、ちと時期が悪い」

「何故でござるか」

「この城のことよ」

　吉弘は磊落（らいらく）に笑って見せた。

「二万石を超す大身となってみれば、この城もいかにも手狭じゃ。思うに裏の朝日山まで郭（くるわ）を広げて二の丸を置けば、地形といい、城の結構といい、大軍を入れるにふさわしくなろう。今月中にも早速人を集めて、城の普請に取り掛かろうと思っていたところだ。その人数を船岡に取られてしまうとは、いかにも辛い」

それは嘘ではない。だが実のところは、吉弘はそろそろいくさというものに食傷気味になってきていた。

一徹を召し抱えて以降、春から夏にかけていくさを重ねて、ついに夢にも思わなかった二万石余の大領を手に入れることができたではないか。ここらで一息ついてもいいだろうというのが、吉弘の打ち割った本心であった。

それにこんなにいくさに明け暮れてばかりいては、どうしても領内の隅々まで内政の眼が行き届かない。一徹が所領を望まないために、領地の拡大を上回る勢いで吉弘の直轄領が増えているのだ。

金原兵蔵をはじめとする行政官が飛び回ってはいるが、以前の三千八百石の頃と比べると、行政の肌理(きめ)の細かさでは到底及ばない。もともと内政が得意な吉弘としては、気に掛かることがいくらでもある。

また新たな領地の中には、吉弘の目から見れば未開の沃地(よくち)があちこちに残っている。ここでいくさの手を休めて新田開発に力を入れれば、一年か二年で五、六千石の増収は見込めるであろう。そうした施策を進める方が、いくさよりも余程吉弘の肌に合っている。

しかし一徹は、そんな吉弘の気持ちを撥ねつけるように冷ややかに言った。

「城の手入れなど、無用でござる」

「無用とな」

吉弘は気色ばんだ。

「およそ大国の都たる所は、広茫たる平地が開けて城下を置くに足り、街道は四通八達して兵の集散が容易な要衝でなければなりませぬ。この中原城などは四方を山に囲まれた狭隘の地で、大軍を入れるなど思いも寄りますまい」

「それは分かっておる。だが、ならば城を築くにふさわしい場所が領内にあるか」

「領内にはありませぬ。だが、目を南西に向けてご覧あれ。広大な沃野が茫々と拡がる中を道は四方から集まり、しかも数千の軍勢を収容し得る堅城が、すでにあるではございませぬか」

「林城か！」

「左様。あれを取って居城にすれば、すべてが片付きましょう」

何気ない一徹の言葉は、しかし強弓から放たれた矢のように吉弘の心に突き刺さった。吉弘は焦点の定まらない目で、一徹の茫漠とした表情を眺めやった。

林城を本拠とする小笠原長時こそは、このあたりの豪族にとってまさに天に輝く日輪のような存在なのだ。その光彩の前に立てば、いかなる勇者もたちまち目が眩んでしまうほどに圧倒的な武力を持つ小笠原に敵対することなど、思っただけでも体が震えてくる。

今や二万石余の大身とはいえ、二十数年間にわたって蓄積された恐怖心は一朝一夕には抜きがたい本能的な劣等感となって、吉弘の胸に黒々と巣食っていた。しかも現在でさえ六百に過ぎない遠藤家の兵力は、質量ともに小笠原長時のそれに遠く及ばないのである。

しかし、一徹は平然としていた。

「拙者が指揮する限りは、兵は相手の半数もあれば充分でござる。船岡の砦を改築してこれに拠れば、すでに攻略は半ば成ったと思ってよいでありましょう」

一徹は、吉弘の目をしかと見つめて続けた。

「それにこの地方に勢力を伸ばす限りは、いずれは小笠原を除かねばなりませぬぞ」

しかし、吉弘は沈黙したままであった。それも当然であろう。小笠原長時を討った後の自分の地位を思えば、あまりの運命の変転にただただ呆然として息を呑むほかはない。

そんな吉弘の胸中を見通したように、一徹はさらに声をはげまして言った。

「小成(しょうせい)に甘んじめさるな。拙者が常に申し上げますように、遅くとも数年のうちには必ず武田がこの地に手を伸ばして参りまするぞ」

武田の領地は、甲信合わせて四十万石は超えているであろう。その四十万石の兵力が来襲すれば、三千八百石も二万石も等しく風の前の塵にしか過ぎまい。

「殿は一体、どれほどまでの身代をお望みでござるか」

吉弘は返答に窮した。

百年以上もの間、深志を中心とするこの中信濃の険阻（けんそ）な山塊は、武力による統一を頑強に拒み通している。自然の成り行きとして、あちこちの山襞（やまひだ）を守るだけの土豪が無数に輩出し、激しい消長を繰り返してきた。

兵力といっても、数十から精々百名余という小勢であり、いくさにも準備はほとんど不要なのである。しかも互いの居館は、馬を飛ばせば数刻の距離しか離れていない。当然合戦は大部分が奇襲であり、しかも一度敗北すれば再起はまず不可能であった。吉弘もまたそうした土豪の惣領として生まれ、物心の付いた頃から常に小競り合いの中に身を置いて過ごしてきた。

父親も弟も二人の叔父も、そんな名もないいくさの中で死んでいった。

吉弘にとっては、生きるとは横山郷三千八百石を命を張って守り抜くことであり、そして隙を窺っては一寸でも他領に足を踏み込んで我が物とすること以外になかった。吉弘がこの十八年の間に成し遂げたものといえば、父から譲り受けた所領に、長い苦闘の末に大里村を加えただけである。その間には、死地に落ちたことも一度や二度ではなかった。多くの家来も、そのために死なせている。

吉弘は、いわば泥の中を這いずり回ってようやく現在の領地を手に入れたのだ。こうした人生を送ってきたこの男は、究極の目標など持ったことはなく、また持つべくもなかった。

吉弘の当惑をよそに、一徹は静かに口を開いた。

「来年の秋までには、殿は大大名と呼ばれる御身分になられましょう。その領地は、南は塩尻峠から北は善光寺平に至り、東は佐久郡から西は野麦峠を越えて、飛騨の北辺にまで達しまする」

吉弘は耳を疑い、愕然（がくぜん）として一徹の顔を見詰めた。

四

「武田と取り引きする力を持つためには、できる限りの大きな領地が必要でござる」

以前一徹は、そう進言したことがある。その大きな領地とはどのくらいのものか、一徹は具体的には示さなかったが、吉弘は漠然と三、四万石程度かと想像していた。四万石といえば現在の所領の倍にあたり、望んでも容易にかなうものではないが、一徹の底知れぬ武略をもってすればあるいは可能かも知れぬと吉弘は思い始めていた。

しかしこの男が意図している規模は、吉弘の予想を遥かに超えるものであった。一徹が言う領地とは、実に長尾と武田の手がまだ及んでいない中信、北信の全域を指しているのだ。

石高でいえば信濃四十万石余の半分、二十万石にも達するであろう。これは甲斐の二十三万石、駿河の十五万石にも匹敵する大領で、もしこれが実現すれば、吉弘は実質的には立派に一国を支配する戦国大名に名を連ねる。

一徹が豪族同士の小競り合いに勝っても、眉一つ動かさないのは当然であった。近い将来に長尾と武田の激突を必至と見て、その死闘に吉弘にも一役買わせようとするこの男とすれば、この半年のいくさなどは単に足場を固めるための掃討戦に過ぎず、部屋の中の物を片付けるような手軽さで事を処理しているだけなのであろう。

一徹の視点に立てば、小笠原長時どころか村上義清の領地までもが、この一年で手に入れるべき当面の目標なのである。

（この男は、俺を武田と長尾の間に立つ、第三の勢力に仕立て上げようとしている！）

慄然として、首筋を冷たいものが走った。吉弘は恐怖に満ちた目を、灯の届かぬ天井に投げた。

今にして思えば、一徹がこうした壮大な将来構想を固めたのは決して昨日今日の思い付きではあるまい。この三月に遠藤家に身を寄せて間もなくのうちに、来年の秋までに中信、北信を平定する具体案をひそかに練り上げていたのであろう。

高橋勢の奇襲を奇貨として中原城を奪取したのをきっかけに、この男の大構想は今や着々と実現しつつあるのだが、しかしこの間、一徹はその計画の片鱗すら吉弘に洩らしたことはなかった。

遠藤家の所領が僅か三千八百石しかない時に、小笠原を討つ、村上義清を倒すなどと公言しても、吉弘は一徹が狂したかと驚くだけで、その大言壮語を真面目に受け取ろうとはしなかったであろう。

しかしここで上原兵馬を強襲すると提案する以上は、小笠原長時が遠藤家の次の標的なのは誰の目にも明らかである。一徹にしてみれば、小笠原と正面から対決する態勢がようやく整ったという確信を持っているのに違いあるまい。

小笠原と戦うと聞いて愕然とした吉弘を見て、一徹はついに計画の全貌を打ち明ける時機が来たと判断したのであろう。鋭い光を目にたたえて強く言った。

「小笠原を討つと言われて、肝を潰しているようでは困りまするぞ。そもそも小笠原ごときは、遠藤家にとって最終の目標ではござらぬ。これまでの半年のいくさなどは小笠原を倒すための準備期間で、本当のいくさはこれからでござる。小笠原の後には村上がおり、さらにその先には武田晴信、長尾景虎が控えておりまする。ここまで来れば、もはや引き返すことはできませぬ。殿も腹をお括り下され」

（吉弘は、小笠原長時の過去の幻影に怯えているのだ）

一徹はそう断定している。たしかに長時は、昨年の諏訪侵攻までは五千人の動員能力を誇っていた。しかしもともと名門意識が強くて性格が傲慢な長時には人望がなく、ましてや昨年の塩尻峠の大敗以降は、武田が長時の居城、林城の西南僅か二里半に位置する村井城を落として兵を入れたこともあって、周辺の豪族が次々と離反している。現在の兵力は千二百が精々であろう。こんな落ち目の小笠原など、恐れる理由は何一つない。

（俺は一徹にとって何なのであろうか）

一徹の言葉を聞きながら、吉弘はふとそう思った。

もちろん形の上では一徹は吉弘の家臣であり、この野心家は一度として家臣の分を踏み外したことはなかった。そういう点では、むしろ一徹は必要以上に筋を通すことに気を配っているようであった。

しかし、現実はどうであろうか。遠藤勢の軍事戦略は、事実上完全に一徹によって掌握されている。あらゆる計画は一徹が立案し、すべての作戦を自ら指導していた。

もちろん一徹は何一つ独断で行うことはなく、必ず吉弘の裁可を受けていたが、実際問題としてこの男の軍略に吉弘が口を挟む余地などあろうはずもなかった。

吉弘も決して自分ではいくさが下手だとは思っていなかったが、一徹にかかってはそれこそまるで大人と子供ほどにも技量の違いがある。

どうして一徹ほどの大才が自分のような微力の土豪に随身したのかという、最初から抱いている疑問がようやく解けたように吉弘には思えた。

人に慕われることのない一徹は、自分が総大将になったのでは部下がついてこないことを知り抜いているのであろう。あの男が自分の野望を果たし、才腕を存分に振るうためには、誰か総大将にふさわしい人間を担ぎ上げる必要があるのだ。

その目的から見ると、この自分こそはうってつけの人物ではないのか。

吉弘は合戦の采配には特に才能があるとは言えなかったが、内政手腕には見るべきものがあり、人材を登用する念が厚く、また家臣の声望が高いことも一通りのものではなかった。

吉弘はすでに二万石を超す大身であった。だが、自分の現実の仕事とは何か。

それは、次々と拡大する領地を直轄領に組み入れては行政の網の目を張り巡らして人心の安定を図るとともに、必要な戦費を調達することであった。肝心の軍事を統帥する実権は、体よく取り上げられてしまっているのである。

たしかに吉弘は、半年前には夢想もできなかったような広大な領地を手に入れた。しかしそれは、正しくは一徹の野心が実現しただけのことで、吉弘の一切あずかり知らぬことなのだ。

（これでは、どちらが主人か分からぬ。表面はともあれ、実際には一徹の大望をかなえるために、俺は身を削って尽力しているのではないか）

　この数ヶ月、吉弘を捕らえて離さなかった漠然とした不安が、急にはっきりとした輪郭を持って迫ってきた。

　今までの吉弘の四十二年の人生は、勝つにしろ負けるにしろ、ずっしりとした手応えのある充実した日々であった。弟を失った奇襲も大里村を手に入れた合戦も、消しがたい強烈な思い出として吉弘の胸に深く刻み込まれている。

　それに比べてこの数ヶ月の出来事は、余りにも希薄な印象しか自分の心に残していない。すべては紗を通して見るようにぼやけていて、それまでの人生のように生活と運命がぴったりと密着した重みを持っていないのであった。

　吉弘は急流に押し出された小舟のように、行方も分からないままにただ流れに任せて一気にここまで辿り着いただけなのだ。誰にも臣従せぬと誓ったはずの自分は、いつか一徹の台本のままに動く役者にされてしまっているではないか。

　吉弘の胸に、さらに冷えた感情が走った。ふと、一徹がこれほどの大才を持ちながら誰からも重用されないのは、この底知れぬ野心のせいではないかと思い当たったのである。

（よほどの大器でなければ、とても一徹は使いこなせぬ。俺がこの男を家臣にしているのは、あるいは鹿が狼を家来にしたようなものかも知れぬ）

今は、鹿が狼を引き連れて走ってはいる。しかしもし鹿が一歩でも走るのを止めれば、その瞬間に狼は鹿をひと呑みに食い尽くしてしまうのではないのか。

一徹は、遠藤家に随身後も一貫して無禄で通している。吉弘はそれを、領地経営の雑務に精力を割かれることがうとましく、戦闘指揮に専念したいからだと理解していた。

だが今になってみると、一徹の真意はもっとずっと深いところにあるのではないか。

この半年間、吉弘をはじめとする家臣達はそれぞれに身を粉にして働いてきた。その苦労が、現在の二万石を超す領地となって実を結んでいる。

だがそれも、一徹の知略があればこその話である。もしこの男一人が参加していなければ、他の誰がどれだけ骨を折ったところで、遠藤家は今ももとの三千八百石のままなのは間違いあるまい。

この間の一徹の働きを正当に評価するならば、八千石の大禄を与えても決して過大ではないであろう。しかしそうなれば、一徹は二百四十の自前の兵力を手元に置くことになり、家中での立場は微妙なものになりはしないか。

今ここに、内政に長じていて、しかも陽気で侠気が強く家臣の処遇も手厚いが、いくさの采配がさほどうまくない武将と、性格に癖が強くて人望も薄いが、いくさには滅法強い武将がいたとしよう。

家臣としては、どちらの武将を主君に持ちたいであろうか。

戦闘に明け暮れていた当時の武士ならば、百人が百人、後者に仕えたいと思うはずである。功名手柄も立身出世もいくさに勝てばこそのもので、いったん負けてしまえば、領地はもとより一族郎党の命すら失う羽目になりかねないのだ。

現に遠藤家の家中でも、普段は一徹に寄り付きもしないくせに、戦場に出る時には一徹の与力になることを望む者がひきもきらない。いくさの勝敗を分ける重要な局面では、一徹自身が手勢を率いて敵に突入するのが常であり、そうした時にこそ功名の種はいくらでも転がっているのである。

もし無類のいくさ上手である一徹の手元に二百四十の兵力があれば、家臣達の心に吉弘と一徹を天秤にかける気持ちが湧いても不思議はあるまい。

そうなれば、吉弘自身も一徹に全面的な信頼を置くことは難しくなるであろう。

一徹はそうした異心を吉弘に疑われるのを恐れて、遠藤家の兵力をすべて吉弘に帰属させ、自身はあえて無禄で通しているのではあるまいか。吉弘の動員兵力は六百名余、一徹のそれは六蔵ただ一人とあっては、一徹が遠藤家を乗っ取ることなど、どんなに疑り深い人間でも夢にも思うまい。

そして一徹が無禄でいることは、吉弘に何重もの利益をもたらしている。家臣の処遇を厚くし、吉弘自身も大名としての栄華を楽しみながらなお領民の税負担を重くしないで済んでいるのも、本来は一徹が取るべき八千石の収入がそっくりそのまま吉弘の懐に納まってくるからなのだ。

一徹は吉弘に途方もなく大きな飴をしゃぶらせておいて、自身の天下への野望の実現に向けて、着々と邁進しているのに違いあるまい。

吉弘は暗然たる気持ちになった。そこまで考えが至ってしまえば、とりあえずは上原兵馬への出撃も見合わせてしまうべきであろう。

「小笠原と兵を争うというのか。それも面白かろう。しかしかくも大事の件ともなれば、家中の家老(おとな)どもにも諮(はか)らねばなるまい。早速に軍議を開くといたそう」

「軍議? 軍議など開いてどうなされる」

「無駄だと申すのか」

一徹は強い光をたたえた目で、吉弘を見据えた。

「左様。何となれば、いくさだてとは大勢の人間が集まって合議すれば、それで最良の案が決まるというものではないからでござる」

軍事的才能こそは人間に与えられる能力の中で最も希有(けう)のものであり、一人の天才の前には、並の武将が百人集まってもなお遥かに及ばないのだ。

「源義経の例を見ればそれが分かりまする」

一徹は言葉を続けた。

軍議の度に義経と対立した梶原景時は、なるほどあの時代にあっては名うてのいくさ上手であり、その自負と実績があればこそ、事あるごとに自分の意見を強く主張して止まなかったのであろう。

しかし景時にとって不幸なことには、相手の義経こそはこの国が生んだ最初の、しかもその後も比肩する者もない軍事的天才だったのである。

義経は刻々と集まってくる情報を整理しつつ、彼我の兵力を比べ諸将の気質を探り、戦場となるべき場所の地形を案じていくうちにいつしか双方の兵馬が起き上がって眼前に動き始め、ついには両軍が喚声を上げて激突する様がありありと俯瞰できてしまうという、驚くべき才能に恵まれていた。

そして一旦そうした光景が見えてしまえば、もはやどんなもっともらしい言葉も空しく虚空に砕け散ってしまうほかはないであろう。

「しかし、義経にも落ち度はある。もし本当にそこまでの成算があるなら、梶原景時を理を尽くして説得することもできたであろうが」

「いや、それは無理でござる。たしかにいくさだてというものは、十のうち九つまでは理屈で説明することができましょう。しかし残る一分こそは、天から舞い降りるひらめきとでも言うべき霊妙なもので、これぱかりは到底筆にも舌にも尽くし難い。しかも合戦の勝敗を分けるのは、いつにこの一分にかかっておりまする。その辺の機微が痛いまでに分かっておればこそ、義経はついには軍議の席上で刀を抜き、『我が命に従え！』と喚くよりなかったのでござりましょう」

自分もそうだとまでは、一徹は言わない。しかしここでことさらに義経の例を引く以上は、

「軍事は天才が独断専行すべきものであり、しかも自分は義経にも匹敵する天才なのでござるぞ」

と一徹は主張したいのに違いない。

吉弘は再び沈黙した。

自分の目の前に、異様な怪物が壁のようにそそり立っているのを吉弘は感じた。それは深山の霧のように果てしなく深く、しかも何物をも呑み尽くさずにはいられない、圧倒的な重量感を持って動いていた。

ほとんど恐怖と言っていい感情にとらわれている吉弘に、一徹はなおもゆったりと言葉を継いだ。

「いくさのことは、すべてこの一徹にお任せあれ。殿は目を高く揚げて、天下に志を

伸ばされよ。小笠原とのいくさは、殿が天下に名乗りを上げる出発点でござれば」

「天下に！」

吉弘はその言葉に呆然とし、泣くような声を上げた。

五

横殴りの風が、刺を含んで若菜の頰を打った。秋風というよりは、その鋭さはもはや木枯らしに近いであろう。急ぎ足になる足の下で、落ち葉がしきりに乾いた音を立てた。

若菜は侍女の菊ともども、転げ込むようにして一徹の住まいに入った。

「これは、これは」

思いがけない来客に急いで書見台を片付けようとした一徹は、若菜の様子を見て手を止めた。

「むさい部屋ながら、隣の方がよろしかろう。囲炉裏の火にでも当たりなされ」

「ほんに、昨日今日とめっきり寒くなりました。今夜あたりは、山に雪が降るやも知れませぬ」

若菜は煤けた囲炉裏に手をかざしながら、大袈裟に肩をすくめて見せた。そうした仕種の一つ一つに、いつものあどけなさとも違った微妙な甘えのようなものが匂っている。

六蔵が囲炉裏から鉄瓶を外して、三人にお茶を淹れた。

「生き返ります」

若菜は慎ましい身振りでゆっくりと口に含んでから、ふと目を見開いて菊を振り返った。

「この家の住人は、お二人揃ってお酒に目がない。お茶受けはあるまいと思って持参するつもりでおりましたのに、ころりと失念してしまいました。お菊、城下の采女橋のたもとに、おいしい団子を売る店がありますね。ひと走りして買っていらっしゃい」

「しかし……」

菊は意味ありげな表情で、若菜を見た。

「何です」

「私はお殿様から、一時たりともお姫様のそばから離れるなと厳命されております」

「そうですか」

若菜は、くっくっとのどを鳴らすようにして笑った。

「それでは、今宵お菊が馬之介と逢う時には、若菜も立ち会わなければならないのですね」

「どうして、それを――」

菊の頬が朱を刷いたように赤く染まるのを見計らいながら、若菜は歌うように言葉を続けた。

「若菜は、あのお団子が食べたい。食べたい、食べたい！」

「聞き分けのない」

苦笑しながら去る菊を見送って、若菜は首をすくめた。

「若菜に変な虫が付かないようにと、あれがお守りについているのです。父も近頃余計な心配ばかりするので、若菜もほとほと閉口しております」

「どうやら、拙者など変な虫の最たるものでござろう」

「まさか。城下にはいろいろと素姓も分からぬ者が、忍び込んでおります。私が気軽に城下を歩き回るゆえ、父はそれを案じているのでございます」

若菜はいかにも無邪気に大きな目を輝かせてそう言ったが、その実内心では一徹の言葉を肯定せざるを得ない。たしかに最近の吉弘には、若菜と一徹の接触を嫌う気持ちが異常なまでに露骨になってきている。

「団子はないが、かき餅がある。召し上がるか」

「戴きます」

若菜は頬を緩めた。黙って菊に団子を買いに行かせ、その後でさっとかき餅を出すあたりの呼吸の合い方が、若菜には小気味良いほどに好ましい。

一徹は自身で立って、棚の上から漆塗りの鉢と餅網を下ろした。六蔵の姿は、とうにこの家から消えている。

若菜は餅網を囲炉裏の火に載せ、かき餅をその上に並べた。すぐに香ばしい匂いが狭い部屋に満ちた。

「ところで、石堂様はいつ船岡へ出立なされます」

紅葉狩りの翌日の急襲で船岡の里は遠藤領となっており、今は僅か一里を隔てて林城の支城である犬甘城、桐原城と睨み合う状態になっている。船岡には上原兵馬が築いた砦があるが、一徹はそれを大々的に改修して小笠原攻略の拠点とする腹づもりであった。

「遅くも三日の後には。雪が積もる前に、せめて砦の屋根だけでもあげておかなければなりませぬ。今回は作事方の門田治三郎を連れて行きますので、心強い限りでございます」

一徹は遠藤家の家臣の中で、門田治三郎が一番気に入っていた。一徹も治三郎も根っからの仕事師で、やることに一切の妥協がなく、しかも必ず目的を達成するという点が二人はよく似ている。

この半年ばかりは、治三郎は軍勢が移動するための街道の整備に走り回っているが、その出来栄えは充分に一徹を満足させるものであった。

船岡の砦の構築に当たっては、一徹は自分の経験を随所に織り込んだ縄張りにしたいと考えており、一徹の意図するところを完璧に実現するには治三郎の技術力が不可欠だった。

さらに運野四里と村山正則も、吉弘に願い出て同行させる許可を得ている。四里は小笠原長時と諏訪の武田勢の動向を探るためであり、正則は一徹の身辺に置いて、いくさの駆け引きからいくさだてに至るまでの教育を施すのが目的であった。一徹が見るところ、遠藤家にあって将来自分の片腕となり得るのは正則ただ一人であった。

「あとは、雪の中で冬ごもりですね」

「まず来年の二月末までは、雪に埋もれながら内部の造作に励むほかはありますまい」

若菜は、かき餅を裏返す手を休めて顔を上げた。

「石堂様がおられないと、このお城も寂しくなります」

「そう言って下さるのは、姫お一人でござろう」

人の話を聞く時の若菜の表情ほど素晴らしいものがこの世にあろうかと、一徹は思う。

若菜は小首を傾げるようにして、殆ど瞬くこともせずに真っ直ぐに相手の顔を覗き込む。その瞳には絶えず朝露のような透明な輝きがきらめき、形のよい唇はいつも僅かに緩んで白い歯がこぼれている。この表情に接しただけで、人は一種鮮烈な感動を覚えずにはいられない。

その若菜の顔が、ふっと笑みを含んだ。笑うと豊かな頬が動き、大輪の牡丹がゆったりと花開いたように一際華やかな印象になった。

「他の誰に、寂しがってもらいたいのでございましょうか」

一徹の肉の厚い頬に、珍しく楽しげな微笑が湧いた。打てば響くような才気が溢れていながら、この娘の幼いまでの人懐こさはどうであろう。

若菜は、菊に持たせてきた大きな布包みを解いた。

「石堂様、山国の冬は厳しく、まして普請中の仮の住まいとあっては寒さが身にこたえましょう。せめてもの寒さ凌ぎにと、この綿入れを作って参りました」

一徹はその分厚い綿入れを手にしたまま、殆ど呆然とした表情になった。

「これを、姫が手ずから？」

「石堂様は、若菜が唄を歌うしか能がないとお思いなのでしょう」

若菜はころころと声を上げて笑った。

「それにしても、縫いながらほとほとあきれ果てました。こんな大きな綿入れなど、世間に二つとありますまい」

若菜はそう言って小さく笑った。一徹は囲炉裏の火を見詰めたまま沈黙していたが、やがてぽつりと、

「かたじけない」

と答えた。

若菜のほかに、誰が一徹にこのような好意を示してくれたか。どこへ行っても、一徹は人に恐れられ、妖怪のように扱われてきた。しかし、この娘だけは違う。若菜はこの綿入れの件が吉弘に知れれば、当然大騒動が持ち上がることを百も承知の上で、父の目を盗んでこれを縫い、こうして届けてくれた。一徹の今までの半生を思えば、こんなことは夢にも有り得べきことではなかった。

が、この大男はそうした激しい感情をそのまま口にするには、あまりに武骨過ぎる自分の外観を知り尽くしていた。

一徹はついに顔を上げ、そして言った。

「かき餅が、焦げております」

「まぁ、大変」

若菜は慌ててかき餅を皿に移した。だが一徹の瞳がうっすらと潤んでいるのを、こ

の娘はとうに気付いている。

「でも、いくら寒いからといってもお酒は程々にして下さいませ。見ていると、石堂様は瓶に水を汲むようにお酒を召し上がりますが、酔うというのはそれほどまでに気持ちのよいものでございますか」

「酔う？　拙者は酔うために酒を飲むのではござらぬ。拙者は常に酔うておる。その酔いが心を弾ませ、体がほてるほどにうずき、酒の力でその酔いを殺さなければ到底眠ることもかないませぬ」

「常に酔うておられる？」

かき餅を口に運ぶ手を止めて、若菜はいぶかしげな面持ちになった。

「男が男で有り得るのは、大海を飲み干すような野望を持つかどうかによって決まると、拙者は思っております。男を酔わせるものは酒ではない。抑えても抑えても燃えさかる炎のように湧き上がる野心こそが、真に男の心を酔わすのでござる」

「野心……。その野心とは何でございましょう」

一徹は底光りのする瞳で若菜を見詰めたまま、静かに、しかしきっぱりと言葉を吐いた。

「拙者は、天下が欲しい」

「天下、でございますか」

若菜は目を見張りつつ、ゆるゆると微笑した。いわば徒手空拳の身の上でありながら、このような山峡のあばら屋の囲炉裏に手をかざし、小娘を相手に天下などという途方もない気炎を上げている様は、何やら脇のあたりがこそばゆい。

だがこの日は、この男には珍しく言葉が多い。

「拙者には、不幸なまでに才がある。諸国を遍歴すること八年、名将、知将と呼ばれる大勢の武将を見て参ったが、こと軍事に関しては、どうやら拙者に勝る者はこの世には一人もいないらしい。この才こそは、まさに天下を覆うに足るものでありましょう。

世間の誰もが、拙者という人間を理解してはくれぬ。それは止むを得ますまい。しかしそれならばなおのこと、せめて拙者の才だけでも正当に評価されなければ、拙者の生涯はあまりにも惨め過ぎる。そして、石堂一徹がどれだけの男であるかを天下の人々に知らしめるには、現実にこの手に天下を握ってみせるしかありますまい」

一徹の体の輪郭が、不意にひと回り大きくなったように若菜には思えた。

「けれど……」

若菜はそこまで言ったが、後は一徹の気迫に押されて口を噤んだ。

たしかに一徹の軍事的才能は、諸将に冠絶しているであろう。

現にたった数ヶ月の間に遠藤家の領地を六倍強に広げるほどに、各地で疾風が枯れ葉を巻くような無敵の進撃を続けている。

が、それならばこの男の三十五年の経歴は、一体どう解釈すべきなのか。この三月に一徹が遠藤家に漂泊してきた時、この男に従っていた者は僅かに初老の槍持ただ一人しかなかった。

若菜が思うに、武将にとって大切なものはいくさの采配だけではあるまい。

対立する諸勢力の中から一人抜きん出ていくためには、内政、外政に関するあらゆる能力が要求され、わけても人の上に立つ者としての統率力こそは何よりも重要なものであろう。

しかし一徹にあっては、ただ軍事的才能のみが、唐錦織り成す中のあの一本杉のように広野にそびえ立っているだけである。そんな若菜の気持ちを読み取ったように、一徹は言った。

「拙者にも内治の才はあり、外交の策もいかようにも立てられます。だが、何としても人を使うことができませぬ。平時にあっては粗野にして軽躁(けいそう)、花鳥風月を愛でることを知らず、戦場に出ては大局を忘れていたずらに敵の首を取ることに狂奔し、勝ちと決まれば略奪、凌辱の限りを尽くす者どもを、それなりに愛し使いこなしていくことが、拙者にはどうしてもできませぬ。

家中の武士達が、拙者を忌み嫌うのは当然でございましょう。何となれば、拙者自身があの者達をおぞましい野獣の群れとしか思えず、身震いが出るほどに嫌い抜いているからでござる。限りある生を授かりながら、猫の額ほどの土地を争って命を懸けて争うなど愚の骨頂としか思えませぬ。拙者はしょせん、一国の主となるべき器ではない」

「けれど、それでは天下が取れますまい」

「天下どころか……」

一徹は太い息を吐いた。

五万、十万の大軍を率いるのにこそふさわしい才能を自負しながら、現実には十年近い苦闘の末にも、この男には六蔵の他にはただ一人の兵力もない。

このお方は本気なのだ、そのことが若菜に息もできないまでの衝撃を与えた。

一徹は豪腕無比の勇士であり、大将の下知に従って動いてさえいれば、数千石の大禄を手に入れることなどいともたやすいことであろう。

そしてそうした生き方をしていれば、かえって人々はこの男を称賛し、栄耀（えいよう）栄華を恣（ほ）しいままにして面白おかしく暮らしていけるに違いないのだ。

だが、一徹の鋭敏過ぎるほどに繊細な魂は、自身にそうした安逸（あんいつ）な道を選ぶことを許さなかった。世の中にはあえて険しい山岳に挑む行者がいるように、一徹もまたことさらに歩きにくい道だけを歩く宿命を背負って生きているようであった。

（しかしそれにしても、軍才のみに拠って世に立つという生き方は、もぐらが空を翔るよりもさらに難しいのではありますまいか）

現に一徹は世にもまれな天分に恵まれながら、大海に投げ込まれた犬のようにもがきにもがきつつ、十年近くも諸国を放浪した挙句に、こうして若菜の前に無禄の姿を晒している。

その吠えるような吐息を聞いただけでも、十六創と言われる全身の傷にも増して、この男の心には縦横に深い傷が彫り込まれているように若菜には思えてならない。

「だが、唐の史書には軍師というものがある。拙者が目指すものは、ついにこれしかござらぬ」

軍師とは、例えば劉邦に仕えた張良のように自身は一兵の部下も持たず、常に主君の近くにあって大戦略を企画立案し、ついには天下を動かすに至る人物のことである。

これこそは、自ら立つことのできない一徹が、長い苦悩の末に自分の最後の拠り所としたものであった。

（張良を見よ、陳平を見よ、そして軍師の亀鑑とも言うべき諸葛孔明もまた、人徳山のごとき劉備玄徳に見出されるまでは、一布衣の白面郎に過ぎなかったではないか）

一徹の心には、祈りにも似た切ない思いがあった。

（この広い世間のどこかには、自分を乗りこなすだけの闊達な器量を持つ武将が、一人くらいはいるはずではないのか）

その男に期待するのは一徹にすべてを任せ切ってしまう度量の広さのみであり、身代などは小さいほどよく、いくさはむしろ下手であることこそ望ましいであろう。

自力で天下を狙える男などは、この男には用がなかった。一徹の胸に秘めた野望とは、実に自力では絶対に天下を狙えぬ男に、自分の手で天下を与えるところにあった。

「もはや拙者には、富貴も要らぬ、栄華も要らぬ。願うはただ、殿を天下人にすることのみでござる」

若菜は呆然として目を丸くした。

「父が公方様になるのですか！」

山深い信濃の無名の土豪が、取り立てて才覚もないままに天下を取って将軍家を興すなど、人に翼が生えて空を飛ぶより実現性に乏しいのではあるまいか。

だが、若菜は笑えなかった。

一徹の暗く沈んだ表情から見ても、砂上に楼閣を築くようなその夢の危うさは、自身が痛いまでに知り尽くしているのに違いない。

しかもそれを承知で千に一つ、万に一つの可能性にすべてを賭けてしまわなければ、この男の人生そのものが、空しく音を立てて崩壊してしまうほかはないのであろう。

「拙者の胸のこのあたりに、手負いの獣が棲んでおります」

一徹は、節くれ立ったこぶしを自分の胸に置いた。

「その獣は常に飢えて、眠ることを知りませぬ。暮夜一人静かに灯火に向かえば、その獣の息吹が鼓を打つような律動となって拙者の血を騒がせ、手足を舞わせます。酒なしで何で眠れましょうぞ」

「才ある者が生きることは、かえって辛うございますね」

若菜は温かみのある声でそう言い、それからふっといつもの澄み切った表情に戻った。

「その点私は幸せです。唄さえ歌っていられれば、他には何の望みもない」

囲炉裏で枯れた小枝を燃やしつつその言葉を聞いていた一徹は、珍しくしんみりとした調子になった。

「思えば拙者は、月も星もないまったくの闇の中を、いつか日が昇ることだけを信じてたった一人で歩き続けてきたようでござる。人の心は弱いものです。歩いてきた歳月が長くなればなるほど、いくら何でももう夜明けではないかという気持ちが切ないまでに募って参ります。が、この無明長夜（むみょうちょうや）の果てに、一体何が待っているやら」

「どんなに闇が深くても、明けない夜はありますまい」

人はしょせん一つのものしか持つことができず、そしてそのたった一つのものを精一杯に世に問うていなければ、ついには自分の足を置くべき場所すら見失ってしまうのであろう。

一徹が己を高く持し誇りを持って生きていくためには、常に天下という業火（ごうか）を抱いていなければならないことを、鑿（のみ）で体に刻み込まれるほどの鮮烈さで若菜は思った。

そう理解する気持ちの裏で、哀しみよりもむしろ心の弾むような感動を覚えるのは、この娘の持つ若さというものだった。

「もはや、引き返すことはできぬ。しかし、姫には相済まぬと思うております。これからも、今までにも増して御心労を戴かねばなりませぬ」

若菜は目を一杯に見開いて、あどけない仕種で驚いてみせた。

「何のことでございましょう？　私はただ、気の向くままに面白おかしく毎日を過ごしているだけでございますよ。これからだって、同じことです」

一徹は、若菜のさりげない態度に引き込まれて思わず微笑した。

（遠藤家が四千石弱から二万四千石にまで膨れ上がる道筋で、裏方として舞台を切り回したのはこの娘であろう）

一徹はそう思っている。

領地のほとんどが本来反抗的なはずの征服地でありながら、領内がよく治まってそよとも動かないのは、ひとえに若菜がその夏空のような爽やかさで、人心を掌握しきっているからであろう。その功績は、どうやら父の吉弘さえ凌いでいるのではあるまいか。

しかも若菜は、自分を天女のように天真爛漫な娘として演出するために常に計算し尽くした演技を重ねていながら、その努力を一瞬たりとも他人の目には晒すことがない。

少しでもそうした計算臭を感じさせたが最後、人々の酔いが瞬時に醒めてしまうことを、この娘は体の芯から知り抜いているのであろう。

現に今も、気を配り過ぎるほどに繊細な心を若菜はあえて無垢な笑顔の下に塗り込めて、こうして一徹の前に座っている。

（この俺にすら、愚痴一つこぼさぬ）

それを考えると、一徹はつくづくと感嘆するほかはなかった。この若さで、到底有り得べきことではあるまい。

若菜は、自分の心のどんな小さな動きも一徹には即座に通じると信じ切っているごとくであり、そう信じていればこそ、自分の気苦労を口に出して一徹の負担を増すような真似は、固く避けているようであった。

若菜にしてみれば、すでに一徹の前に自分の全身全霊をさらけ出してしまっている以上、あとは猫が主人の膝で遊ぶように一徹の懐で他愛もなくじゃれ回ってさえいれば、それだけで充分なのであろう。

これほどの娘を持った吉弘の運の強さを、一徹は思った。

こんなにまで家の役に立つ娘は、他国にもまず例があるまい。内を若菜が固め、外を一徹が攻めれば、天下など裏庭の柿をもぐようなたやすさでこの手に転げ込んでくるのではあるまいか。

その時、風の音に混じって枝折り戸のきしむ音が聞こえた。若菜は首をすくめた。

「いけない、お菊が帰ってきました。かき餅をこんなに戴いてしまっては、もうとてもあのお団子までは口に入りませぬ」

そこまで言ってから、若菜は急に悪戯っぽい笑顔を一徹に浴びせかけた。

「さぁ軍師殿、何かよいはかりごとを」

第五章　天文十九年　早春

一

早春とはいえ、まだ城内のあちこちに膝を没するほどの深い根雪が残っている。じっと畳の上に座っていると、体の芯が凍るかと思われるまでに厳しい寒さが這い上がってくる。遠藤吉弘は火桶を抱え込んでせわしなく手を揉みつつ、若菜に習ったばかりの今様を低吟していた。

その時、廊下に人の気配が動いた。

「石堂一徹でござる」

吉弘は驚いて自ら障子を開け、一徹を居間に招き入れた。

昨年の晩秋以来、一徹は小笠原長時を討つべく船岡の里にこもって砦を構築しているが、雪とともに中原城への街道が途絶し、この三ヶ月ばかりは互いに顔を合わせたこともない。むろん二月末のこの時期では山間の道は雪が深く、何度も人馬ともに転倒するような苦労を重ねて、ようやく強行突破してきたものであろう。

一徹はいつにも増して気難しい表情のまま、その巨大な体を吉弘の前に置いた。

「重要な情報がござれば、挨拶は抜きにさせていただきまする。どうやら、武田が雪解けを待って中信濃へ侵攻して参るらしゅうござるぞ」

「武田が！」

吉弘は、思わず腰を浮かせた。

武田という名前は、この中信濃の豪族の間では、まさに地獄の使者のような印象を持って迎えられている。何しろこの十年来、武田と敵対してなおお家名を永らえた者は、村上義清を除けばただの一人としてない。

「二日前、船岡の砦に小笠原の使者が参って、殿にお目通り願いたいと申し入れてござる。訊けば武田が襲来するとのこと、真偽はいまだ不明ながら、四里からも同様な風聞があるとの報告があり、事の重要さを考え、拙者も使者に同道してまかり越しました。まずは、一刻も早く使者の口上をお聞き下され」

一徹の言葉が終わらないうちに、吉弘は手を叩いて小姓を呼んで主だった家臣を呼び集めるように命じ、さらに衣服を用意させて素早く綿入れを脱いだ。

その動作の機敏さが、吉弘の胸中をよく示していた。

小笠原長時の使者は二人である。そのうちの黒田龍広（くろだたつひろ）と名乗る壮年の屈強な武士が、もっぱら面を上げて吉弘に説いた。

「武田の侵攻は、各方面からの情報によって確実であります。そしてその兵力は、二千とも二千五百とも伝えられております。この広大な中信の地に僅か二千数百の兵を送って平定できると判断しているのは、言うまでもなく、この地が麻のごとく乱れて群雄が割拠しているためでありましょう」

黒田は一気にまくしたて、さらに続けた。

「主君の小笠原長時こそは諸将のうちでも最大と思われますが、それでもその兵力はたかだか千五百名足らずに過ぎませせぬ。むろん、武田に対抗する術もございますまい。それでは、旗を巻いて帰順するか。しかし武田晴信ほど、信義に薄い武将は他にありましょうか。諏訪一族の末路は、人の知る通りでございます。戦うこともならぬ、降伏することもならぬ。これでは座して死を待つばかりでありましょう。だが、どこにも道がないわけではござりませぬ。それはこの地の豪族が約定を結び、兵力を一つに結集することであります。この策がなれば、戦力は侵攻してくる武田を優に凌ぐものとなりましょう。

もちろん領主同士の間には、それぞれに抜きがたい宿怨があることとは存じます。しかし、今は非常の時であります。武田勢にとっては小笠原も遠藤もさらに違いはなく、されば我らはまったく同じ立場にあると申せましょう。力を合わせて戦うべきとは、お考えになりませぬか」

黒田は一拍置いて、吉弘の顔を上目遣いに見た。

「繰り返します。個々に戦えば、絶対に勝ち目はござりませぬ。武田を破るただ一つの方法は、この地の侍が一人残らず結束することであります」

吉弘は時折り穏やかな微笑を浮かべつつ、ゆったりと頷いてみせた。相手に自分の腹を読まれぬよう、すべての感情を顔から消し去ってしまう程度の芸は、当然のことながら吉弘にもできる。

武田に臣従しても、諏訪氏のような悲惨さは免れられるかも知れない。しかしこの地方に続いて葛尾城に拠る村上義清を平定すれば、武田は本拠の甲斐と合わせてこの信州一円までを完全に掌中に収めることになる。次は国境を接することになった越後の長尾氏との間に衝突が起こるのは、火を見るより明らかであろう。そしてその時、この地方の国侍が豆でもすり潰すような徹底的な消耗戦を強いられるのは、吉弘にも容易に想像がつく。

吉弘は、近在の有力な土豪を指折って数えてみた。その兵力を合計すれば、恐らく四千は楽に超えるものと思われた。

ただ問題は、小笠原長時が提唱するように、この地の土豪を一つの軍勢として編成することが果たして可能かという点である。豪族同士の反目は数代にわたって根深く絡み合っており、この危機に際しても、異心を捨てて団結するとは必ずしも言い切れない。

「それで、すでに小笠原殿に合力を申し入れた者は？」

「会田小次郎殿、赤沢経康殿、青柳頼長殿などが、誓紙を差し出しております」

いずれも小笠原長時の領地に近い小豪族であるが、それでも勢力はそれぞれ百人内外はあるだろう。これに吉弘が手を貸せば、豪族勢はほぼ二千というところか。他の豪族達も、去就については迷っているに違いない。武田と豪族勢のいずれが有利か、誰もが最後まで日和見を決め込む腹であろう。

こうなると身代が大きいだけに、吉弘の進退はいやが上にも慎重にならざるを得ない。無意識に眉を寄せながら、吉弘は最後に黒田龍広に尋ねた。

「それで、いくさの采配はむろん小笠原殿が執られるのであろうな」

「いや、これは皆で合力してのいくさでありますれば、誰が首将ということはござりますまい。諸将のうちにはいくさ上手で聞こえた方が多数ござれば、すべて合議の上でいくのが一番かと考えます」

何と小笠原長時は、あえて自分が総大将にならなくてもよいというのである。もちろんその言葉を真に受けるほどお人好しではないが、それにしても長時がこの事態をどれだけ深刻なものと見ているか、吉弘は改めて思い知らされた気がした。

いずれにしても、武田の動きも掴めないうちから態度を決めてしまうことはできない。吉弘は使者達に食事を与えて丁重に接待した後、返答はいずれということで送り出した。

「さて、武田の侵攻は本当であろうか」

吉弘にそう訊かれて、一徹はこの男には珍しくはっきりとした苦渋の色をその刀傷にひきつれた頬に浮かべた。

無理もない。この男の基本戦略は、この一年をかけて中信、北信を平定し、その兵力をもって武田、長尾の間に立ち、縦横無尽の機略を巡らしてこの両雄を翻弄(ほんろう)しようとするところにある。

それが今武田の来襲を受けてしまえば、すべての夢は泡沫(うたかた)のように空しく飛び散ってしまうほかはない。

「しばらくお待ちあれ。武田の過去のやり口を見るに、兵を起こす前に必ず相手に臣従を勧告しておりまする。小笠原の使者が申すことが真実ならば、日ならずして武田の使者が参りましょう」

果然というべきか、その二日後、今度は武田の使者と名乗る一団が中原城の門を潜った。石川兵部(いしかわひょうぶ)というその使者は、大店(おおだな)の商人のような柔らかな物腰で武田晴信の口上を伝えた。

「武田家は今や甲信の二州を併せ持ち、二万の兵を動かす実力を備えております。武力をもって争えば、御当家の運命は明らかと申せましょう。しかし主君、晴信は無用のいくさを望んではおりませぬ。随身するお気持ちを示していただければ、御当家の本領は誓って安堵いたしまする」

「本領とは、二万四千石そっくりでござるか」

思わずそう叫んでしまったほどに、それは予想外の好条件であった。

吉弘の領地の大半はこの一年足らずの間に切り取ったもので、それも吉弘自身の努力というよりは、石堂一徹がその人間離れをした軍事的才能を発揮した結果にしか過ぎない。

臣従の苦労はあるにしても、もし武田が本当に領地を安堵してくれるならば、小笠原の鼻先をかすめ取ったようなこの土地が、今度は永久に吉弘のものとして所有権が保証されることになる。一年前の横山郷三千八百石の頃を思えば、それは夢のような境遇とも言えた。

「それで、心を寄せる証として何を望まれるか」

「やはり、人質に添えて誓紙を差し出されるべきでありましょうな」

「しかし嫡子万福丸は明けて五歳になったばかり、しかも生来の病弱でござるが」

「ならば、姫でもようござるよ」

石川兵部は、相変わらず微笑を含んだ温顔で吉弘を見上げた。武田の使者といえば、高飛車に一方的な口上を並べるものとばかり思い込んでいた吉弘にとっては、拍子抜けするほどに穏やかな男である。

吉弘は結局この男にも何の言質も与えぬまま、丁重に城下まで見送りに出た。石川兵部はさらに諸豪族を説いて回るのであろう、十人ばかりの供を連れて保福寺道を東に去った。

一刻の後、吉弘は家中の主だった者を城内の広間に呼び集めて評定を開いた。座に列する者の数は、石堂一徹をはじめとして三十人にも及んだ。

吉弘は硬い表情の家臣達を眺め渡しつつ、まず簡潔に状況を説明した。が、吉弘が語り終わっても、座はしわぶき一つ聞こえぬほどの静けさに満ちて、私語を交わす者さえない。

それもそうであろう。これは優れて政治的な色合いが濃い問題であり、この者達がこれまで経験してきた豪族同士の衝突などからでは、何一つ確信のある判断が生まれてくるべくもない。

しかも一歩進退を誤ってしまえば、この遠藤家二万四千石は瞬時に消滅してしまうほかはあるまい。

吉弘は、すぐ前に座っている一徹に目を落とした。ここは当然、軍師であり事実上の筆頭家老でもある一徹が、所信を表明して論議の口火を切るべきであろう。

しかし一徹は鈍い表情のまま、僅かに首を振った。

「ならば、利政はどう思うぞ」

内心で舌打ちをしつつ、それでも吉弘はゆったりとした動作を崩さずに、馬場利政の口元を引き締めた顔に目を向けた。利政は常に沈着冷静な男だけに、こうした場合にも足が地に着いた良い思案を示してくれるのではあるまいか。

「残念ながら、ここは武田に付くよりほかはありますまい。何と言っても武田は強大であります。その兵力は一万二千とも一万五千とも伝えられ、一度は撃退することができましても、必ず旧に倍する大軍をもって再来すると考えねばなりませぬ。ならばここは百歩を譲って武田に臣従し、この二万四千石の御家を守るべきでありましょう」

「いや、それは違う」

馬場利政の言葉を遮るようにして、すぐ隣に座った越山兵庫が口から炎が覗くかと思われるほどの激しさでまくし立てた。

「なるほど、武田に一万二千の兵はおろう。しかし甲斐も信濃も山国で、武田は領地の周りをすべて敵に取り囲まれておる。それも関東の北条氏、駿河の今川氏、美濃の斎藤氏、越後の長尾氏といった大大名ばかりではないか。

今回武田が二千五百の兵で攻めて参るというのも、要するにそうした周囲の敵に縛られて、この地にはそれだけの兵力しか割くことができぬからだ。二千や三千の軍勢ならば、小笠原長時と合力すれば必ず叩ける。そして二、三度痛い目に遭わせてやりさえすれば、武田もこの地に手を伸ばすのは諦めて上野なり美濃なりへ矛先を変えていくであろうよ」

この兵庫の発言を契機に、ようやく議論は活発化した。

武田に従うべしとする者、小笠原とともに立って武田を討つべしと言う者がこもごも声高に意見を述べたが、論点は要するに武田の強大さと信義の薄さをどのように秤に掛けるかしかなく、数からいけば小笠原に合力しようという主戦派が圧倒的に多い。

この中にあって、異様を極めたのは石堂一徹であった。

この男は何度か吉弘から発言を求められてもついに沈黙を守り通し、目を半開きにしてただ各々の発言を聞いていたが、吉弘がいよいよ自身の胸中を述べようとするに及んでついにその瞼が垂れ、次いで衝立のような上体がゆっくりと揺れ始めた。

肝心の軍師が居眠りをしているのを知って、ある者は拍子抜けして意気衰え、ある者は激昂して詰め寄ろうとしたが、一徹という男にはその寝顔にさえ鬼気としか言い様のない凄味があり、その姿を見ているだけで吉弘はもはや何を語る気力もなくした。

評定は、ついに結論の出ないままに流会となった。

（いやな奴だ）

吉弘は長い廊下を歩きつつ、つくづくと溜め息をついた。

まさか一徹が本当に居眠りをしていたはずはなく、あれは評定そのものに対するあの男の痛烈な意思表示であるに違いない。

一家の浮沈にかかわる高度の政治的判断は、衆愚に諮るのはかえって有害無益であるというのが一徹の持論であり、吉弘の考えが当たっているとすれば、あの男はすぐに後を追ってきて二人だけで密談しようとするであろう。

二

果たして、吉弘が居間に戻って一碗の茶も飲み干さぬうちに、一徹がその暗い無表情な顔を廊下に見せた。

「存念があれば、何故評定の場で申さぬ」

書院で向かい合って、手を火桶にかざしつつ吉弘は苦い表情になった。

「あの席で申せば、一言一句がそのまま武田にも、小笠原にも伝わると思わなければなりませぬ」

「馬鹿を申せ」

「どうしてでござる」

一徹はかえって不思議でたまらぬといった顔で、真っ直ぐに吉弘の目を覗き込んだ。

「この拙者も、小笠原や武田の動向を探るべく、林城下はもとより塩尻峠を越えた武田領にまで運野四里とその配下の者を撒いておりまする。さらには事情が事情ゆえ特に名は伏せまするが、小笠原の重臣の某が一族間の争いで手元が窮していると聞き、金穀を食らわせてひそかに味方に引き入れ、今では小笠原の家中の動きは手に取るように分かる仕組みになってござる。

拙者がそうした手を打つ以上、武田晴信も当然同じことをすると考えるべきでありましょう。まして当家の場合、重臣の中にもこの一年の間に召し抱えた者が随分と多ござる。今日の評定に列席した者のうちでも、半数はその素姓も実のところは分かっておりませぬ。異心を抱いた者を潜入させるのがこれほど容易な例は、またとありますまい」

「そんなものか」

吉弘は憮然として髭を捻った。

戦国の世であれば、吉弘も間者を使うことはよくある。しかしそれは、あくまでも敵に一触即発の動きが見えている時にいつ攻撃を仕掛けてくるかを事前に察知するために放つもので、ほとんど合戦の前の物見の役割に近い。

数ヶ月先か数年先かも分からぬ戦闘に備えて情報を集めるために常時間者を撒き、ついには相手方の重臣まで買収して内通させてしまうという一徹のやり口は、吉弘にはとてもこの人間界のものとは信じられず、武田晴信との間で相互にそうした応酬を行うに至ってはもはや妖怪変化の化かし合いとしか思われない。

「ならば、思うところを申してみよ」

「その前にお尋ねしたい。殿には、武田に臣従してもよいというお気持ちがおありなのか」

吉弘は檜の格天井を仰いで考え込んだ。

感情でものを言うならば、武田の家来になるなど、もとより泥水を飲まされるよりもおぞましい。しかし武田に臣従せずになお家名を保つ方策となると、この二日間頭の芯が痛くなるまで思案を重ねてもいまだに何の妙案もない。

が、一徹の刺すような視線に気が付いて吉弘は不意に腹を決めた。この不快な感情だけでも伝えておけば、一徹には一徹なりの策があるであろう。

「いや、俺は何があっても武田には随身せぬ」

理由は三つあると、吉弘は言葉を続けた。

吉弘はこれまで小なりといえども人の上に立つ身分であり、自分の手で領地を経営し、自身の采配で合戦に勝ち抜いてきた。四十三歳にもなって一々人に指図されて動くのは、耐えられない屈辱の連続としか思われない。

それに臣従後の状況もよくない。この中信濃が武田の手に落ちれば、もはや村上義清も武田の敵ではあるまい。そして一徹の予想が的中するならば、それに前後して越後の国も長尾景虎によって統一されるであろう。

長尾景虎はまだ二十歳を超えたばかりの若輩ながら、自らを軍神である毘沙門天の生まれ変わりと信じるほどのいくさ上手で、

「攻めの苛烈さと進退の敏速さでは、あの武田晴信すら凌ぐ」

との世評が高い武将である。

この長尾と武田が国境を接するとなれば、両雄は当然正面から戦うことになるであろう。これは本朝の歴史にも類を見ないような、壮絶な激突となるのに間違いあるまい。合戦ともなれば、戦場に近い武将が先陣を務めるのが定法である。となれば遠藤家などは身が粉になるまでにこき使われ、しかも戦功の大半は武田に横取りされてしまうのが落ちであろう。

さらには人質の問題がある。若菜を見て心を動かされない男はなく、晴信も当然あの娘の愛らしさに目を見張るに違いない。晴信はかって諏訪氏の娘を手に入れるために、諏訪一族を謀殺することとさえあえて辞さなかったほどの男である。人質の娘など、

何の遠慮もなく凌辱してしまうだろう。

吉弘は言葉を選んでそう喋りつつ、腐った肉を口に含んだような不快な表情になった。実のところ相手がどんなに知勇に優れ爽やかな心根を持つ若者であっても、吉弘には若菜を手放す気など毛頭なく、いつかその日が来ると思うだけでやり場のない怒りが込み上げてくる。まして相手は武田晴信であり、しかも側妻とあっては全身に鳥肌が立つほどに汚らわしい。

「駄目だ。俺は断じて武田には臣従せぬ」

吐き出すような吉弘の言葉に、一徹はゆっくりと底光りのする目を上げた。その眼光には、吉弘が思わず気圧されて身を退くだけの重量感がこもっていた。

「ならば、道は一つ。この遠藤家一手で武田に当たりなされ」

「遠藤家一手で！」

吉弘は愕然として、一徹の顔を覗き込んだ。それも当然であろう。武田の兵力は一万二千であるのに対し、遠藤のそれは僅かに七百にしか過ぎないのだ。

が、一徹はさすがに真剣な表情ながら、落ち着いた調子で言葉を続けた。

「むろん、今のままでは望みがござらぬ。しかし武田勢も甲信の田植えが済んでから でなければ兵を動かすことはできず、さすればその襲来はどんなに早くても四月の末であリましょう。なれば、少なくともあと二月（ふたつき）ばかりは時間がござる。この間にまず策を巡らして小笠原を討ち、次いで休む間もなく転戦して中信の地を平定し尽くせば、にわか作りながら四千ほどの軍勢を整えられましょう。それだけの兵力があれば、決して武田には負けませぬ」

「しかし、二月のうちにこの中信濃の一帯を平定するなど、どだい無理な話だ」

何しろ当の一徹が陣頭指揮を執ってさえ、遠藤家の領地を六倍にするのに半年の時間を必要としたのである。僅か二ヶ月の間に、しかも過去の相手とは比較にならない強大な敵を向こうに回してさらにもう一度領地を六倍に広げることなど、至難というのも楽観的に過ぎ、人間業では絶対に不可能と表現すべきであろう。まして仮にそれができたところで、今度はただちに取って返して武田の精鋭と戦い、これを破らなければならないのだ。

しかし、一徹はきっぱりと首を振った。

「当然、たやすくはござらぬ。しかし小笠原も一昨年の塩尻峠での敗北後は、かつての威勢は地に落ちておりまする。武田晴信は村井城を足がかりとして、中信濃の豪族どもを次々と味方に引き入れており、今や小笠原の動員兵力はたかだか千二、三百に過ぎませぬ。うまく策を巡らせば、小笠原は短期で片付きましょう。後は全力を挙げて村井城を落とし、武田の勢力を塩尻峠まで押し戻すことでござる。

いくさは勢いが大切で、それさえ成れば、豪族達は戦わずして遠藤家に帰順してくるに違いありませぬ」

「しかし、たとえ四千の兵ができたところで、どうやって武田を討つ。一度は勝ちをおさめたとしても、次には武田が一万二千の軍勢を差し向けてきたらどうするのだ」

一徹は一段と吉弘ににじり寄りつつ、低い、しかし力のこもった声で一語一語を吉弘の体に叩き込むようにして説いた。

「なるほど、ここが尾張の国のように濃尾平野が茫々として広がり、両軍が全兵力を白日の下に晒してぶつかり合うしかない戦場であれば、四千の兵で一万二千の大軍に勝つことはできませぬ。しかし幸いなことに、この中信濃の地は険阻な山塊が次々と折り重なり、その合間に僅かな平地が点在する地形でござる。どの地を戦場に選ぶにしろ、いずれもたかだか数千の兵しか入れませぬ。たとえ武田が一万二千の軍勢を送り込んできても、実際に戦闘に参加できるのはそのうちの四千。ならば四千対四千で戦っては全滅させ、これを何度か繰り返せばよいだけのことでござる」

「そうはうまくいくまいよ」

吉弘は興覚めた顔になって、つと目を丸窓に移した。格子の向こうで鳥が動く気配がした。

「むろん、これは机上の計算でござる。実際には、精々二度にわたって武田の軍を手酷く撃退すれば、武田もひとまず兵を収めて策の立て直しを図るに違いありませぬ。となれば、こちらもその間に領内を整備して堅固な態勢を作る余裕ができましょう」

いつになく一徹の言葉が熱を帯びるのとは裏腹に、吉弘の心は急激に冷えていった。

（これも、しょせんはこれだけの男か）

一徹のいつになくよく動く厚い唇を見ながら、吉弘はむしろ新鮮な驚きをもってそう思った。

一徹の野心が天下にあることは、とうに吉弘も気が付いている。そしてその野心を果たす第一段階として、この男はこの秋までに中信、北信の一帯を平定することを目標にしていた。

しかし二ヶ月後に武田がこの地に侵攻してくるとなれば、その構想は根底から覆さ（くつがえさ）れざるを得ない。一徹は対応策に窮し、ついにこうした破れかぶれの作戦を持ち込むに至ったのだろう。

（ついには、ただの合戦屋なのだ）

吉弘は今までにない突き放した感情で、一徹の小山のような体を眺めやった。

この男は、ただただ合戦を求めて諸国を放浪するだけの偏執狂に違いあるまい。己の野心に酔った一徹には、遠藤家の行末などはもとより眼中になく、それだからこそ僅か七百の兵で小笠原を討てとか、一手で武田に当たれなどというよまいごとを吹いていられるのであろう。

うまうまと吉弘を説いて挙兵させ、たとえ失敗したところでこの男には失う物は何もないではないか。もともと領地もなく妻子もない一徹は、こと志に反すれば、鎧櫃(よろいびつ)を馬に積んでさっさと遠藤家から退散するだけのことであろう。

しかし、吉弘は立場が違う。

自分には二万四千石の脂身のように豊饒(ほうじょう)な領地があり、身に纏う物にも夜伽の女にも、二万四千石に見合ったとろけるような栄華がある。自分は何よりもまず、この掛け替えのない現在の境遇を守るところから思案を起こしていかなければなるまい。

「一徹の案はあまりにも危険だ。俺はむしろ、小笠原と合力して武田に当たる方が遥かに上策だと思うが」

「いや、それは愚案でありましょう」

一徹は、蠅(はえ)でも払うような妥協の余地のない言い方をした。

議論をする時のこの男の言葉は常に刃物で切ったように明晰であり、含みのある柔らかい表現ができないことがどれほど相手の感情を傷つけるものか、本人はまったく気が付いていない。

むしろ相手が同意を示さなければ、さらに厳しく小揺るぎもしないまでに論理を積み上げて強引に理解を迫ろうとするあたりが、この男の一つの限界というものであろう。

「何故だ。小笠原を盟主とするならば、中信の地の四千の兵を結集することは充分に可能であろうが」

一徹はそれには答えず、体を捩じって火箸を取りゆっくりと火桶の炭を並べ直した。

その沈黙の意味は、吉弘にも容易に想像がつく。

遠藤家一手で武田に当たるとなれば、当然のこととしてその戦略一切を一徹が取り仕切ることになる。小笠原長時を中心とする豪族勢ならば、長時がその任に当たるであろう。

(小笠原ずれが武田晴信を相手に戦うなど、片腹痛いわ)

一徹は無言のうちに、はっきりとそう主張したいのに違いあるまい。

やがて一徹は火桶を戻して、吉弘の方に向き直った。

「合力すると言えば聞こえはよい。しかし彼我の実力から考えても、このいくさは小笠原長時を首将とするほかはありますまい。今当家が小笠原方に参軍すれば、これから先武田が攻めて参る度に小笠原は回状を送って諸将を集め、指示を与えつつ抗戦するでありましょう。当家はその都度、小笠原の手先となって働かなければなりませぬぞ。当然のことながら、小笠原の立場は強くなるばかりでござりまする。臣下の礼こそ取らねど、小笠原と興亡をともにするという意味では、臣従するのと何等変わるところがありませぬ。寄らば大樹の陰と諺にもござる。どうせ誰かの下で働くのであれば、武田にこそお付きなされるがよい」

吉弘は不興げに唇を嚙んだ。吉弘にも、一徹の主張が正当なのは理解できる。だが吉弘の胸中には、一徹の献策を素直に受け入れることを拒むどす黒い感情が化膿した傷口のように熱くうずいていた。一徹に対するそうした思いが、心の最も深いところに淵のように澱み出したのを自覚したのは、いつの頃からであろうか。

言うまでもないが、形の上では一徹に少しの落ち度もあったわけではない。それどころか、この男は何の報酬も求めずに寝食を忘れて猛然と働き、吉弘が夢想もしなかった莫大な領地と富をもたらしてくれた。一徹の側から見れば、感謝こそされ忌避されるような理由は何一つあるまい。

(だがその働きも誰のためだ)

一徹は、他の家臣のように吉弘の命令を奉じて忠勤を尽くしているわけでは決してない。

むしろこの男には自分なりのはっきりした目標があり、その目的を果たすために吉弘はもとよりこの遠藤家の全組織を徹底的に利用し尽くし、ついには遠藤家を自分と抱き合い心中させてしまう腹なのであろう。

(こんな家来があるものか)

近頃では、吉弘は一徹を見る度にいらだちにも似た感情が先に立った。一徹は軍事にしろ行政にしろ、吉弘が自分の領域と信じている分野にまで無遠慮に入り込んでは、目を奪うような鮮やかさで片端から仕事を処理している。それが吉弘には遠く及ばぬ見事な手際であるだけに、一徹には正面切っての批判もできず、それだけに感情のしこりはおりのように沈澱した。今となっては、それはほとんど生理的な不快感に近い。

現にこうして一徹と向かい合っていると、そのしたり顔に、と言っても元来が無表情なこの男の面にはいつに変わらぬ茫漠とした憂いが濃く刷かれているばかりなのだが、その肉の厚い頬げたの裏には人を小馬鹿にしたしたり顔がひそんでいるとしか思われず、いつかその面の皮をひん剝いてやりたいという誘惑に駆られて、知らずに手足が動き出しそうになってしまう。

「一徹の存念は、よく分かった。しかしかくも大事ともなれば、さらに数日は思案を重ねてみるといたそう」

瞬きもせずに吉弘を見据えていた一徹は、その言葉を聞いてふっと肩を落としたが、やがて気を取り直してさらに言った。

「もはや、くどくどとは申しませぬ。天下に名を上げる大志を持つならば、ここは敢然として当家一手で武田に立ち向かうべきでありましょう」

「しかし、一徹。一手でと申しても、果たして成算はあるのか」

「今成算があると申しても、誰も信じてはくれますまい。ただこれだけのことを始める以上、万一御家が滅びる時にはこの一徹も殿と運命をともにする覚悟でおりまする」

一徹は強い光を湛えた目できっぱりと言い切ったが、吉弘は逆に、この大山師の口車に乗せられてたまるかという印象を持った。吉弘自身には、この巨大漢と運命をともにする気など毛頭ない。それに家が滅びるという時に、一徹の首など貰っても何にもなるまい。

一徹ののっそりとした後ろ姿を見送りつつ、不意に吉弘は眼前に自分の進むべき道が開けたような気がした。

三

「こちらへ座ってくれ。ちと、相談したいことがある」

吉弘は板戸を開けて、越山兵庫と馬場利政の二人を書院に招き入れた。三人の席の前にはすでに盛んに火の熾った火桶が置かれているが、思わず身震いが出るほどに寒い。

「今年の冬は、例年にも増して寒さが厳しくてならぬわ」

吉弘は綿入れの衿をかき合わせてから、手を叩いて侍女を呼び酒の用意を申しつけた。すでに準備ができていたとみえて、二人の若い侍女がすぐに熱い酒とかき餅を運んできた。

「面倒だ、手酌でやろう」

大きな杯で二、三杯立て続けにあおってから、吉弘はようやく本題を切り出した。

「他でもないが、武田の襲来についてどう対処すべきなのか意見を聞いてみたいのだ。武田に臣従するとしても、いまひとつ信頼が置けない。かといって小笠原と同盟を結べば、一度は武田を撃退できても将来には不安が残ろう。それで一徹と語り合ったのだが、何とあの男は、『いっそ遠藤家一手でまず小笠原を討ち、中信濃全土を平定した上で取って返して武田と戦え』と申すのだ。あまりのことに、俺は耳を疑うばかりだった。どうやら一徹は本気らしいが、俺には夢のようなたわごととしか思えぬ。そこで、二人は一徹のこの提案をどう考えるか」

越山兵庫も馬場利政もしばらくは呆然として言葉もなかったが、やがて兵庫が赤ら顔に血を上らせて口を開いた。

「考えるも愚かなことでござる。武田の侵攻は、早ければ四月の末頃でありましょう。さすればあと二ヶ月しか時間がござらぬ。小笠原勢は千二百、しかも林城は中信濃随一の堅城ではありませぬか。遠藤家の七百の兵力を総動員して掛かったところで、僅か二ヶ月で城を抜ける道理がない。まして武田の到着までに中信濃全土を平定するなどとは、夢というのも愚かでござろう」

一年前までは、遠藤家の大事に際してはすべて吉弘、兵庫、利政の三人の合議で方針が決まっていた。利政は筆頭家老の兵庫からは常に一歩下がっていたから、兵庫の強気な発言が遠藤家を主導していくことが多かった。

ところが石堂一徹が遠藤家に仕えてからは、吉弘は一徹を重用して、こといくさに関してはこの戦略家の提言をすべて採用するようになっていた。自然と兵庫と利政はお役御免の形となり、こうして吉弘から呼び出されるのは久し振りだった。

一徹に心服している利政には別に不満はなかったが、馬が合わない兵庫にしてみれば心穏やかでない日が続いていたのであろう。しかし一年振りに吉弘から声が掛かり、しかもその口調から察するに、吉弘は珍しく一徹の献策に乗り気になれない様子ではないか。

兵庫の表情に生き返ったような活気が満ち言葉が躍るように弾んでいるのも、そうした空気を敏感に察しているからに違いない。

馬場利政はそんな兵庫の姿を横目で見ながら、静かに言った。

「たしかに、それがしにも遠藤家一手でまず小笠原を討ち、返す刀で武田と戦うのはあまりにも無謀としか思えませぬ。しかし一年前、遠藤家が僅か三千八百石だった頃を思い起こして下さりませ。あの時、一年後には遠藤家の所領が二万四千石になっているなどと申せば、人は狂したかと笑ったでありましょう。殿も越山殿も、高橋家が一夜にして滅び、中原城が労せずして我が物になるなどとは、夢にも思っておられなかったに違いありませぬ。

その後の沼田主膳や上原兵馬の討伐も、参加した我々があっけに取られるほどの楽勝の連続で、味方の損害は常に最小限のものでありました。これを見れば、石堂殿はいくさの申し子とでも申すべき存在でありましょう」

今にも摑みかからんばかりに身を乗り出す兵庫を制するように、利政は一気に続けた。

「石堂殿は、決して一か八かの博打(ばくち)は打たないお方でござりまする。その石堂殿が小笠原を討つ、武田と戦うと言うからには、あのお方なりの成算があってのことに違いありますまい。我々のような凡人が、あのお方の戦略をできるとかできないとか論ずるのは詮(せん)ないことでござりまする。もはや乗りかかった船ではござらぬか。今我々が為すべきことは、石堂殿を神と信じて押し立て、ひたすらに突き進むことでござりましょう」

「何を申しておる。利政は石堂殿の覚えがめでたいゆえに、そのようなおべんちゃらを申すのであろう」

越山兵庫は、一徹に対する敵意をむき出しにして吠えた。

「殿が武田に臣従すれば、遠藤家は武田の采配の下に動くことになる。小笠原と同盟すれば、遠藤家は小笠原の指揮の下に入るであろう。どう転んでも、あの男の出番はなくなってしまうのだ。あの男はお山の大将でいたいのよ。だからこそ、遠藤家一手で小笠原を討つとか武田と戦うとか、たわごとをほざいておるのだ。たしかにこの一年のあの男の働きは目覚ましいものがあったが、ことここに到ってみれば、遠藤家にとってもはや獅子身中の虫であろう。必ずや、将来の禍根となるに違いあるまい」

「兵庫、言葉が過ぎるぞ」

さすがに吉弘は、たまりかねて兵庫をとがめた。事実上の筆頭家老である一徹を主君の目の前であの男と呼ぶなど、兵庫の振る舞いは到底許されることではない。

「武田の襲来というかつてない大事であればこそ、慎重の上にも慎重を期したいと思うてそちらを呼んで意見を聞いておるのだ。一徹を獅子身中の虫などとは、口が裂けても言うまいぞ。一徹の大才がなくして、この先遠藤家はどうなる」

利政には、吉弘の気持ちがよく理解できた。

武田に付くか、小笠原に付くか、まさに遠藤家の将来がかかった大問題だ。こんな時こそもっとも頼りにすべき一徹は、なんと遠藤家一手で両者を倒せと言うのである。吉弘はどうしたらいいのか思案に窮して、兵庫と利政を呼んだのに違いない。

吉弘は事態の重さに耐えかねて、二人の前で愚痴をこぼしたかっただけのことなのであろう。兵庫と利政の見解は参考にこそなれ、最後の決断は吉弘自身が下すしかないのである。

それから半刻ばかりも結論は出ず、話は堂々巡りとなるだけであった。頬が赤く染まるまでに飲んだ二人は、やがて席を辞して帰路についた。

城内にはまだ根雪が深く残っているとはいえ、本丸と大手門を繋ぐ石段は雪が降る度にすぐに除雪されるので、下っていくのに困難はない。

薄日はあるが鋭い寒気が迫る石段を肩を並べて歩きながらも、越山兵庫はいつにない上機嫌で盛んに利政に話し掛けてきた。その陽気さが、利政に場違いな違和感を与えた。

大手門まで来て、考え込んでいた利政の心にふと閃くものがあった。門を潜って左右に分かれてから、利政は兵庫の姿が消えるのを待って供の郎党は屋敷に帰し、一人で城内へ引き返した。

船岡から戻って以後一徹は中原城にとどまっているが、あの雪に埋もれた一軒家に住んでいるのではない。城内には離れになった来客用の寝所があり、一徹は六蔵とともにそこに寝泊まりしていた。

馬場利政は玄関から長い廊下を歩いてその寝所に近付いたところで足を止め、周囲の状況を確認した。

寝所は廊下で繋がってはいるもののまったくの別棟で、本丸の誰にも気付かれずに庭の方から進入するのは容易であり、また中で多少の物音がしても城内の誰の耳にも届くまいと思われた。

利政は廊下に立って声を掛けてから、板戸を開けて中に入った。一徹は若菜に贈られたあの大きな綿入れに身を包んで、書見台に向かっていた。

「お耳に入れておくべき話がござる」

利政が声を潜めてそう言うと、一徹は自分の火桶を利政の前に置いてから、隣の部屋の六蔵にもう一つ火桶を仕度するように申し付けた。

利政は声を潜めて、先ほどの吉弘、兵庫との会談の模様をかいつまんで一徹に説明した。

「というようなわけで、石堂殿の献策を越山殿もそれがしも、今日初めて知ったのでございます。殿が我らにそれを洩らしたのは、殿もことのあまりの重大さにどう対処すべきかなかなか決断ができず、我々二人の意見を聞いて参考にしようということでありましょう。ただそれがしが気になるのは、あの場にはふさわしくないほどの越山殿のはしゃぎぶりでございます」

六蔵が言いつけたのであろう、二人の侍女が茶と火桶を運んできた。利政は一旦ここで言葉を切って茶碗を口に運び、侍女が出て行くのを待って話を進めた。

中原城の奪取以来、吉弘は石堂一徹に全幅の信頼を寄せるようになり、軍事に関することは一切が事実上一徹の方針のもとに行われている。それまでの筆頭家老である越山兵庫は出番をなくしてしまい、家中でもすっかり影の薄い存在となっていた。また悪いことにつつじヶ原の合戦での失態もあり、それ以来兵庫は主君の信頼も失ってしまい失意の日々が続いている。ところが、降って湧いたような今日の合議である。兵庫は、吉弘が今回の一徹の献策には難色を示しているのを知って狂喜したのであろう。

主君は、自分とまったく同じ判断をしている。今の今まで一徹にべったりだと思っていた吉弘が、久し振りに自分の側に立っているではないか。兵庫にしてみれば、今まで一徹にたぶらかされていた主君がようやく正気に戻られたという思いであろう。

「これからはそれがしの憶測でございます。これが当を得ていないことを切に祈ってはおりまするが、もし当たっているとすれば、ことはまことに重大であります」

兵庫は、一徹のことを「遠藤家にとって、獅子心中の虫」とまで言い切った。そういう過激な言葉を吐くことによって、吉弘の反応を探ろうとしたのではあるまいか。

「越山殿は殿の言外の雰囲気から、その心中を自分に都合よく解釈したのではありますまいか。殿は今や石堂殿の積極策にはついていけず、内心では持て余し始めている。

かといって石堂殿は、この一年間で遠藤家を二万四千石にまで押し上げた最大の功労者で、その間に何の落ち度もない。排除するには誰にも納得できるような大義名分が必要でござるが、石堂殿の身辺には何一つ汚点はありますまい。

そこで自分と利政が呼ばれたのだと、越山殿は考えたのでございましょう。三者の合議という形を取りながらも、殿はこの兵庫にこそ自分の気持ちを伝えようとしたのだ、つまりは自分の胸中を察せよと、越山殿は受け取ったのではありますまいか」

「要するに、殿はこの一徹を除きたいと考えていると兵庫は受け取り、その意を汲んで拙者を討とうとしているということだな」

利政が口にしかねている言葉を、一徹は鋭い語気で代弁して宙を睨んだ。

吉弘が自分の提案に困惑し、採用に踏み切れないでいるのは確かだが、この重大な局面でこの一徹を除こうなどとはまさか考えまい。

しかし吉弘が、自分に対してかつてのような絶対的な信頼を持てなくなっているのもまた事実であろう。吉弘の気持ちが揺れ動いているのを知った兵庫が、主君の意向を汲んだつもりで一徹を闇討ちしようと決心したというのは、あの思い込みの強い男なら充分に有り得る。

あの男にとってはそれが遠藤家に対する忠義であり、同時に自分が名実ともに筆頭家老に復帰する絶好機なのである。

「これは、それがしの考え過ぎかもしれませぬ。しかし本丸を出て大手門に向かう途中での、越山殿の妙に吹っ切れた明るさが気になるのでございます。心の中のもやもやが一気に晴れて、すっと気持ちが軽くなったとしか思われませぬ。越山殿の性分として、思い立ったらすぐに行動を起こすでありましょう。最悪の場合は、今晩にもこの寝所を襲うものと考えねばなりませぬ。

今この寝所に入る前に周囲を眺めてまいりましたが、ここはまことに守るに難い場所でございますな。三方が庭で残る一方には廊下に続く板戸があり、攻め手とすれば攻め口はいくらでもござりましょう。しかも物音を聞きつけた本丸の者達が駆け付けるまでには、随分と時間が掛かるものと思わねばなりませぬ。むろん石堂殿、鈴村殿の武勇は重々存じ上げてはおりまするが、越山殿もそれは計算に入れての襲撃でござれば、防ぎきることは至難の業でございましょう。石堂殿、ここは一つ、この馬場利政の屋敷に移ってはいただけませぬか。それがしの屋敷ならば警備も行き届き、万に一つも越山殿に襲われる危険はございませぬ」

一徹は、利政の顔を見て僅かに笑った。

「利政殿、そちはよい男だな。その申し出はまことに有り難く感謝いたす。しかし拙者がそちの屋敷に移れば、筆頭家老と次席家老が睨み合う事態が起こらぬとも限らぬ。そうなれば遠藤家の内紛は公然たるものとなって、家中の動揺は避けられまい。利政殿は、今はご自分の屋敷に引き揚げてくだされ。ただし、いつどんな異変が起こらぬとも限らぬ。こちらから一報あり次第、すぐに駆け付けてこられるように待機していて貰いたい」

利政が引き揚げていくのを待って、一徹は腕を組んで考え込んだ。

四

「六蔵、さっきの太鼓は未の下刻（午後三時）であろう。寒さしのぎに一献参るか」

「戴きまする」

六蔵が待ちかねたようにそう答えたのは、別に酒に酔いたいからではなく、体を中から温めなければ耐えられないまでに寒さが厳しかったからである。

やっと五体に酒が回って寒さを意識しなくなってから、一徹は馬場利政がもたらした情報を六蔵に話して聞かせた。

「兵庫のことだ、利政が懸念しているようなことは充分に有り得る。そして今日のうちに闇討ちを行うとなれば、兵庫は数人の腹心の者を率いて大手門が閉まる酉の下刻（午後七時）までに城内に入るであろう。むろん筆頭家老であるからには、それより遅い時刻でも門番に開門させることはできようが、かような大事を行う際には人目に立つようなことは極力避けるはずだ。門番に不審を起こさせないためにはまさかいくさ装束を身に纏うわけにもいかず、武器も腰の大小以外には持ち込むまい。そして城内に入ったならばこの本丸のどこかの空き部屋に身を潜め、城内が寝静まるのを待って行動を起こすのであろう」

「しかし闇討ちが成功したとして、その後はどうなりまする。越山殿以下の面々は部屋に戻って時を過ごし、朝になってからそ知らぬ顔で城から出るのでございましょうか。闇討ちが発覚すれば、前後の経緯から見て下手人が誰かは明白になると思われますが」

「いや、兵庫は逃げも隠れもしまい。何しろ本人は、主君の意を汲んで闇討ちを決行したと信じきっているのだ。成功すれば得意満面で殿の寝所に行き、事の次第を報告するだけのことであろうよ」

「さようなことになったら、遠藤殿は驚きましょうな。遠藤家の将来が掛かった重大な局面で、掛け替えのない若が討たれてしまい、しかも越山殿は『お喜びなされ、殿の思いを察してかように処置をいたしましたぞ』と喜色満面でありましょうから」

「まったく、兵庫の馬鹿も底が知れぬ。そこで兵庫の刺客を迎え撃つ策だ。兵庫のことだ、必ず自身が闇討ちの指揮に当たるであろう。従う者はあまりに大人数では人目につく。恐らくは本人を含めて五、六人といったところか。そこで当方は、我ら二人で迎え撃つこととしたい。六蔵は大手門の番人の詰め所に忍んで、兵庫が登城してくるかどうか見張ってくれ。もし兵庫が刺客を引き連れてやってきたら、後をつけて城内のどこに身を潜めるかを見届けた上でここに戻ってくるがよい」

酉の刻(午後六時)を僅かに回った時分に、六蔵が厳しい表情で寝所に姿を見せた。

「越山殿は五人の手練れを連れて大手門を通り、今は城内の布団部屋に潜り込んでござる」

「なるほど、考えたな。深夜まで布団に包まって寒さを凌ぐつもりであろう」

一徹は低く笑った。ここまでくれば、今晩の闇討ち決行は疑う余地もない。

賄い方の役人が運んできた夕餉を片付けてから、二人はいつも夕餉に付けてもらっている一升徳利を抱え、槍を下げて寝所を出た。

長い濡れ縁に面した小部屋がいくつか続く中で、寝所に一番近い部屋を選んで二人は中に入った。六蔵はすぐに燭台の油を敷居に流して、障子を開閉しても音が立たないことを確認した。

夕刻になってから雪が降り止み、雲間から僅かに月が覗いているらしく、ぼうっとした雪明りが障子に当たっている。廊下に人が動けば、その気配は手に取るように分かるであろう。

あとは待つしかない。厚着をした上から綿入れを着込んでいるとはいえ、火の気のない部屋の中はじっとしていると体が痺れてくるほどに寒い。一徹も六蔵も少しずつ酒を口に含んで体を温めながら、絶えず小刻みに手足を動かしては、体が硬くならないように努めていた。

亥の刻（午後十時）を過ぎてからは、時を告げる太鼓の音も絶えて時間の経過も分からない。風が吹く度に庭の松の木から雪が落ちる音が鈍く響くほかには、城内は森閑として静まり返っている。

一刻ばかり過ぎたであろうか。

不意に、廊下にかすかにきしむ足音がして、すぐに抜刀した六人の人影が障子の外に動いた。一徹は六蔵に目で合図をして、音もなく立ち上がった。

兵庫は暗い周囲に目を凝らしながら、六人の先頭に立って寝所の中の気配を窺おうとした。だがその時、背後から一徹の低い、しかし重みのある声が響いた。

「待ちかねたぞ、兵庫」

あっと叫んで振り返った兵庫の胸元を、鋭い気合いとともに一徹の手練の槍が貫いた。

兵庫はよろめきつつ必死にその槍を右手で摑んだが、一徹が槍を手元に繰り込むと支えを失ってまず膝を突き、それからゆっくりと前のめりに崩れ落ちた。なおも立ち上がろうとして二度、三度ともがいたものの、すぐに全身に痙攣が起きて動きが止まった。一徹の槍は、狙った通りに一撃で心臓を貫通していた。

一徹は六蔵とともに槍を構えて刺客達を威圧しつつ、静かに言った。

「兵庫はもう助からぬ。この上お前達が命を落としても、もはや無駄死にであるぞ」

石堂一徹が死に、兵庫が生き残ってこそ、刺客達の主人が筆頭家老に返り咲く道が開けるのである。兵庫が死んでしまっては、たとえ刺客達が一徹を討ったところで得るものは何もないではないか。

いやそれよりも何も、闇討ちならばまだしも、こうして一徹と六蔵が寸分の隙もなく槍を構えてしまっては、五人が束になってもとても勝てる相手とは思えなかった。この二人の槍の名手が相手では、刺客側が全滅させられるのは目に見えている。

「退け、退かねば突くぞ」

そう言いながら一徹が一歩を踏み出すと、刺客達の間から悲鳴が上がり、先を争いながら廊下を踏み鳴らして逃げていった。

一徹はふうと大きく息をついてから、自分の槍を六蔵に渡して言った。

「さて、これからの処置が大切だ。迅速にやらぬと、遠藤家の内紛にもなりかねぬ。わしは殿のもとに急ぎ、今後の対応を相談してくる」

吉弘はとうに就寝していたが、宿直(とのい)の原田馬之介に頼んで起こしてもらった。時間が時間でもあり、一徹の気配にただならぬものを感じとった吉弘は、寝ている時に掛けていた掻巻（かいまき）に身を包んで二人だけで向かい合った。

「事態が切迫しておりますので、要点のみに絞りまする。つい先ほど、越山兵庫が拙者を討つべく自ら五人の刺客を率いて襲撃して参りました。無益な殺生は望むところではありませぬが、降りかかる火の粉は払わねばなりませぬ。止むなく兵庫は討ち取り、あとの刺客は逃げるに任せましたが、今後の処置が肝要でござりまする。そもそも、兵庫が何で拙者に刺客を差し向ける気になったのか、殿には心当たりがござりましょうか」

「あの馬鹿が」

吉弘はうめいた。越山兵庫、馬場利政との合議の席で、兵庫の妙にうれしげな態度は吉弘も違和感を覚えていた。しかしそれがどうして、一徹への刺客に繋がるのであろう。

「分からぬ。一徹はもとより、兵庫も大切な家臣ではないか。この大事な時に身内で争ってどうなる」

吉弘の当惑は演技ではないと一徹は見た。吉弘には、自分に対する絶対の信頼感を失ってきてこそすれ、一徹を退けるまでの気持ちはあるまい。

馬場利政が推測した通り、吉弘は事態のあまりの重大さにどうにも決断がつかず、兵庫と利政を相手に思わず愚痴をこぼしただけのことなのであろう。それを主君から一徹を討てと内々の指示を受けたと錯覚したのは、一徹憎しの気持ちに凝り固まっている兵庫の早呑み込みに違いない。

「それでは、兵庫に対する処分はどうされまするか」

何しろ、名目上の筆頭家老が事実上の筆頭家老を城内で討とうとして返り討ちに遭ったのだ。それも主命であるならばまだしも、まったくの私闘ではないか。

これが公になれば、越山家は御家断絶とならざるを得ない。しかしもしそうすれば、兵庫に同情的な反一徹派の面々にさらなる不穏な動きが出てこないとも限らない。

「ここは、穏便に済ませるのが何よりと思われまする」

吉弘の困惑した表情を見て、一徹は自分の案を述べた。それを聞いて吉弘がほっとしたのを見届けてから、一徹はさらに言葉を続けた。

「しかしこの使者が務まるのは、馬場利政しかおりますまい。夜が明け次第、利政をお呼び下され」

善後策を急ぎながら、一徹は重い徒労感を覚えていた。

この一年の間に自分の力で遠藤家の領地を六倍に拡大し、それに伴って吉弘をはじめとする家中の全員が順調に知行を増やしてきている。一徹にしてみれば、皆に感謝こそされ恨みを買うようなことは何一つない。

しかし現実には、家中に一徹の味方はいまだに数えるほどしかおらず、ついには筆頭家老の越山兵庫から刺客を差し向けられた。また吉弘は、一徹の言を採らず、小笠原と結ぶという最悪の道を選ぼうとしているように思われる。

主君の心の中では、一徹の存在が次第に重荷になりつつあるのではないのか。早合点とはいえ、越山兵庫が吉弘の意を汲んだと思い込んで刺客を送り込むようでは、もはや遠藤家に一徹の居場所がなくなってきていると考えざるを得ない。

雪が激しくなって、藁沓(わらぐつ)を履いた足元が滑る。利政は足を踏みしめつつ越山屋敷の門の前に立って大声を上げた。すぐに長屋門の脇の小窓が開いて、門番の顔が覗いた。

「馬場利政でござる。火急の用事があり、越山丹波(こしやまたんば)殿にお取り次ぎ願いたい」

「これは馬場様ではございませんか。すぐに門をお開けいたします」

しかしその言葉とは裏腹にしばらく待たされた後に、今度は用人頭の服部仁右衛門(はっとりにえもん)の白髪混じりの緊張した顔が覗いた。利政が連れているのが郎党の若者一人なのを見て取って、仁右衛門の表情にほっとした色が浮かんだ。

大手門が開くのを待ちかねるようにして逃げ帰ってきた刺客達の口から、昨夜のいきさつは仁右衛門の耳にも入っている。城内で事実上の筆頭家老に闇討ちを仕掛けて失敗した以上、越山家には御家取り潰しの厳罰が下るに決まっている。越山屋敷では、それを伝える主君からの上使が来るのを恐れていたのだ。

しかし正規の使者ならば、正使が馬場利政なのはよいとして、副使としてそれなりの重臣が付くはずだ。供が郎党一人というのは、あくまでも私的な訪問であろう。すぐに門が開かれ、利政は書院へ通された。屋敷の中はどことなく騒然としていて、行き過ぎる者達の態度にも浮き足立った気配がある。無理もない。御家断絶となれば、家臣全員が浪人となる。家中に何か不穏な動きでもあれば、その時は吉弘の命を受けた討手が押し寄せてくるであろう。

利政を迎えた越山丹波は兵庫の嫡男で、まだ二十歳にも達していない若者である。太り肉の兵庫に似ずにほっそりとして背が高く、懸命に動揺を抑えてはいるが顔の色がひどく青い。

用人頭の服部仁右衛門が、介添えの形でその横に少し下がって控えていた。

「火急の使いなれば、挨拶は省いて用件のみを申し上げる。昨日の昼に越山殿と拙者は殿に召されて書院で談合しておったが、夕刻から酒宴になり、泥酔した我々はそのまま城内に泊まることになりもうした。ところが明け方になって、越山殿は不意に卒中の発作に襲われたのでござる。すぐに医師を呼んだがもう手遅れで、まことに残念ながらほんの半刻ほど前にみまかられました」

「何と、卒中の発作とな」

仁右衛門は思わず叫び声を上げたが、その上ずった調子には喜悦の思いが溢れていた。利政は淡々と言葉を続けた。

「ついては早速城中に駕籠を遣わし、越山殿のご遺体をお引き取り願いたい。また武田の襲来という非常の時に、越山家に当主がいなくてはお役目も務まらぬ。早速にご嫡男の丹波殿が家督を相続する旨、殿に届けを出されるがよい。越山家は代々家老を務める名誉の御家柄、丹波殿もやがては父君の跡を継ぐでありましょう。父君の名を汚さぬよう、ご奉公に精進なされ」

「まことに有り難いお言葉でございます。馬場様にはお礼の申しようもござりませぬ」

誰もが御家断絶を覚悟していたのに、何と一切のお咎めなしという寛大な処置なのである。躍り上がるような思いの仁右衛門に続いて、丹波も深く頭を下げた。

「これからも、よろしくお引き回しのほど願いまする」

馬場利政は鷹揚に頷いてから、ぐっと厳しい表情になって二人の顔を真っ直ぐに見据えた。

これからが、今日の口上の眼目なのである。

「殿は越山殿の今までの遠藤家に対する多大の功績を考慮し、越山家を取り潰すのは忍びないとして、まことに情け深い措置を取られたのじゃ。間違っても、今回の越山殿の行動が殿の意に添うたものだったからこそ、処罰を免れたのだなどと考えてはならぬぞ。よいな」

低いよく通る声で、一語一語を相手の体に叩き込むように、利政はゆっくりと申し渡した。はっと平伏する二人を見て、利政はようやく小さく息をついた。

五

「お茶を淹れてまいりました」

明るく声を掛けて、若菜が居間に入ってきた。吉弘は奉書を文机の上に広げたまま、筆を置いて娘の方に向き直った。

茶の葉は普段と同じはずなのに何かこつでもあるのか、若菜が淹れる茶は、茶碗を手にしただけで馥郁（ふくいく）たる香りが鼻腔に満ち、口に含めば冷えきった体の芯が溶けるほどにうまい。

若菜は火桶の上に網を置き、用意してきたかき餅を焼き始めた。吉弘は食べ物にはおよそ手の掛からない男で、枝豆がある季節以外は茶請けも酒の肴もかき餅で用が足りるのだ。

「また合戦でございますか」

若菜はつと首を回して、文机の上の奉書に目を投げた。吉弘は、今度の出陣に当たって家臣団を再編成すべく草案を練っているところだった。

「おうさ。しかも今度は、今までとは桁の違ういくさだ。何しろ小笠原長時と組んで、天下に名高い武田勢を撃退しようというのだからな」

「私は何の心配もいたしておりませぬ。お父上と一徹が手を組んでいる以上、武田がいかに強かろうとも物の数ではありますまい」

今まで父の前では石堂様と呼んでいた一徹を、若菜はさりげなく他の家臣同様に呼び付けにした。いつまでも一徹を石堂様と呼んでいては、若菜と一徹との間柄に異常に神経を尖らせている吉弘にある種の感情を疑われる恐れがあろう。

が、結果的には若菜のこの心遣いは裏目に出た。吉弘は呼び方が変わったのに気付き、一徹が船岡の里から戻ってきて以来、二人の距離が今まで以上に接近したのではないかと邪推したのである。

吉弘は、苦い顔で茶碗を置いた。

「いや、今度の出陣は俺の案だ。一徹の策は採らぬ」

「それはまた、何故でございます」

若菜はかき餅を手早く裏返しつつ、僅かに顔を上げて上目遣いに吉弘を見た。口許から白い歯が覗くその表情はいかにもあどけなく、これが演技だとすればこの娘は大悪人だと、吉弘は一種複雑な思いにとらわれた。

「つい昨日、安曇（大町市）の大豪族、仁科盛明が小笠原に協力を申し入れたという情報が入った。仁科盛明はその無類の采配と精強な赤備えの陣とで、この中信濃では人に知られた男さ。その兵力はおよそ五、六百はあろう。これに俺が加われば、今は日和見を決め込んでいる豪族どもも競って小笠原のもとに馳せ参ずるであろうよ。そして盟約さえ成れば、我らは必ず武田に勝てるのだ」

若菜は小さく首をかしげた。武田の勢力が一万二千とも一万五千とも伝えられる以上、豪族勢に加担しようと遠藤家だけで対決しようと、兵力の多寡ではいずれも比較にもならない。となれば、あとは指揮官の能力だけが問題であろう。

四十万石余の武田を相手にするとなれば、戦うにしろ和するにしろ綱渡りのような際どい離れ業の連続であるに違いなく、小笠原長時などではそんな大役は思いも寄らず、石堂一徹の大才のみがよくこれに堪え得るのではあるまいか。

「私には、どうにも不思議でなりませぬ」

若菜は自分もかき餅を口に入れつつ、ゆったりと言葉を継いだ。

「お父上は、もともと人の使い方が大変にお上手でございます」

事実吉弘は、相手の体に自分の魂を放り込んでしまうような愛し方をして、勇ある者からは勇を、才ある者からは才を引き出し、それぞれの能力一杯に使い切ってしまうだけの腕がある。

しかし、ならばどうしてこの非常時に、一徹の底知れぬ軍事的才能を最大限に活用しようとはしないのか。

「それも時と場合による。僅か二ヶ月の間に小笠原を手始めに中信濃の全土を平定し、さらに身を翻して武田を退けるという一徹の案など、たとえ一徹が鬼神であったところで、できるはずがないではないか」

これでは駄目だ、若菜は危うく溜め息をつきそうになった。

昨年来の実績といい気宇の壮大さといい、石堂一徹こそは紛れもなく千里の名馬であり、となれば乗り手の方にも千里の道を行く気概がなくてはどうにもなるまい。若菜が思うに、今吉弘がなすべきことは、できるはずがあるとかないとかいう議論ではなく、

「一徹、よきにはからえ」

とすべてを任せ切ってしまう大度(たいど)を示すことであろう。その肩に乗せられた荷が余人には背骨も折れるまでに重ければ重いほど、一徹は敢然として奮い立ち、万丈の山も軽々と登頂してみせるのに違いない。

そしてそのたった一つの機微さえ分かってしまえば、石堂一徹という男を使いこなすことなど子供をあやすよりもたやすいのではあるまいか。

が、若菜はその辺の事情を条理を尽くして吉弘に説くことができない。吉弘は若菜

の口から一徹の名前を聞くこと自体を毛嫌いしており、いかに穏やかに話を進めても、吉弘は絶対に冷静な気持ちで受け止めてはくれないであろう。

若菜はまた、ゆるゆるとかき餅を噛んだ。

小さな音を立ててかき餅が割れる時、この娘は無意識のうちに上唇を僅かに開く癖があり、吉弘はいつも若菜の大きめな前歯を覗き込んでは、りすのようだと言って笑う。

今、若菜は意識してその表情を作ってみせた。そしてさりげなく上目遣いに吉弘の顔色を読み取りつつ、不意に激しい憤(いきどお)りを覚えた。

あの男を重用すべきだというのは、何よりもそれが遠藤家のためになるからであり、決して一徹に対する個人的な好意でものを言っているわけではない。それなのに、何でこれほどまでの演技と気苦労を強いられなければならないのか。

若菜はふっと息を抜いて言葉を続けた。

「しかし一徹の策を用いないとなれば、あのお方はこの家を退散いたしましょう。それでもよろしいのでございますか」

一徹には野心がある。この遠藤家でその志を伸ばせないと分かれば、あの男は卒然として去るであろう。武田の侵攻という非常事態に臨んで、遠藤家の軍事力の過半を占めるあの戦略家を失ってしまえば、吉弘としても呆然として立ちすくんでしまうしかあるまい。

しかし吉弘はそのことはすでに考えてあったとみえ、およそこの男らしくない下卑た笑いをその頰に置いた。

「いや、そなたがこの家にある限り、まずは一徹もこの家を去るまいよ。何しろあの男は、そなたに想いを懸けておる」

若菜の体からどっと力が抜けた。吉弘の目には、百年の歳月を掛けてもついにあの石堂一徹という男の全体像が見えてこないのであろう。

若菜の直感では、このままでは一徹は必ずこの家を見捨てる。あのお方の前には人生を貫くただ一筋の道しかなく、たとえどれだけ自分を想ってくれていたところで、その愛情にかまけて天下への野望を見失ってしまうことなど、猫が金銀に目をくらますほどにも可能性がない。

若菜はやっと気を取り直して、小さく尋ねた。

「それは、この若菜を一徹に嫁がせるということでございますか」

「馬鹿な。誰があんな化け物に、そなたをくれてやるものか」

若菜は悲しみに満ちた目で吉弘を見た。普段は人を威圧するような堂々たる父の体が、今日くらい小さく感じられたことはなかった。

むろん若菜も、人は誰もが一徹を見習って野心を松明のように高く掲げ、その大目標に向かってただひたすらに生きるべきだとは思わない。しかし自分の人生の目的をはっきりと思い定め、ひたむきに前進している一徹の爽やかさと比べれば、娘の色香で一徹を釣っておこうとする吉弘の心根の卑しさは、もはやどうしようもない。数日前から若菜の胸の奥に固まりつつあったものが、この時ついに完全な形になって結晶した。

一徹に会わなければならない。

六

若菜は盆を台所に運ぶと、人気のないのを幸い、女中の草履を履いて表に出た。ここから裏山を越えていけば、一徹の住まいまではものの半町（約五十五メートル）もない。その代わりこの方向には一徹の住居しかないために、誰かに目撃されれば必ずその目的を察知され、吉弘に通報されてしまうであろう。

若菜はあたりを見回し、裾をからげて寒風の中を駆けた。半ば溶けた雪がまだあちこちに残っていて、何度か足を取られながらも若菜は素早く満開の椿の陰に身を投げ入れ、やっと大きく息をついた。幸い裏山には椿が多く、濃い緑が山を覆っているために、一旦紛れ込んでしまえばもう人目に触れる恐れはない。

若菜は花付きの豊かな枝を二、三本手折ると、それを持って一徹のもとへと急いだ。風はあるが、この時期には珍しい柔らかな日差しが一面に溢れていて、椿の香りがむせるほどに甘い。

書き物をしていた一徹は、若菜の声に驚いてあたりを取り片付け、囲炉裏のある小部屋に招き入れた。

六蔵が留守とみえて、一徹が自身で鉄瓶を下ろして不器用に茶を淹れる間に、若菜は素早く土間からそだを拾って囲炉裏の火を盛んにした。

「生き返ります」

若菜は慎ましく両手に茶碗を持って、笑みを含みつつゆったりと熱い茶をすすった。実際、こうして久し振りに一徹と向かい合っていると、心の芯に火が点ったように体中が熱くなって頬に鮮やかな血の色が差してくる。

若菜は部屋の片隅に空の花生けが転がっているのに目を留めると、つと体を動かして椿の枝を挿し、窓際の日溜りに飾ってみせた。

その動作を見守りながら、

(若菜は変わった)

と一徹は思った。透き通るような明るさも、打てば響くような利発さも以前と変わりはしないが、いつかそれにもう一つ、表情にも仕種にもしっとりとした艶が滲み出ていて、雰囲気にどことなく深味が加わってきている。

この娘は、年が明けて十九歳になっていた。

「一徹様はいつ、この家をお出になります」

花のような笑顔を崩さずに、若菜は単刀直入にそう尋ねた。

一徹ははっとして顔を上げ、すぐに苦り切った表情で目を背けた。その一徹らしくない慌てようがおかしくて、若菜はくっくっとのどを鳴らして笑った。

「ご存知ならば仕方がない」

やがて、一徹は意を決して若菜の方に向き直ると重い口調で言葉を続けた。

「この数日で身辺を整理し、黙って当家を立ち去る所存でござる。拙者の口から出る限り、今や殿はいかなる策もお採り上げにならぬ。それは止むを得ますまい。しかし、そのために遠藤家が滅びていくのをむざむざ黙視しているわけにもまいらぬ。小笠原と組むなどは下の下の策、一手で武田と戦わぬというのであれば、武田に臣従するしか家名を永らえる道はない。拙者さえ去れば殿も目の前の霧が晴れて、すべてがありのままに見えて参るやも知れませぬ」

「小笠原と手を携えるという父の案は、一徹様の御力を以てしても手の打ちようがないほどの下策でございますか」

「左様」

こういう話題になると、一徹の態度には断固としたものがあった。

「武田の武勇も知略も、それだけなら少しも恐れるに足りませぬ。拙者はただ、武田晴信の大志のみを恐れております」

（大志ある者のみが大業をなす）

と一徹は固く信じている。

武田晴信の器量の広大さを、この男は幾度かの合戦を通じて痛いまでに知り尽くしていた。あの晴信が動く以上、遠大な計画と周到な準備のもとに中信濃に侵攻してくるに違いない。

天下という高い視野から戦略を練る武田勢の前には、その場限りの寄せ集めの豪族勢など、土塀のように吹き飛ぶに決まっている。

「そもそも、今春にこの地に侵攻してくる武田の兵力が二千五百というのが、曲者でござる」

降伏するものを許さずという従来の方針を貫くからには、武田は五千なり八千なりの兵力を投入して、豪族達をしらみつぶしに打ち破るのが常道であろう。その場合、諏訪から侵攻してくる武田軍がまず戦わなければならないのが、林城に拠る小笠原長時である。

戦国の世が長くなるにつれて築城の技術が飛躍的に進歩し、そのために城砦（じょうさい）の防御力が格段に向上して、城を力攻めで落とすことは極めて困難になりつつある。

中信濃随一の堅城である林城と、その支城である埴原(はいばら)城、山家(やまべ)城、桐原城、犬甘城、深志城などに千二百の決死の兵力が立てこもれば、武田がたとえ八千の軍勢で包囲したところで、一ヶ月や二ヶ月で攻略することはまず不可能であろう。

まして武田の来攻が五月以降であれば、それまでには船岡の砦の改修も完了している。

これは砦とはいうものの収容兵力は五百名で中原城の二倍はあり、諸国の名城を自分の目で見ている一徹が心血を注いで素案を作っているだけに、その攻防の機能は中原城を遥かに凌いでいる。

本来ならば、領主の遠藤吉弘の居城である中原城が本城、この船岡は出城と呼ぶのが妥当であろう。だがこれを船岡城と称してしまえば、主君の吉弘よりも大きな城を持つ一徹を吉弘が見る目は、決して穏やかではあるまい。

「殿が居住している中原城こそが遠藤領の中心であり、船岡はたとえ規模は大きくとも、あくまでも小笠原攻略のための出先の砦に過ぎませぬ」

というのが一徹の苦心の気配りなのである。

この砦に一徹が五百名の兵力を率いて出陣し、武田と小笠原のいくさの状況を見ながら好機を捉(とら)えては城門を開いて武田の後方を攪乱(かくらん)すれば、武田は前後に敵を受けて対応に窮するに違いない。

さりとて、武田が兵力の一部を割いて船岡の砦を囲むようなことになれば、武田はそれでなくても困難な城攻めを二つ同時に行うことになり、目的を達するには多大の犠牲を強いられるであろう。

もちろん兵力に大きな差がある以上は、いつかは林城も船岡の砦も落ちる。だがそれでは、武田による中信濃平定は早くても年内一杯は掛かるであろう。

半年もの間八千の兵力をこの地に滞在させるとなれば、そのための費用と兵糧は莫大なものになる。また、兵力の損耗も千人の単位で覚悟しなければなるまい。してみると、大軍を投じて豪族達を個別に撃破するというのは、確実ではあっても決して良策とはいえない。

武田にとって最も望ましいのは、豪族達を纏めて一つの戦場に引きずりだし、一度の合戦で一気に片を付けてしまうことであろう。しかしそのためには、豪族達が思わず飛びついてしまうような美味しい餌が必要となる。

「二千五百という武田の兵力が、その餌でございますか！」

「左様。深志を中心とするこの中信濃の地には、合わせて四千を超す兵力がありましょう。豪族達の居館に置く留守居番を除いても、戦場に三千五百の兵を集めることは十分に可能でござる。そして三千五百の兵力があれば、村井城の五百を合わせても三千しかない武田勢に勝てると誰もが思いまする。現に、小笠原長時を盟主とする豪族連合ができつつあるではありませぬか」

一徹の沈痛な表情を眺めやって、若菜は深い溜め息をついた。

武田晴信は、当代一流の兵法使い（戦略家）であろう。その晴信にとっては、中信濃の豪族達を罠に掛けることなど赤子の手を捻るよりもたやすい。

だが、名人は名人を知る。晴信に勝るとも劣らない兵法使いである一徹にかかれば、二千五百という武田の兵力を聞いただけで、あの男の深謀遠慮も瞬時に見透かされてしまうのである。

若菜は、一徹の推測が的確に真相を摑んでいることを直感的に理解できた。これほど明白なことが、どうして吉弘には分からないのか。

吉弘は、三十年近くも戦場を駆け巡っている歴戦の武将である。なまじその経験があることが、吉弘に吉弘なりの確固とした判断を与えてしまう。二流の武将同士のいくさの体験など、一流の武将の前では何の価値も持たないことには到底思いが及ばないのであろう。

一徹の説明を聞いても、吉弘にはとても納得がいかずにこう言うに違いない。

「一徹がそう申すからには、確とした拠り所があるであろう。それを示してみよ」

だが一徹にとっては、自身が武田晴信の立場であればどうするかを考えれば、武田の戦略の意図するところが手に取るように読み取れてしまうだけのことなのである。

「けれど武田の兵力は三千、豪族勢は三千五百。それでも勝てるほどに武田の兵は強いのでございましょうか」

「いや、武田晴信は決して危ない橋は渡らぬ男でござる。晴信には、さらに一段の策があるのに違いありませぬ。それも拙者にはほぼ推察がついておりまするが、それは憶測の上に憶測を重ねることになるゆえ、今は申しますまい」

「それでは、一徹様の案を採ればどうなります。父は公方様になれるのでございますか」

いつぞやの会話を思い出して若菜はことさらに冗談めかしてそう言ったが、一徹は表情を変えず、ただ双眸に強い光を宿した。

「殿にも申し上げたが、今ここで成算があると言ったところで誰も信じてはくれますまい。ただ万一御家が滅びる羽目に至った時には、この一徹も殿と運命をともにする覚悟はできております」

若菜には、一徹の言葉の意味が一瞬にして通じた。この男には天下を目指すという生涯を懸けた大目標がある以上、運命をともにするとは、単に失敗したら腹を切って責任を取るということではあるまい。

吉弘が自分に全幅の信頼さえ与えてくれれば、自分の知力、体力の最後の一滴までもふり絞って武田と戦い、どんなことがあっても途中で投げ出すような真似はしないというのが、一徹の真意であるに違いない。

しかも一徹がそうした言い方をするからには、この男にはひそかな、しかし確固とした成算があるのではないのか。

「私には分かりませぬ。どうして父は、一徹様の策を採らないのでございましょう」

一徹が答えないのを見て、若菜はさらに言葉を続けた。

「父はもともとは伸びやかな人柄で、他人の言葉によく耳を傾ける性分なのです。それが今ではすっかり目が血走ってしまって、私の言葉でさえ素直に聞いてはもらえませぬ」

なおも暗い表情で沈黙している一徹に、若菜は可愛らしく小首をかしげて目を見張ってみせた。この仕種の前には、鉄壁でも開くだろうという娘らしい自信が若菜にはある。

果たして、一徹は僅かに顔を上げ苦しげに口を開いた。

「まことに申し上げにくいことながら、二万四千石は殿には大き過ぎたのでございましょう」

蟹（かに）は自分の甲羅に合わせて穴を掘るというが、人にもまた、自分の器量に見合った穴があるのであろう。

横山郷三千八百石の頃の吉弘は、たしかにその行動にも英気颯爽たるものがあり、いかにも度量広く人を使いこなすように見えた。しかし僅か半年ばかりの間に二万四千石という大領を与えられてみると、吉弘はその穴のあまりの広さにすっかり度を失い、身を寄せる隅を求めてやみくもに駆け回っては壁にぶちあたり、ついに狂したのに違いあるまい。

「一徹様もよろしくない。それなら、何で父を天下に引き出そうとなされたのです」

若菜は一徹の言葉に、さすがに眉をひそめた。翼を与えて空を飛び回らせておきながら、飛び方が気にいらないといって途中で翼を取り上げてしまえば、小鳥は石のように墜落するほかはないであろう。一徹にとっては単なる見込み違いに過ぎなくても、吉弘にしてみれば現に一生を棒に振る羽目に追い込まれようとしているのである。

「いや、それは無理というものでござる」

一徹も沈痛な面持ちで弁解した。自分がどんなに慎重に目利きをしたところで、役者にどれだけの演技ができるかは、しょせんは実際に舞台に上げてみなければ分からない。その証拠に、当初は何の期待もされていなかった若菜の方は、二万四千石の舞台など何の苦もなく軽々と切り回しているではないか。

若菜はしばらく沈黙したまま囲炉裏のそだを組み直していたが、やがていつもの明るい表情に戻って話題を変えた。

「それで、これから一徹様はどうなされます」

「あてもない旅ながら、まずは美濃の国へでも参ろうかと思っております」

一徹は大志のある武将を求めて諸国を放浪しつつ、再びどこかでまた天下への夢を膨らまそうとするのであろう。しかし、それではまるで賽の河原の石積みではないかと、若菜は思った。

昨年春の中原城攻略に始まり、船岡の里に砦を築くまで、一徹は常に最前線にあって身を挺して働き、ほとんど独力で遠藤家を大名の地位にまでのし上がらせた。その一年間の、骨が磨り減るほどの苦労が今すべて水泡に帰そうとしている。普通の人間なら、うちひしがれて声も出ないであろう。いや現実に武田に叩きのめされるまでは、これまで積み重ねてきた業績に後ろ髪を引かれて、とてものことに筆頭家老の地位など投げ出せるはずもない。

しかし一徹という男は、自分がどう生きるべきかというはっきりとした物差しを持っており、その物差しと現実とが合わなくなると、ためらいもなく現実の方を捨ててしまうという希有の性格の持ち主であるらしい。

このお方には、自分よりもさらに大人になりきっていないところがあると思うと、若菜はにこにこと微笑まずにはいられない。

「損な御性分でございますね。しかもどうやら、灰になるまでは変えることもかなわぬらしい」

「いや」

一徹は目に強い光を湛えつつ、吠えるように野太い声を上げた。

「この世で志を果たすことがかなわぬならば、冥土に参って地獄の鬼どもを討ち懲(こ)らして家来となし、牛頭馬頭(ごずめず)達を先陣として閻魔大王と決戦し、ついには冥土を我が物としてくれましょう。誰かに頼まれて天下を狙っているのではない。拙者は好きでこうしているのだ。生まれ変わり死に変わっても、いつか必ずこの夢は実らせて見せまするぞ」

「それでこそ、一徹様です」

若菜は手を打って喜んだ。

一徹は類のない夢想家ながら、夢を見るそばからその夢のはかなさに気付いてしまう感覚の鋭さがあり、しかもそのはかなさを百も承知の上であえてその夢を追わずにはいられない、少年のようなひたむきさを備えているのだ。

「一徹様はそれでよい。けれどももし父が武田に臣従したら、この若菜はどうなります。一徹様は私に、人質として武田に参れとおっしゃるのでございますか」

若菜は不意に微笑を納めて、一徹の瞳を真っ直ぐに覗き込んだ。一徹は僅かに唇をゆがめて目を背けた。

この時代、自家の安泰を図るために人質を取り交わすとか政略結婚をすることは、日常茶飯のこととして行われている。当時の武将が嫡男に恵まれていても、何人もの側室を入れてまでして子供を増やそうとしたのは、いざという時の持ち駒を一枚でも多くしておきたいからなのだ。

そしてそうした場合の政治的判断に当たっては、人質や政略結婚の当事者の心情はもとより、武将当人の個人的な感情さえも差し挟むことは許されない。

吉弘も一徹も、そうした時代の常識の中にどっぷりと浸かって生きている。だから一徹にしてみれば、ここにきての吉弘の優柔不断が不思議に思われてならない。若菜が可愛くて手放せないとか、万福丸が病弱で不憫だというのは、しょせんは吉弘の私情ではないか。

だが現在あの男が置かれている重大な状況下にあっては、心を鬼にしてでも私情など捨てるべきであろう。何となれば、遠藤家は吉弘一人のものではなく、その浮沈にすべての家臣の命運が懸かっているからである。もとより、吉弘は決して凡愚な武将ではない。現に長女の楓を遠縁の斎藤家に嫁がせているのも、横山郷の北辺を固めるための政略結婚なのである。

その吉弘がこの局面で当然しなければならない決断ができずにいるのは、つまるところは心の中に一徹への悪感情が沸きかえっていて、冷静な判断力を失わせているとしか思われない。

一徹が遠藤家を去れば、吉弘も憑きものが落ちたようにはっと我に返って、武田への臣従を本気で考えるのではあるまいか。

むろんそのためには、若菜には辛い生き方を強いることになるが、それは戦国に生きる女人の宿命として避けることはできないであろう。この戦国の世に、大名の娘に生まれて想う男と添い遂げた例など、皆無ではないにしても滅多にあるものではない。

七

「一徹様」

なおも沈黙している一徹に、若菜はすねたように唇を尖らせてみせた。

「父が武田に付き、しかも私が人質に取られなくても済む策がたった一つだけあるではありませぬか。それは一徹様もよく御存知のはず。私はそれを一徹様の口からお聞きしたい一心で、こうして人目を忍んで参っているのです。なのに、どうして口にしては下さいませぬ」

「何とおおせられる」

一徹はいぶかしげに顔を上げた。実のところ、そんな妙案はこの男にもない。

「私も、一徹様と一緒にこの家を捨てます。そうなれば父も正気に返って、万福丸を人質に差し出して武田に付きましょう。それですべてが丸く納まる」

利発な若菜は、大名の娘である以上は、遠藤家の保身のために犠牲にならざるを得ない自分の立場を痛いほどに知り尽くしている。だからこそ、一徹が自分の生き方を貫くために遠藤家を退散するように、自分もまた思いのままに自由に生きることを念じて、大名の娘という身分を捨てる決意を固めているというのである。

呆然として口を開けた一徹に向かって、若菜はゆるゆると微笑しながら静かな声で言った。

「先年のこの中原城の攻略に当たって、一徹様は功名の恩賞としてこの若菜を望まれたそうでございますね」

一徹は懸命に表情を押し殺しつつ、若菜の次の言葉を待った。一徹があの時若菜を望んだことは、今でも家中でのひそかな語り草になっている。しかもそれには、話し手にも聞き手にも明らかな嘲笑の意がこもっていた。

桃の花にもたとえるべき若菜の愛らしさと、人を寄せ付けない暗い雰囲気を持つ一徹との対比もむろんあったが、武勇も知略も一徹に遠く及ばない武士達にとっては、この犬が空を翔ることを願うようなこのはかない大望をあざ笑うことによってのみ、この不気味な新参者に対して優位を感じることができたのである。

言うまでもなく、あの宴会の後に吉弘はこの話を口外することを厳禁はしていた。しかしこのような話題がいつしか口さがない噂となって若菜の耳に入ったのは、むしろ当然のことであろう。

「それを聞いた時から、私はいつの日にか一徹様の妻になるものと心に決めております」

早くも太陽が西に傾き始めたとみえ、障子に斜めに差す光を受けた若菜の豊かな頬は酔ったように赤い。この娘の特徴である生気溢れるきらきらとした視線を浴びて、一徹の顔が次第にゆがんだ。そして青ざめたこの男の口からついにほとばしったものは、若菜の期待とはまったく違った悲痛な叫びであった。

「申し訳ござらぬ。一徹があの時姫を望んだのは、妻としてではない」

「何と申されます」

今度は若菜の顔色が変わった。この娘の思案は、すべて一徹と自分が互いに望み望まれていることをほとんど自明の前提条件としており、今更それを覆されては若菜の立つ瀬がない。

一徹は居ずまいを正し、腹を据えて語り出した。

「あれ以前にも、武田に人質を送るようにと殿に勧めたことがござる」

その時には、吉弘は一徹の策を採り上げなかった。しかしこの地に居を構えている以上は、武田と無関係のままでいつまでも通せる道理がなく、となれば武田の動向は些細なことまでを摑んでおきたい。

一徹は若菜に目を付けた。この娘は頭の回転が速く、度胸もある。しかもその外観は幼いまでにあどけなく、人に警戒心を起こさせない。間者として、これほどに適性のある人材はまれであろう。

一徹は若菜を間者にして、武田の情報を集めようと思い付いた。が肝心の吉弘が、若菜を武田に送ることに乗り気ではない。そこで若菜を一旦恩賞として貰い受け、その上で吉弘を口説いて武田に差し出そうと考えた。もちろん若菜の身に危害が及ぶ恐れがある事態となれば、自身が長駆して若菜の身柄を奪還するつもりだったと、一徹は重い語り口で続けた。

「それでは一徹様は、この若菜を政略の道具としてお望みなされたのですか」

若菜の強い言葉を浴びて、一徹の頰が激しくゆがんだ。

「拙者はどこへ行っても嫌われ恐れられ、人に慕われることはもちろん、理解されたことすらない。天下は巨大な将棋盤、人は皆その盤上をうごめく持ち駒と思わずして、どうして世を渡って参れましょうぞ。それにあの頃はまだ、姫の真価が拙者にも分かってはおらなかった」

「それでは、今はどうでございます」

瞬きもしないで一徹を見据えた若菜の瞳は燃えるように熱く、一徹は気圧されて小さく息を吐きつつ苦しげにうめいた。

「姫のような女性（にょしょう）は、この世に二人とはおりますまい」

後にも先にも、このいかつい大男がこんな言葉を口にすることは二度とないであろう。ふっと、若菜の表情が緩んだ。一徹の気持ちさえ分かってしまえば、もはやこの娘の行動を妨げるものは何一つない。

一徹は囲炉裏の煙が目に染みるのか、しきりと目をこすりつつさらに言った。

「されど……、されど、拙者が姫を妻とするわけには参りませぬ」

「それは、何故でございます」

「ものには釣り合いと申すものがござる。よくご覧なされ、姫は百合の花にも似て誰からも好かれますのに、この一徹は、妖怪のように人から恐れられる男ではござりませぬか」

一徹の話を聞いているうちに、若菜はすっかりいつもの落ち着きを取り戻して、悪戯っぽく首をすくめてみせた。

「若菜にも目はあります。まさか一徹様を白面の貴公子と思うて、お慕いいたしているわけではございませぬ」

「年のこともお考えあれ。拙者はもはや不惑に近く、姫とは親子ほどにも年が違うのでございますぞ」

「私の年に不満がございますのか。一徹様がどのような年頃のお方をお好みかは存じませぬが、この若菜とて来年になれば二十歳になり、六年たてば二十五になります。時間さえ戴ければ、幾つにでもなってみせますほどに、どうか気長にお待ち下さいませ」

「茶化している場合ではない」

一徹は硬い表情で冷えた茶を飲み干し、改まった口調で若菜に説こうとした。

「拙者は、天下などという埒もない夢に取り憑かれ、諸国を流浪して歩く食い詰め者でござる。一生をもがきにもがいて、ついに自分の身一つでさえ、ろくに養うこともできぬ愚か者だ。姫を妻にしたところで、幸せにするどころか、その口を満たすことすらおぼつかないのでござるぞ」

「栄耀栄華を望むくらいなら、初めから一徹様に嫁ごうなどと思うものですか」

若菜は一徹の真剣な表情を見返して、くすくすと笑った。一徹ほどに常識のたががが外れた生き方をしている男が、自分にはいやに常識を振りかざして迫ってくるのがこの娘にはおかしくてたまらない。

一徹の心に、大きな波が立ち騒いだ。世間と自分との間に河が流れているとすれば、若菜は明らかにこちらの岸辺に立っており、しかもいかに言葉を尽くしたところで向こう岸に帰るつもりなど初めからないのである。

しかも大名の娘という身分を捨て、家を捨て両親を捨てるという深刻な事態に直面していながら、この娘の態度は透き通るような輝きに満ちていて、どことなく余裕すら感じられる。

これだけの賢い娘が家を捨てるという以上、それは衝動的な一時の感情から出たものでは有り得まい。この娘なりに苦しみ悩み、考えに考え抜いた末に辿り着いた結論であるに違いない。

それにしては、一途に思い詰めて目の吊り上がったところが少しもない。地獄の底までも一徹についていこうとする悲壮な覚悟を固めていながら、すぐその裏側では二万四千石の大名の娘という身分を捨てて一介の浪人に身を託してしまう自分を、おやおやと笑ってしまうようなところが若菜にはある。それが、この娘の懐の深さとでも言うべきものになっている。

懐の深さは一徹にもある。そうした屈折した心理を互いに無言のうちに感じ取ってしまうあたりに、この二人が互いに引き合う最大の原因があるのであろう。

ただ一徹の場合は、複雑な心の動きが余人には近寄りがたい性格の陰影となって表れてくるのに対し、若菜の方は思いが屈折すればするほどに、その明るさだけが輝くばかりに際立ってくる。

この娘は、どうやら俺よりも数段器が大きいようだ、そう思うと一徹は不意に若菜の肩に手を掛けて、引き寄せたい誘惑に駆られた。この娘が何の抵抗も無くこの腕に抱かれるであろうことも、今では一徹にも確信が持てた。

言葉が切れ、この男には珍しい生の思いのこもった目で、若菜を見た。瞬きもせずに一徹を見詰める娘の顔から微笑が消え、瞳に星を宿したような輝きが満ちた。

「姫——」

「一徹様にとって、若菜はついに姫でしかありませぬのか」

若菜は叫ぶようにそう言い、ほとんど息が掛かる程の近さにまでにじり寄って、一徹の瞳の奥を覗き込んだ。一徹は静かにその太い腕を伸ばして、娘の両肩を摑んだ。

「馬鹿な。主従の関係など、この世を渡る方便に過ぎぬ」

相手の心の底まで見通すような激しい視線を交わしたまま、やがて荒い息を吐きつつ一徹は言った。

「若菜、そなたは何という見事な娘だ」

若菜の真摯な表情が一瞬緩み、次いでわっと泣き声を上げて一徹の胸に体を投げ込んだ。艶のある長い髪が風に舞うように一徹の髯に絡み、いかにも若い娘らしい爽やかな香りが鼻をついた。

一徹は若菜の余りの放胆さに驚きつつ、僅かに娘の肩から背にかけてを不器用に撫でた。

若菜が激しく身を揉む度に、肉置きの豊かな弾力のある体が一徹の胸や膝をくすぐり、この娘を肉感的な存在として見たことがない一徹は、こうした事態になってくると、戸惑いばかりが先に立って身動きができない。若菜はむせぶように肩を震わせ、さらに激しく体全体の重みを一徹に預けていった。

（抱いて！）

娘の身でそうした言葉を口にすることが許されるなら、若菜は百遍でもそう絶叫したに違いない。実の両親をはじめすべての一族を見捨てるというのは、若菜にとっても身を裂かれるよりも辛い決断であり、しかも一徹への思慕を抑えかねてこうして忍んで来た以上、一徹は自分を抱くことで、きっぱりと二人の退路を断ってしまうべきであろう。

が、この男は動かない。若菜は一徹の肉の厚い胸に、ぽろぽろと大粒の涙を撒いた。若菜が思うに、一徹という男の最大の欠点は、並外れた巨大な情念を心に秘めていながら、それが他人の目には触れないように、さらに大きな理性で堅固に封じ込めてしまっていることであろう。だがこのような場合に、理性など一体何の役に立つというのか。

（一徹、抱け！）

若菜は血を吐くような思いを込めつつ、心の中で叫んだ。抱けば、その瞬間に主従の関係も武田の襲来も虚空に消し飛び、残るはただ、一人の男と一人の女の魂が溶け合った熱い結び付きだけであろう。そしてそのどろどろとした情念の絡み合いの中からのみ、この危機を乗り越える新しい展望が開け、二人の進むべき道が浮かび上がってくるのではないのか。

だが若菜の祈るような期待に反して、一徹は静かにこの娘の体を起こし、頰に手を掛けてその顔を自分の方へと向け直した。貪るようなその視線には、しかし動物的な濁りは微塵もなく、瞳は深い色に澄み通っている。

若菜は一徹の行為の意味が分からないままに、切れ長の目を瞬かせつつ、心を捧げた男を真っ直ぐに見返した。囲炉裏の火に赤く浮かび上がったその表情には、瞳にも口許にも輝くような生気が溢れて、律動するばかりの若さが一徹の目に眩しい。

一徹は若菜を一人の女としてではなく、例えば唐三彩の壺を手に取って眺めているようでもあり、それにしては眼光の鋭さが尋常ではない。

やがて一徹はふっと目を細めて、若菜の顔を自由にした。

「姫にそれだけの覚悟があるならば、拙者も初めから考え直さなければなりませぬ。

はて、遠藤家も名を永らえ、姫も人質に行かずに済み、拙者も当家に留まれるような策はないものか」

「今更、そのような策がございましょうか」

若菜にしてみれば、一旦家を出る決心をした以上、今となっては一徹とこのまま駆け落ちしてしまった方が、遥かに気楽な感じさえしている。

が、一徹は若菜を諭すように諄々(じゅんじゅん)として説いた。

「策などは、いかようにも立つ。肝心なのは、いかに土性骨(どしょうぼね)を据えて掛かるかということだけでござる」

問題は吉弘をいかにして翻意させるかだが、これには相当に思い切った荒療治が必要であろう。しかしそれさえできてしまえば、他国で一からやり直すよりは、ここで今までの実績にさらに積み上げていく方が、ずっと楽に決まっている。

それに若菜も他国へ行けばただの娘になってしまうが、ここならば大名の姫として、家臣や百姓・町人に至るまでの敬愛を一身に集めていて、その影響力は比較にもならない。天下という大目標を目指すためには、この遠藤家を舞台に一徹と若菜が手を携えていくのが、紛れもなく最短の道であるには違いない。

「しかし、果たして父の気持ちを変えることができましょうか」

一徹の言葉を理屈の上では理解しながらも、先刻の吉弘の言動を思い浮かべると、若菜はどうしてもその疑念を消し去ることができない。

「際どい離れ業だが、手だてはある。しかしそれもこれも、拙者の独力ではどうにもならぬ。今後は姫を我が片腕となし、思いのままに使い込んでいかねばならぬが、よろしゅうござるな」

若菜は背筋をしゃんと伸ばして、しばらく一徹の強い光を湛えた瞳を見詰めていたが、やがて微笑とともに小さく頷いてみせた。この娘にとっては、際どい離れ業の内容などには何の興味もなく、大切なのは一徹がどこまで本気なのかということでしかない。そしてどうやらこの無類の戦略家は、若菜の心情を知ることによって、一度は仕舞いかけた野心をまたむくむくと湧き上がらせてきたらしい。

表の木戸がきしむ音がして、六蔵が枯れ木を刻んだような肉の薄い姿を土間に見せた。既に火は大きく西へ回り、囲炉裏の火を受けて互いの顔は燃えるように赤い。

「そろそろ、賄い方の役人が夕餉を運んで参る。今は人目を忍ばなければならぬ。これからは何くれとなく御相談に参る程に、今日のところはお引き取りあれ」

一徹にそう言われて、多少は未練ありげに若菜が表に出てみると、いつか暮色がとっぷりとあたりを包んで、西の空に紅を刷いたような雲が僅かに残っているほかには、山も城も夜の青さに呑まれていた。

裏山から庭の築山の方へと戻っていく若菜を見送りながら、一徹はふと若菜が口ずさんでいる唄の文句を耳に留めた。

わが恋は一昨日(おととひ)見えず昨日(きのふ)来ず
今日(けふ)おとづれなくば　明日(あす)のつれづれいかにせん

歌詞の意味は、『私の恋しいお方は、一昨日も見えず、昨日も来ない。今日も便りが無いようなら、明日もきっと望みはあるまい。このやるせなさをどうしましょうか』といったところだが、若菜はもちろん、自分の身を投げ出しても指一本触れようとしない一徹を、暗にからかっているのであろう。

八

一徹は苦笑しつつ裏木戸を閉めると、居間に戻って隅の大きな布包みを、部屋の中央へと運び出した。慎重な手つきで紐を解くと、中から台座に固定された等身大の若菜の胸像が現れた。

一徹は六蔵に命じて燭台を四基用意させ、自分の周囲に置かせると、厳しい面持ちでその影像を睨んだ。

像は若菜が僅かに笑みを含んだ表情をとらえたもので、髪や小袖は言うまでもなく、切れ長の目も豊かな頰も、刃物の跡も見えない程に滑らかに仕上げられているが、口許だけが荒彫りで腫れぼったい感じに盛り上がっている。

一徹はやがて小さな袋から、小槌と数本の鑿を取り出して膝の前に並べた。これらの鑿は、一徹自身が形状を考案しては、城下の鍛冶屋に打たせたものである。

しばらく像を見詰めていた一徹は、やっと鑿を取り上げると像の口許に当てた。左手の小槌が動く度に、あるかなしかの木片が宙に舞った。

一徹は僅かずつ刻んでは手を休めて凝視し、時には立って部屋の隅に行き、全体の釣り合いを見てはまた彫り続けた。とうに夕餉の時間を過ぎていたが、そこは六蔵も心得て声一つ掛けない。

先刻まで欅(けやき)の塊だった場所に、真ん中が上がり気味になった特徴のある若菜の上唇が彫り出された。さらにその下に大きめな前歯を刻むと、像全体が魂を吹き込まれたように一気に不思議な精彩を帯びた。

一徹はさらに半刻ばかりして鑿を置き、しばらく仕上がりを確かめていたが、やがて六蔵を呼んで酒の支度を命じた。

「出来上がりでございますか」

一徹の前に酒と肴を並べながら、六蔵はふと、その胸像を眺めやって息を吞んだ。

若菜のあの明るい、しかも奥行きのある微笑そのものがそこに置かれていた。しかも燭台の灯が揺らめく度に、微妙な表情が像の面を小波のように行き来して、緩やかにたゆたうているとしか思われない。

「船岡の里にこもっている間は、どうしてもこの口許だけが彫れなかった。俺はあの娘のどんな表情も完全に摑んでいるつもりだったが、この口許だけがどうしても納得できる形にならなかったのだ。

しかし今日あの娘と顔を合わせていて、やっと今まで欠けていたものに気が付いた。それは、あの娘の強さよ。溢れるような愛らしさを撒き散らしながら、しかもあの娘の芯はあくまでもしなやかに強い。俺はその木彫にどうやらあの娘のすべてを、今こそ彫り込めたかと思う」

一徹は静かに杯を干しつつ、自身も遠いところを見やるような目付きで若菜の像を眺めやった。

「しかし、あれは不思議な娘よ。あの穏やかな微笑の中には、あの娘の持つ愛らしさ、利発さ、暖かさ、優しさ、強さ、機知といったすべてのよさがこもっている。ただ一つの表情に、自分の持つすべての美質を込めてしまえるなど、もはや奇跡に近いのではあるまいか」

しみじみとした一徹の言葉に、しかし六蔵は違う反応を示した。

「殿は、これ程までにあの娘を想うておられますのか」

六蔵の見るところ、この像は若菜のすべてを写して、しかもそれを超えている。しかもそれを超えている。この彫像の持つ幻想的なまでの気高さは、一徹の若菜に寄せる思いが知らず知らずのうちに昇華し、実像の上に結晶したものに違いあるまい。

「ならばどうしてあの娘を、手元に置こうとはなされませぬ。あの娘も、もはや世の常の幸せなど望んではおりますまい」

「俺がそうした木彫を生業とする彫り物師であれば、むろんそうする」

一徹はそこで言葉を切り、深い息を吐いた。

「だが、俺は合戦屋ではないか。この二十年というもの、常に求めて白刃のもとに身を晒し、深手だけでも十六創に及ぶ。思えば、よく命が保ったものよ。しかも、これからもこの生き方は改まらぬ。戦場から戦場へと渡り歩いているうち、いつか俺は非業に倒れるであろう。

今あの娘とともにこの家を捨て、一月の後に俺が死んだりしたら、あの娘はどうなる。それを思えば、俺にできることはあの娘が武田の人質にならずに済むように、知恵を巡らすことだけであろうよ。あの娘は、どこにあってもそれなりに幸せになれる娘なのだ」

洞窟のような暗い表情で一徹はさらに何度か大杯を傾け、最後に自分に言い聞かせるように、ぽつりと呟いた。

「俺は、たった一人で胸を張って冥土へ行く。地獄に落ちるのに、何で道連れなど求めてなろうか」

最終章　天文十九年　夏

一

遠藤吉弘が六百の兵を率いて小笠原長時の居城、林城の城下に到着したのは、天文十九年（一五五〇年）七月十日であった。

林城はそれ自体が中信濃随一の大城郭であるばかりでなく、東南東に埴原城、西に山家城、北に桐原城、西北西に犬甘城、西南西に深志城、西に井川城といった支城を巡らす要害の地で、しかもその支城の一つ一つが中原城より規模が大きい。武田の侵攻がなければ、今頃はこの大敵と戦っていたのかと考えると、吉弘は肝が冷える思いがした。

すでに林城の周辺にはあちこちに陣が張られ、おびただしい兵馬が動いている。吉弘にとっては、三千五百という軍勢を実際に目にするのはこれが初めてで、まさに壮観であった。

なかでも一際威容を誇っているのは、西方の草原に陣を敷いている五百人ばかりの一群である。この軍勢は、具足から馬具、指物に至るまで、ことごとくが血で染めたように赤く、これこそが噂に高い仁科盛明の赤備えであろう。

吉弘はその隊伍の粛然としているのに目を見張りながら、自分もしかるべき場所を選んで軍を留め、石堂一徹、馬場利政の両名を引き連れて林城の門を潜って小笠原長時に挨拶に出掛けた。

鎧や兜は身に着けていないとはいえ、夏の盛りの酷暑の頃とあって、歩いているだけで噴き出すように汗が流れた。

「遠路はるばるご苦労でござる」

大広間の上座にどっかりと腰を下ろした小笠原長時は、ゆったりとした声で吉弘を迎えた。形ばかりとはいえ信濃守護の肩書きを持つこの男は、いかにも名門意識を鼻にかけた傲慢な風貌で、その態度には武田に威圧された落ち目の悲哀などかけらもない。

「中原城の城主、遠藤吉弘でござる。武石峠越えの難路に、思わぬ遅参を致しました。なお、これなるは筆頭家老の石堂一徹でござる。世に聞こえたいくさ巧者であれば、陪臣ながら本日の軍議での発言を許されたい」

長時の左右の人々は、ほうという表情で一斉に一徹を眺めやった。この男の威名は、主人の吉弘に勝ること数等であった。

「遠藤殿は冥加なお方でござるよ。石堂一徹ほどの男は、万石を投じても手に入るものではない」

長時は相変わらず穏やかな声で、静かに吉弘から一徹へと目を移した。吉弘は肝を冷やした。挨拶に言葉を借りながら、長時は一万石以上の条件で一徹を釣ろうとしているのではないか。

昨年の秋以来、一徹は長時の居城である林城からは目と鼻の先の船岡の里にこもって、林城を攻略すべく砦の拡張に励んでいる。

常にその脅威に晒されている長時としてみれば、ここで一徹を抱き込んでしまえば、逆に遠藤家の二万四千石までを我が物にできるのだ。

しかし一徹の分厚い頰には、見事なまでに何の感情も浮かんでいない。

「物見の者どもの情報によれば、武田の軍は今朝早く二千五百の兵を率いて諏訪の上原城を出立したそうじゃ。数日のうちには、いよいよこの地で合戦になろうぞ」

遠藤勢の到着によって、豪族勢の兵力はほぼその全勢力に達したようであった。長時は貝を吹かせ、諸将をこの本陣に呼び集めた。

それは驚くべき人数であった。

三千五百という兵力は、文字通りこの地方で動員できる国侍のすべてと言えた。もし武田に通じる気配を見せる者があれば、豪族勢は背後の心配をしないで済むように、まずその者を倒してから武田と戦端を開くのは明らかであり、誰一人として反抗の姿勢を見せるわけにはいかなかったのである。

状況は豪族勢にとって有利であった。

武田の兵力は村井城にこもる五百を合わせて三千、兵力は豪族勢が遥かに勝っていた。数日前からこの地に陣を敷いて武田勢を待ち受けている諸将の間にも、続々として各地から参集してくる友軍の層の厚さに勝利を確信した明るい空気が流れていた。

林城の広間は、たちまち色とりどりの衣装を身に纏った武将で埋め尽くされた。数人の郎党を連れて馳せ参じた土侍まで含めると、軍議に列する者は五十人にも及んだ。全員がそれぞれに席を占めるのを待って、小笠原長時が独特のゆったりとした調子で口を開いた。

「これは、世の常の合戦ではない。武田の暴虐から身を守るために、この地に住むすべての武士が力を合わせて立とうというのじゃ。されば誰が首将ということも、誰が誰の下知で働くということもない。衆知を集めて軍略を練り、力を尽くして戦おうぞ」

長時の言葉に、期せずして力強いどよめきが湧いた。その機をとらえて、今度は仁科盛明が立ち上がった。奇略の名声もさこそと思わせる、高い鼻梁と鋭い目を持った壮年の男である。

「今の小笠原殿のお言葉はまことにもっともでござる。されど、いざいくさが始まってしまえば、一々合議の上でいくさだてを決めていくこともできまい。やはり、一つの軍勢として合戦に臨む以上は、中心となって采配を振るう大将が必要であろう」

「左様、これだけの人数に大将がいなくては、全軍の足並みが揃いますまい」

打てば響くといった感じで、仁科盛明の言葉に平瀬八郎左衛門が呼応して叫ぶように言った。

「首将は、何と言っても小笠原長時殿が適任でありましょう。さらに副将として仁科殿と遠藤殿が本陣にあれば、まず万全ではござるまいか」

豪族勢の主力をなすのは小笠原長時で、その兵力は一千二百名である。仁科盛明と遠藤吉弘がともに五、六百でそれに次ぎ、あとはせいぜい百から二百といったところであったから、平瀬の提案は誰にも異存のないものであった。

平瀬に小笠原の息が掛かっているのは誰もが承知していたが、たとえ平瀬が発言しなくとも、長時を首将とする以外にこの寄せ集めの大軍を結束させる方法は有り得なかった。

「それでは非常の場合であれば、不肖ながらそれがしが采配をとらせていただく」

長時は人に警戒心を起こさせないまろやかな表情でそう言い、まず物見の者からの報告を皆に伝えた。

「武田の軍は本早朝に諏訪の上原城（長野県茅野市ちの上原に所在）を発ち、塩尻峠を越えて、今は村井城に向けて北上しつつある。兵力はおよそ二千五百、指揮を執る者は武田晴信、主な家臣は室住虎光（もろずみとらみつ）、教来石景政（きょうらいしかげまさ）、飯富（おぶ）兵部（ひょうぶ）などであるという」

人々の間にどよめきが起きた。

一徹の予想通り、晴信は中信濃侵攻を目指して四月末に甲府を出発したのだが、諏訪に到着した時に姉にあたる今川義元夫人が死去したとの報告を受け、いったん甲府に戻っていた。そして七月三日に改めて甲府を発ち、今やこの地に向かっている。晴信があくまでも陣頭指揮にこだわるからには、今回のいくさはこの中信濃の命運を決める一大決戦になるに違いあるまい。

「武田晴信は、今夕には村井城に入るであろう。従って数日のうちには、この地でいくさが始まるものと思わねばならぬ。我が方としてはこの軍議にて軍略を定め、充分な策をもって武田を迎え討ちたい」

いずれも、一方の将としていくさを重ねてきた勇将である。たちまち活発な意見が先を争うように湧き上がったが、論議が進むにつれて、豪族勢の弱点は吉弘の心の底を冷やすほどに歴然としてきた。

たとえば、奇襲作戦が採れないのである。この三千五百の軍勢の中に一人でも武田に意を通じている者があれば、奇襲部隊が全滅するのは火を見るよりも明らかであろう。そして塩尻峠の戦いの例を見るまでもなく、武田に内通している者がいないとは誰にも断言できないのだ。

これだけの軍勢であれば、先陣、二陣と構え、さらに遊軍として後詰を置くのが常道であるが、それも不可能であった。昨日まで互いに角を突き合わせて戦ってきた豪族達にとっては、背後の遊軍を味方と信じて戦うことができなかった。

結局は、全軍が草原に散開して武田勢を包囲する戦術を採るほかはなかった。もっとも豪族勢は三千五百、武田勢は三千と兵力的に優位なのだから、古来、大軍に策なしという言葉通り、正攻法を採ることは別に不利ということではなかった。

「我らは中山平に陣を張り、武田軍を迎え討ちたい」

頃合を見て、小笠原長時がそう提案した。中山平は林城の南西三十町（約三・三キロ）のあたりに広がる草原で、本城の前線基地である埴原城がすぐ東横に控えている。武田の拠点である村井城（長野県松本市小屋南に所在）との位置関係からいっても、双方の軍勢を配置するにはこの地しかあるまい。

「まず、全軍を三手に分けるのが得策であろう」

いくさ上手で鳴らしているだけに、自然と仁科盛明が軍議を纏めていく形になった。

吉弘は何度か一徹の顔色を窺おうと振り返ったが、この寡黙な戦略家は厳しく唇を結んだまま、強い光を湛えた目で一座を眺め渡しているばかりである。

「主力を一千として中央に置き、両翼に一千ずつの兵を配するが良いと存ずる。この草原は北から南に向かって扇を開いた形になっているゆえ、南側に陣を取る我が軍は進むにつれて三手が一体となり、武田を包囲することができよう。そこで我らは合戦場の横手に五百の遊軍を置き、戦機を摑んで武田の本陣を突けば勝利は誓って我らのものであろうが」

聞く者の鼓動を高めていくような、見事な雄弁である。列座する武将達の間に、どっと歓声が湧き上がった。この軍勢にこの知恵袋があれば負けるはずがない。誰の顔にも白い歯が覗いた。

「が、遊軍を戦闘に投ずる時期こそは、この合戦の勝敗の分かれ目でござる。また必ず一撃で武田晴信を討ち取らねばならぬゆえ、遊軍の役目は寄せ集めの兵力にては不安が残ろう。従って、この仁科盛明が自ら遊軍を引き受けたいと存ずるが、いかがでござるか」

盛明ならばと、誰もが思った。戦機を見るのに、この男ほど優れた目を持つ者はなく、また、その赤備えの陣は勇猛をもって世に知られているのである。

この時、不意に吉弘の背後で初めて石堂一徹が野太い声をあげた。

「仁科殿の案はまことによしと思われまする。地形を案ずるに、遊軍を置くとなれば右手の丘陵一帯が格好でありましょう。されば我らは左手の松林のあたりに陣を取り、仁科殿の動くのに呼応し、一気に武田勢を挟撃する態勢をとらんと存ずる」

「その言はよい」

小笠原長時は、会心の笑みを浮かべて諸将の顔を眺め渡した。

「武田晴信がいかに評判の高い武将とはいえ、仁科殿、石堂殿の軍略は晴信にいささかも劣るものではない。この二将が両翼にあって自在に動けば、武田勢の敗北は火を見るよりも明らかである。それがしは中央にあって全軍の指揮を執る。仁科殿、遠藤殿はそれがしの左右にいて、存分に補佐をなされよ。各人も仁科殿のいくさだてに従い、各自の持ち場を定められたい」

ここに衆議は一決した。豪族勢には小笠原、仁科、遠藤の三人を除いて、百人以上の兵力を持ち、一部隊を構成し得る豪族が七人おり、残りの土豪、国侍はそれぞれに適当にこの七人の与力として編入された。

長時はさらに七人のうち五人を右翼として配置を定め、二人を遠藤勢とともに左翼に据えた。これで軍議は完了し、あとは速やかに各自が与えられた持ち場に陣を移すばかりである。

意気軒昂として立ち上がろうとする武将達の中にあって、しかし吉弘だけは心が晴れなかった。この男は一徹の言葉を聞いた瞬間から、その献策の裏にひそむものを敏感に感じ取っていた。

なるほど、仁科勢と遠藤勢が比翼の陣を張り、互いに呼応して武田の本陣を叩くという戦術自体は吉弘にも首肯できる。だが一徹の真意は、そうした陣形を取ることよりは、とにかく自軍が左翼を占拠することに重点が置かれているのではあるまいか。そこならば、今日遠藤勢が越えてきたばかりの武石峠へ通じる険阻な山道が背後に控えているのだ。

中原城から林城まで行軍するのならば、保福寺道を西に向かい、稲倉峠（しなぐら）を越えて南下するのが道も整備されていて、時間的にも最短であろう。しかし一徹は、中原城に近い保福寺峠から南下して武石峠を越えたところで西に向かい、林城の東側に出る間道を取ることを進言した。

「小笠原に加担する豪族達は、林城に参集するのに仁科街道、保福寺道のいずれかを選ぶでありましょう。しかし、狭い街道をひしめき合って進む間には、どんな不測の事態が起こらないとも限りませぬ。我等は大軍でもあり、誰にも邪魔されることのない武石峠越えの間道を行くのが最善の策でござる」

万全を期すことが、軍略家としての当然の心遣いであるかも知れない。だが、吉弘はそうは受け取らなかった。一徹は何か企（たくら）んでいる、吉弘にはそう思えてならない。

憮然たる面持ちの吉弘と並んで、馬のたてがみを風になぶらせながら口元を引き締めた厳しい表情で一徹が行く。左手の松林からは、降るような蟬の声がした。

二

未の刻（午後二時）を回ったあたりから、目に染みるような深い緑の山野にしきりに伝令の馬が動き始めた。中山平の南端に設けられた本陣に朝から詰めている諸将は、汗を拭いつつ一斉に立ち上がって、村井城の方角を眺めやった。

厳しい夏の日に影一つなく塗り潰された草原に、三千の武田勢は今や雲のごとくに湧き起こりつつあった。本陣では激しく貝が吹かれた。たちまち豪族勢の右翼が動いて、態勢の整わない武田勢を急襲しようとしたが、さすがに武田晴信はいくさに手慣れていた。

武田軍はまず先陣が走り、右翼軍と矢合わせを行いつつ二陣、三陣が素早く草原に散開した。

豪族勢の本陣では盛んに鉦を鳴らし、見る見るうちに全軍が三方から武田勢へと殺到していく。吉弘は本陣にあって、この大会戦が展開していく様を息を呑んで見詰めていた。遠藤家の軍勢は左翼にあり、その指揮官は言うまでもなく石堂一徹である。

軍議の際の小笠原長時の言葉もあり、本陣から離れることのできない吉弘にとっては、敵の動きよりもまず自分の軍勢の去就こそが一瞬も目をそらせないほどに気掛かりなのであった。

豪族勢の諸隊には、異常なまでの闘志が漲っていた。通常のいくさとは違い、隣り合った部隊同士の間で激しい功名争いが繰り広げられていたのである。この一戦に目覚ましい働きを示して実力を諸豪に認めさせることができれば、今後の勢力争いに影響するところは、決して小さくないであろう。

豪族勢は汗で具足を濡らしつつ、揉みに揉んで武田勢に雪崩込んだ。

兵力で劣る武田勢としては、後詰の部隊までも前線に送らざるを得ず、ここに両軍は全面にわたっての白熱の大激戦に突入した。

合戦が始まって小半刻の後、今や戦闘の外にあって機を窺うものは、僅かに仁科盛明の率いる五百の軍勢のみである。

戦況は、初めから豪族勢に有利であった。このように双方が策を施さずに正面から激突するいくさであれば、当然兵力の多寡がそのまま勝敗に直結する。横手に五百の遊軍を持つという余裕は、豪族勢にとっては絶大な心の支えになっていた。

戦闘が始まって間もなく、最左翼の遠藤吉弘の軍から二つの首級が本陣に送られてきた。

「服部良蔵が、新庄玄蕃（しんじょうげんば）を討ち取ってござる」

「村山正則が、柴田久兵衛の首を得てござる」

新庄も柴田も名のある武者であったから、諸将の居並ぶ本陣はどっと沸いた。

それでなくても一番首である。吉弘は大いに面目を施したが、その割りに表情は今一つ冴えなかった。自軍のいくさ振りが、いつになく覇気を失っているように映ってならなかった。

なるほど、一徹の指揮のもとに全兵力は着実に前進はしている。が、それは遠藤勢の働きというよりは、隣り合う波田数馬と青柳頼長の二隊の突出に伴って兵を移動しているだけのことではないのか。一糸乱れぬ陣形を保ったまま盛んに鬨の声を上げて示威運動を繰り返してはいるものの、全軍が火の玉となって奮戦するという雰囲気には、およそほど遠いものがあった。

吉弘がたまらずに送った使者に対して、一徹はただちに返答を寄越した。

「勝ちと決まったいくさならば、緒戦に全力を注ぐのは得策ではござりませぬ」

今はまだ敵も元気である。これと正面から戦えば、味方の損失は決して少なくはあるまい。が、武田勢はいつかは疲れる。後詰までも前線に投入してしまった以上は、代わるべき新手の戦力はもうないのだ。

「適当にあしらいながら時を稼げば、やがて武田勢は全面的に崩壊せざるを得ないでありましょう。その時こそ、遠藤勢は堰を切ったように戦場へ奔出して、縦横に敵を殲滅してみせまする」

と一徹は胸を張った。

吉弘はようやく愁眉を開いた。たしかに一徹の策ならば、労少なくしてしかも功は多いと思われたのである。なおも一抹の疑念は胸に抱いたまま、吉弘はじっと左手の丘の上に立つ『無双』の大旗を凝視していた。

一刻が過ぎた。世に喧伝されている通り、武田の軍は精強であった。圧倒的に不利な状況の中にありながら少しも戦意を失うことなく、鬼神も顔を背けるほどに頑強な抵抗を続けていた。

しかし武田晴信の采配をもってしても、三方から締め付けてくる豪族勢の鉄鐶(てっかん)を破る回天の奇策は不可能であった。豪族勢は草原を血の色に染めつつ、一歩一歩と武田の本陣に肉薄した。

戦場の空を、いくつもの巨大な入道雲が湧くように動いていた。時折り太陽が雲に隠れると、それはあたかも両軍の血煙で日が翳(かげ)ったのかとさえ思われた。

「我が軍勢を動かす時がまいった」

起伏に富んだ草原を見下ろしながら、仁科盛明は静かに床几から腰を上げた。この男の赤備えの陣はすでに右手の小高い丘の上にあって、鳴りをひそめて戦場を見下ろしていた。

「武田晴信を討ち漏らせば、あやつは今に勝る大軍を率いて再来するであろう。何としてでも今日のいくさで首級を挙げねばならぬゆえ、拙者自身が指揮を執ることを許されたい」

小笠原長時は頷き、盛明は馬に乗って自軍へと走り去っていった。

吉弘はまた不安に襲われた。この期に及んでもまだ一徹の旗印は後方から動かず、遠藤勢は静まり返ったまま突撃の気配さえ窺わせていないのである。

「さすがに石堂一徹よ。一兵も損せずに、あのように武田を追い落としておるわ」

不意に小笠原長時が嘆声を上げながら、吉弘を振り返った。

そう言われてみると、一徹が常に敵の側面へ側面へと一手を送るために、武田方は戦わぬうちから気圧されて、じりじりと後退を余儀なくされているようであった。

が、吉弘は長時の柔和な笑顔をそのままには受け取れなかった。小笠原長時は遠藤勢の緩慢な戦い振りを、遠回しに非難しようとしているのではないのか。

吉弘はいたたまれずにまた使者を立てた。一徹の口上は、

「まだ、その時機ではござらぬ」

の一言であった。

吉弘は気が気ではなかった。遠藤勢の固く隊列を守ったままの進撃は、他の軍勢の火の出るような奮戦振りの中にあって異様なまでに際立っている。本陣の諸将が自分

に注ぐ視線にも、今ではあからさまな疑惑がこもっているように吉弘には思えた。

(俺が武田に内通しているというのか!)

吉弘はさらに伝令を送ったが、一徹はこれを平然として黙殺した。吉弘はついに声を荒らげて伝令に告げた。

「一徹に、今すぐに全軍を挙げて突撃せよと伝えよ。これは、俺の命令であると言え!」

それに対して、一徹は驚くべき回答を送ってきた。

「拙者は天の声を聞いて戦機を摑み、軍を動かしてござる。いくさの機微は実際に前線に立つ者にしか分からぬもの、遠くからの一々の御指図は迷惑ゆえ、無用に願いとう存ずる」

「一徹めが、俺の指図は受けぬと申したか!」

吉弘は激怒した。これほどまでに人もなげな言動は、もはや家臣のそれではないであろう。たちまち満面を朱に染めた吉弘は、小笠原長時が声を掛けるのにも耳を貸さずに本陣を飛び出すと、馬に鞭を当てて左翼の自陣へ駆けた。

一徹は松林の前にあって、侍大将達に次々と黄母衣の伝令を送りながら、なおも全軍を一団として結束させることに専念していた。

「おのれ、一徹! 己が武功を鼻に掛けて、俺の指図など無用と抜かしおるか!」

吉弘は馬から飛び下りざま、床几に腰を掛けている一徹に手にした采配を激しく振り下ろした。一徹の頬を、さっと一筋の血が走った。

「何をぐずぐずいたしておる。すでに仁科盛明は彼方の丘の上にあって、武田の本陣を突く機を窺っておるのだぞ。今我が手が動かなければ、合戦の勝利は我らの頭上を飛び越えて仁科の掌中に落ちてしまうではないか！」

それまで木像のように戦場を凝視していた一徹は、この時初めて厳しい瞳を吉弘に向けた。

「なるほど、いくさは御味方の必勝の形勢でござる。しかし訝しいとは思し召さぬか」

一徹は錆びた声で説いた。

武田晴信といえば、天下に鳴り響く名将ではないか。これだけの必敗の状況になれば、深手を負わないうちに手早く兵を纏めて退くのが当然であろう。いやそもそも、相手より少ない兵力で何の策もなく戦うような愚策は、晴信の採るところではあるまい。

「何？」

吉弘は眼前に展開する戦闘に、慌ただしい一瞥を投げた。

輝くような緑の草原が広がる中を前線はすでに四町近くも移動し、武田勢は後退に次ぐ後退を続けていた。そして仁科盛明は武田の本陣を急襲すべく、今やその五百の軍勢を北西の丘の上に結集し終わり、じっと戦況を見詰めている。

　一徹の言葉は、吉弘に恐るべき現実を教えた。

　これだけの窮地にありながら、武田勢はなお陣形にいささかの乱れもなく、兵卒の戦意はさらに高いのである。それは、武田勢の剽悍（ひょうかん）さということだけでは説明のつかない、不可解な現象であった。

　小笠原の本陣から伝令が来て席に戻るようにと強く言ったが、吉弘は生返事をするばかりで、ただじっと目の前の光景に釘付けになっていた。

「分からぬ。何故、武田は退かぬ？」

　侵入軍である武田勢は、不利と見ればさっさと本国に兵を引き揚げるべきなのだ。甲斐、南信濃に一万二千を超す兵を養う晴信にとっては、再度の侵攻は容易に成し得るはずであった。

　伝令はついに、

「お聞き入れなければ、ご覚悟がございましょうな」

　と言い捨てて去った。一徹はもとよりこの伝令を無視している。

「それは、いかに必敗の形勢に見えようとも、実はこれこそが晴信が望んだ必勝の策だからでございましょう」

「武田に策があると申すか」

「は」

遠藤勢の中では、村山正則の手勢が武田を追って深く戦場に足を延ばそうとしていた。

一徹は伝令を呼び正則を自重させるとともに、他の部隊を僅かに前進させた。遠藤の軍勢は一徹の指揮に従って花のように開き、また結集した。

「申してみよ」

「伏兵かと存じまする」

「馬鹿を申せ。武田の武力は今ここにいる三千ですべてだ。この他に、武田の兵はどこにもおらぬ」

「されば、あれこそが武田の伏兵に違いありませぬ」

一徹は、戦場の彼方の北東の方角を真っ直ぐに指差した。吉弘は、それを辿って目を剝いた。

そこには、すでに二刻に及ぼうとしている乱戦の中にあって、悠然と戦力を温存している唯一の新手の兵力があった。仁科盛明が指揮する五百の遊軍である。

「仁科が裏切ると！」

「その他に武田が勝つ手段はありますまい。そしてもし仁科が真実我らの味方であるならば、武田晴信はとうに兵を退いておりましょう」

今や戦線は、仁科盛明の拠る丘陵の正面にまで動いていた。

三

この時であった。満を持していた仁科盛明は右手に大刀を抜き放つと、ついに全軍に突撃を命じたのである。

吉弘の眼前には、左手に武田の本陣があり、右手には豪族勢が広く散開している。そして、今や赤い奔流となって疾駆する仁科勢が目指すものは——。

吉弘は、固唾を呑んだ。

仁科盛明の行く手に、すすきが茂る馬の背状の小さな起伏がある。その馬の背を越えたところで赤い奔流が北に折れれば、豪族勢の勝利が確定する。南に曲がれば、小笠原家も遠藤家もその瞬間にこの地上から消滅するであろう。

たちまち仁科勢は斜面を駆け尽くし、ついに先陣は躍り上がるように馬の背を越えた。そして棒立ちになった吉弘の前で、先頭に立つ仁科盛明が大刀を上げて指し示したのは、紛れもなく小笠原長時以下の友軍であった。

右翼の陣形は乱れていた。もともとが寄せ集めの兵力であったし、それにこのように策を用いない力攻めでは、個人個人がそれぞれに目前の敵を倒す以外には戦いようもないのである。

仁科勢は、伸び切った右翼の中央を駿馬が大河を押し渡るように真一文字に突破しつつあった。それに呼応するように武田勢からは盛んな鬨の声が上がり、それと同時に今まで劣勢を示していた各方面で一気に反撃に転じていた。豪族勢の混乱は、早くも中央の小笠原長時の軍にまで及んだ。

「どうやら武田に内通しているのは、仁科盛明一人だけらしゅうござるな」

一徹は引き締まった顔に何の表情も置くことなく、ただ双眸に強い光を湛えてじっと戦場を眺め渡している。

「どうする、一徹」

情けないほどに吉弘は惑乱していた。事態は余りにも自分の予想とは違う方向へ、急転直下に展開していく。

「もはや、勝負は見えましたな」

いくさが負けと決まった以上、早速に兵を収めて中原城に退くべきだと一徹は言った。

「退くのはよい。だが、それからどうする」

この合戦の前なればこそ、豪族勢の勢力を弱めるために武田は好条件を並べて臣従を勧めたのである。いくさが済んだ後となっては、どんな屈辱的な条件を呑んだところで、なお武田は遠藤家を許すものとは到底思われなかった。

「かくなる上は、即座に全軍を纏めて、このまま北信濃の村上義清のもとに身を寄せるほかはありますまい。武田が中信濃一帯を制圧した後には、村上との合戦が起こるのは必定ゆえ、この方面の地理に明るい遠藤勢は重用されるに違いありませぬ」

一徹は吉弘の方に向き直ると、静かに付け加えた。

「実は昨日の軍議の後、まことに僭越ながら中原城に一書を送ってござれば、今頃は城内、城下とも北信濃へ落ちる支度をいたしておりましょう。我らが戦場を離脱して中原城に戻るまでには準備も完了し、その足でそのまま村上領へと出立できる手はずになっておりまする。また村上家にはわが兄の輝久が随身してござれば、とりあえずは兄のところに身を寄せられるがよろしゅうござりましょう。すでに輝久には、万一の時にはよろしく頼むと申し送ってござる」

仁科盛明の赤備えの陣は、その深紅の甲冑をさらに鮮血で染めながらついに小笠原の大部隊を真二つに両断した。右翼はとうに散り散りに寸断され、武田勢の執拗な攻撃の前に壊滅寸前の状況にあり、優勢を保っていた左翼もまた次第に戦線を崩し始めていた。

本来が烏合の衆である豪族勢は、主力をなす小笠原勢の崩壊によって、今や完全に軍勢としての求心力を失ってしまった。諸将の戦闘の目的は、今ではこの死地からいかにして脱出するかという一点に移行しようとしていた。

吉弘は暗然として頭を下げた。思えば、小笠原との提携を強く諫めた一徹には、とうの昔にこの光景が見えていたのであろう。その一徹の献策に耳も貸さずに独断専行した結果が今、無残過ぎるばかりの鮮明さで眼前に転がっている。掌中の珠のようにいつくしんだ二万四千石も、呆然として立ち尽くす間に陽炎のように消え失せ、気が付けばこの世に我が身を置くべき寸土すらない。

吉弘は心の底から負けたと思った。人を射すくめる強い眼光をした一徹の大才は、吉弘の憎悪や猜疑心をもってさえ、ついに認めざるを得ないまでに圧倒的なものであった。

「許せ、一徹」

吉弘はうめいた。一徹の先刻の不遜な高言は、人質に取られた形で本陣に詰めている吉弘を故意に激怒させ、自陣に呼び戻すための策略と今こそ了解し得たのである。だが、一徹はもとより小さな感情を持たない男であった。この稀代の軍師は眉一つ動かすことなく、穏やかな声で吉弘に告げた。

「あとはこの一徹が、一兵も失わせずに退かせまするほどに、殿はただちにお落ち下され」

豪族勢の中で無傷を保っているのは、ついに遠藤勢ただ一手であった。武田の本陣で盛んに貝が鳴り響き、中央の軍勢が次第に左翼へと移動しようとしていた。

「仁科街道、保福寺道は敗走する豪族勢、追走する武田勢で大混乱するでありましょう。そこで我等は、先日通ってきた武石峠越えの間道を戻って中原城に帰るのがよろしかろうと存ずる」

一徹が次々と送る黄母衣の伝令の動きにつれて、遠藤勢の各部隊は後尾から徐々に退却に移った。一徹に与力として付けられている百五十名はなおも最前線にあったが、やがてこれも村山正則の指揮のもとに整然として後退を始めた。

草原の北端にあった武田の本軍は今や豪族勢を潮のように呑み尽くして、その先鋒は村山正則の軍勢のまさに目と鼻の先に迫っていた。

吉弘はついに意を決して、馬上の人となった。

「一徹、かくなってはそなただけが頼みだ。ここは手早く切り上げ、一刻も早く中原城へ参れ」

一度馬に鞭を当てた吉弘は、すぐに馬首を返してさらに叫んだ。

「一徹、若菜をやる。貰ってくれ！」

ひきつれた頬を僅かにゆがめて微笑する一徹の前を、遠藤の軍勢は土埃を巻き上げつつ、次々と戦場を離脱していく。武田と遠藤勢の間にはなお青柳頼長の一隊があり、武田側はむざむざ大魚が網から抜け落ちるのを切歯して見送るほかはなかった。

やがて殿の村山正則が手勢を先に落としながら、馬を一徹のそばに寄せて涼やかな声を上げた。

「石堂様、早々に馬を召されよ。殿の功は、どうかこの正則にお譲りあれ」

一徹の身を案ずる思いが、この若者の場合はこうした表現となって口から転がり出すのであろう。遠藤家二万四千石が霧消してしまった以上、実際問題としては殿の功などというものが有り得るはずはない。

一徹は、この男には珍しく白い歯を覗かせた。油断も隙もない手柄上手でありながら、惨憺たる敗北を見るに及んで自分の身を投げ出してまで一徹を落とそうというのは、この若者の爽やかな心根以外の何物でもないであろう。

「一刻に近いいくさに武田も死力を尽くしておれば、万に一つも後を追われる恐れはあるまい。そなたこそ早く退け。拙者は今一段武田のいくさ振りを見極め、この後の筋書きを考えねばならぬ」

「筋書き？　ではなお次の策がございますのか」

「言うまでもない。たとえ北信濃に落ちるにしても、易々(やすやす)と武田に中原城は渡さぬ。そのためにも正則は道を急ぎ、殿を助けて兵を纏めよ」

武田と再戦するという一徹の言葉に、正則はさっと頰を紅潮させた。目礼して馬を走らせてゆく後ろ姿に、匂い立つばかりの若さが躍動していた。

　時刻は、酉の刻に近付いている。真夏とはいえ暮れるに早い山国の陽はすでに山の端に近付き、今は完全に武田勢に制圧された戦場を赤黒い影が覆いつつあった。

　大文字の豪刀を左手に摑んだ一徹は、無人になった本陣に仁王像のように直立したまま、眼前にうごめく敵味方の雑踏を見下ろして動かない。背後で、六蔵が『無双』の旗を焼き始めた。

　ただ一人で戦場を見下ろしている一徹は、当然武田勢からも不審がられた。本陣にいる武田晴信もこの一徹の姿を遠望しつつ、

「はて、あれは紛(まぎ)れもなく石堂一徹であろうが、何を思うてこうはするぞ」

と、しきりと首をひねった。

　そうであろう。いくさが負けと決まった以上、一刻も早く戦場を離脱しなければ自分の首が危ない。が、一徹にしてみればこの行動に何の不思議もない。この男は武田晴信のいくさ振りを四度しか見たことがなく、いつかそれぞれに大軍を率いて戦場でまみえるであろうこの武将の采配を、もう一度自分の目で確認しておきたかったのである。

　晴信の采の振り方、それに応ずる武田勢の動き方から、果ては鉦や太鼓の使い方に至るまでの武田の戦法を、一徹は余すところなく自分の脳裏に焼き付けておこうとし

ていた。全面退却という非常事態にありながら、なお平然として敵将の研究に余念がないあたりが、石堂一徹という男の持っている一種異様な凄味というものであろう。そして青柳勢も崩れ去るのを見届けた時、一徹はついに戦場に厳しい一瞥を投げて六蔵に馬を引かせた。

中山平から武石峠に至る道は、幅四尺にも満たない険阻な狭道である。鬱蒼たる木立が両側から迫って空を閉ざし、むせ返るような木の葉の匂いが鼻をついた。日の光が途絶えて、慣れない目にはひどく暗い。一徹は馬を降りて急ぎ足に坂道を登りながら、吉弘の説得に明け暮れたこの数ヶ月の慌ただしい動きを思い起こしていた。

若菜が武田への人質にならずに済み、一徹が遠藤家に留まるためには、どんな手段を用いてでも遠藤家一手で武田に当たるという方針を吉弘に納得させなければならない。

一徹に対する嫌悪感を別にすれば、吉弘に決心をためらわせているのは、何と言ってもあの強大な小笠原長時を簡単に討てるはずがないという思い込みであろう。

たしかに城攻めには寄せ手側に三倍の兵力を要するというのが、古来の常識である。まして林城は周囲に数多くの支城を巡らす中信濃きっての堅城であり、ここに千二百人の兵がこもってしまえば、七百人の遠藤勢で落とすことはまず不可能に近い。また城攻めは長期戦になるのが通例なので、武田の襲来が四月末とすれば、手持ちの時間が二ヶ月しかない遠藤勢が少しでも攻めあぐねていれば、たちまち時間切れに追い込まれてしまうであろう。

だが一徹には秘策がある。すでに吉弘に報告してあるように小笠原の重臣の飯森盛春(いいもりもりはる)を味方に引き入れており、飯森をうまく使えば、城攻めは一瞬の短期戦で終わらせることが可能なのだ。

船岡の砦に全軍を結集した上で、まず一徹が率いる騎馬部隊が全速で林城に奇襲を掛ける。そしてこの奇襲部隊の到着に合わせて、飯森が城内から大手門を開いて迎え入れてしまえばよい。城内に雪崩込んだ一徹以下が小笠原長時を強襲している間に、遠藤吉弘の率いる本隊が林城を囲んでしまえば、万が一にも長時を討ち洩らす恐れはあるまい。

こうして小笠原長時を討ったあかつきには、遠藤家の兵力は小笠原の家臣団を吸収して一気に千七、八百にまで膨れ上がる。その兵力をもってただちに武田の前進基地である村井城を攻略し、武田の勢力範囲を以前の塩尻峠以南に押し戻しさえすればよい。まだ平定しなければならない地域は広いとはいえ、落ち目の小笠原を見限った豪族達も、日の出の勢いの遠藤家の躍進振りを眼にすれば雪崩を打って吉弘に帰順を申し入れてくるであろう。

一昨年の塩尻峠の合戦に小笠原長時が五千の兵を率いていたことを思えば、その小笠原を倒した遠藤吉弘がその五千の兵力をそっくり継承して武田と対決するのも、決して夢ではあるまい。

軍事のことはよく分からない若菜にも、この一徹の策はきわめて魅力的に思われた。若菜は、これまでは吉弘の前で自分から一徹の話題を持ち出すのは避けていたが、自身の去就が決まる瀬戸際だけに、一徹の提言とは別の機会をとらえて、吉弘が嫌な顔をするのも意に介さずに言葉を尽くして説きに説いた。

「この策を採れば、お父上は中信濃の全域を押さえる大大名となられるのですよ」

そのためには軍事はすべて一徹に任せて、吉弘は一徹が働きやすいような環境を作ることに専念しさえすればよい。一徹の戦略が効を奏して遠藤家が大大名にのし上がれば、世間の評価はあの気難しい男を縦横に使いこなして才幹を発揮させた吉弘に集まりこそすれ、もともと不人気な一徹の声望が高まることなどあるわけもない。

「また小笠原、武田、豪族達と転戦に次ぐ転戦で、お父上も一徹も席の温まる暇もない日が続きましょうが、その間は家中に波風一つ立たないように、この若菜が領内をしっかりと治めてみせましょう」

だがいかに若菜と一徹が理を尽くして説いても、吉弘はこの策を採らなかった。

この策が容れられないのであれば、一徹はもはや遠藤家を去るしかないとまで言って迫ったのだが、吉弘はそれも止むを得ないと退けたのである。

一徹の献策には感情的に耳を貸さないということより、それ以上に吉弘はこうしたやり取りの中で、さらなる領土拡大にはまったく意欲を失ってしまっていた。

横山郷三千八百石の時代が長かった吉弘にしてみれば、現在の二万四千石でも夢のような境遇なのだ。大欲は無欲に似たりというように、この上に分不相応の欲をかけばかえってすべてを失ってしまうと思われてならなかった。

これからも拡大を望むとすれば一徹の軍事的才能は不可欠だが、現在の二万四千石を維持するだけならば吉弘一人の力でも充分に対応可能であろう。その上一徹が退散してくれるとなれば、若菜と一徹との仲を気に病む必要もなくなるではないか。

こうした吉弘の心境を知った一徹は、ついに断腸の思いで遠藤家一手で武田に当たるという案を、断念せざるを得なかった。自分を信頼しないどころか大望まで放棄してしまった主君では、とてものことに自らの野望を託すわけにはいかない。その間にも出陣の時は迫っており、一徹はついに若菜にこう告げるしかなかった。

「ことここに至れば、小笠原に合力すべく出陣するしかありますまい。しかしこのいくさは必ず敗れましょう。そこで一徹は殿以下の遠藤勢をそっくり無傷のまま、この中原城に連れ帰ります。もはや小笠原を頼ることもならず、武田に付くこともならずという事態に立ち至れば、いかな殿とても遠藤家一手で武田に当たる腹を固めるでありましょう。となれば、あとの策はこの一徹にお任せあれ」

一徹に全幅の信頼を寄せている若菜は納得して頷いたが、その眩しいような笑顔を見て一徹は胸が痛んでならなかった。そうした状況が現実のものとなってしまえば、実のところはさすがのこの男にも打つ手はないのである。

そこで考えられる唯一の方策は、少しでも多くの兵力を温存したまま吉弘と若菜をとりあえずは北信濃の村上義清のもとへ、さらに情勢次第では越後の長尾景虎を頼って落ちさせることだった。景虎は義侠心の厚い武将であり、中信濃の情勢に明るい遠藤勢が粗略に扱われる恐れはまずあるまい。

だがその脱出行に、一徹自身が同道するつもりはまったくなかった。長尾景虎は生まれついてのいくさ上手で、軍師などまったく必要としない天才肌の武将なのだ。一徹にしてみれば、自分の野心に忠実であろうとする限りは、どこかの新天地でまた誰かを担ぎ上げ、新たな天下取りの夢を膨らませるほかに道はないのである。

若菜には申し開きのしようもないが、あの娘にはたとえば村山正則のような爽やかな若者こそがふさわしいであろう。一徹は昨年の秋から正則を自分の与力として預かり、実戦を通じて作戦の立て方、臨機応変の戦術を徹底的に叩き込んである。

いくさの巧みさにかけては、今では遠藤家の家中でも正則の右に出る者はあるまい。

正則の進境については折に触れて吉弘の耳に入れており、これからは正則が一徹に代わって吉弘の片腕となって働けば、遠藤家はまずは安泰であろう。

一徹としては、遠藤家のために為すべきことはすべて終わっている。ここまできてしまえば、若菜のことはすべてを生涯忘れ得ない思い出として心に刻み込んで静かに去るしかない。

四

十町（約千百メートル）も来たであろうか。不意に森が切れて、右手に視界が開けた。眼下には中山平が、うねり続く新緑の山並みの間にぽっかりとその全容を見せて横たわっている。

一徹は六蔵に馬を任せ、草むらから小手をかざして戦場を眺めやった。そして次の瞬間、呆然として立ちすくんだ。

そこには、おびただしい人馬が帯となって動いていた。首将の小笠原長時もまたついに林城に引き上げるしかなくなり、隊列を乱した小笠原の兵団には、敵将を討ち取るべく武田の全軍がぴったりと追尾していたのである。

が、一徹が顔色を変えるまでに愕然としたのはそうした武田の動きではない。

この武石峠へ続く山道の入り口のあたりに、一目でそれと分かる仁科盛明の深紅の一団が蟻のように群がり動いているのである。盛明は、敵の首将である小笠原は盟主の武田に譲り、自身は遠藤勢を討って功績を上げようとする腹なのであろう。仁科の持つ兵力から見て、すでに百人近い手勢がこの山道に踏み入っていると思わなくてはなるまい。

一徹は、血走った目で仁科勢の動きを睨み据えた。

遠藤勢は今日の合戦で無傷であり、逃げ足は速い。しかし追う仁科方も、まったくと言っていい新手である。このままでは、両軍は踵を接して中原城に至るに違いない。そうなってしまえば、家財道具を担い、女子供を連れて北信濃に落ちようとする遠藤勢などは、餓狼のような仁科勢の急襲の前に無残に殺戮されるだけのことであろう。むろん、その混乱の中で若菜も死ぬ。

それでは馬を飛ばして味方に追いつき、態勢を立て直して仁科勢を迎え撃つか。だが、それも不可能であった。敵軍に背を向けた軍勢ほどもろいものはないことを、一徹は長い経験で痛いまでに知り抜いている。

一度追われる身になってしまえば一歩逃げるごとに味方の足音にも心が縮み上がり、たちまちのうちに軍勢としての統制も失われて、各人がただ夢中で空脛を回して逸走するばかりであろう。

しかも悪いことに、遠藤家の総兵力七百名のうち六百名近くは、この一年の間に召し抱えた新参者なのである。遠藤家二万四千石が崩壊しようとしている今、その者達は何のためらいもなく主家を見捨てて四散していく。

この時代にあっては武士に忠義の観念などなく、主家とは単に自分を売り出す舞台でしかない。中原城まで帰り着く者はまず二百、城中に残してある百名を加えても、北信濃まで行動をともにする者は、そのほとんどが横山郷三千八百石の頃からの譜代の家臣とその一族郎党だけであろう。その数は、よくて百五十名といったところか。

そこまでは、一徹はすでに出陣の前から計算を済ませている。

だが仁科勢が遠藤勢の後を追うとまでは思いもよらず、一徹は慄然(りつぜん)として唇を嚙むほかはなかった。圧倒的な劣勢のもとで、しかもそこまで浮き足立った者どもの襟首を摑んで敵の方に向け直すことなど、到底できることではない。

ではどうする！

視線を虚空に投げた一徹を背後から見守っていた六蔵は、この時ふと何かが触れ合う重い物音を耳にした。そしてその物音の正体に気が付いた時、この歴戦の勇士が思わず息を呑んだ。

常に沈着そのものの一徹が今、鎧の草摺(くさずり)が鳴るほどに激しく体をうち震わせて立ち尽くしているのである。随分と長い間、その姿勢を保っていた。そして六蔵がついにたまりかねて声を掛けようとした時、やっと一徹はその巨大な体をゆっくりと六蔵に向けた。

蒼白な顔には、しかし染み透るような不思議な微笑が浮かんでいた。

「さすがに、仁科盛明はやるものよ」

一徹はただそれだけを言い、六蔵を促して道を急いだ。

しばらく行くと、崖が左手に迫って道はますます難路になる。僅かに岩を刻んだだけの道が、九十九折りとなって山を巻いて登っていく。木は次第に疎らとなり、弱い日差しが縞になり斑となって二人の足下にこぼれた。

やがて道が岩場になるあたりで一徹は足を止めた。すぐ目の下には、今通ってきたばかりの山道が木立の間に白く光っている。

一徹はかたわらの巨岩に手を掛けると、無造作に崖の下へと転げ落とした。もともと路肩が弱いのであろう、次々と投げ落とされる大石は凄まじい土煙を立てながら山腹を抉り、木を捩じ伏せて、たちまちに細い山道を埋め尽くした。

道はなおも細く続いている。登り詰めたところが武石峠で、そこに分かれ道がある。北に直進すれば三里の彼方に中原城があり、左に折れれば安曇を経て野麦峠に通じ、さらに遠く飛騨の高山に至る。そして何も語ろうとしない一徹がどちらの道を選ぶ決心をしているのか、六蔵には出陣の前からとっくに分かりきっていた。

六蔵は無言のまま馬の口輪をとり、先に立って歩き出そうとした。しかし、一徹は動かない。不審そうに振り返る六蔵に、一徹は静かな声で言った。

「六蔵、長い間大儀であった。お前はここから、どこへなりと落ちるがよい」

六蔵の肉のそげた顔に、やがて朱を差したような驚愕の色が浮かんだ。

「若はたかが一人の小娘のために、九年来の夢をお捨てなされるのか」

「今、俺がこのまま他国に落ちてしまえば、仁科勢の手に掛かってあの娘は死ぬ。もとより天下への大望を捨てることは、俺にとっては手足をもがれるよりもさらに辛い。だが、俺はあの娘の心の底を見てしまったのだ。もはや、どうにもならぬ」

「しかし、若がここで命を張って敵を防いだところで、それであの娘が救われましょうか」

仁科勢はこの近隣に鳴り響いた精鋭であり、しかもその兵力は五百にも達している。一徹の超人的な武勇をもってしても、なお大河の流れに逆らうことはまず不可能ではないのか。

しばらく六蔵の顔を見詰めていた一徹は、やがてふっと肩を落として首を振った。

「その通りだ。が、一縷(いちる)の望みはある」

この武石峠へ向かう天険は、このあたりでは二人が肩を並べて進むことすら難しく、一徹としては正面の敵一人だけを相手に戦っていればよい。自然この男の首を得るまでには、仁科方は数え切れないほどの犠牲を必要とするであろう。

今日の合戦で仁科方はすでに充分な戦功を上げており、遠藤勢の後を追うのはむしろ付けたりの首級稼ぎに過ぎまい。草を刈るように手軽に兜首が手に入るのが追撃戦の醍醐味であってみれば、数多くの死傷者を出すくらいならば、いくさ上手の仁科盛明はさっさと兵を退いてしまうのではあるまいか。

ましてあたりはとうに夕靄（ゆうもや）の気配が濃く、あと小半刻さえ持ちこたえていれば、この峻険な山道はとっぷりと闇に閉ざされてしまうであろう。地理に暗い仁科勢が、果たしてそれでも遠藤勢を追うであろうか。

さらには、一徹の首の値打ちである。石堂一徹といえばこの信濃では知らぬ者もない天下の剛勇で、その名声は遠藤吉弘など遠く及ぶところではない。仁科盛明は一徹の首さえ得れば、ひとまず満足して進撃を止め、改めて武田の指示を仰ぐのではあるまいか。

だがそれもこれも、すべては一徹の希望的過ぎる推測かもしれない。現実には、この男の感傷などただの一瞬ではね飛ばされ、仁科勢が怒濤のように中原城に殺到していくという最悪の事態も、充分に起こり得るであろう。

ことここに至ってしまえば、成否はもはや一徹の問うところではない。仁科勢の動きを察知した時から、この男はもとより生死を超越している。そしてそれだからこそ、長年の従者である六蔵を自分の個人的な心情のために死なせることは、余りに忍びなかったのである。

じっと一徹を見ていた六蔵がやがて為したことは、馬を手近な松の木に繋ぎ、九枚笹の紋が入った旗差物を下の道からよく見える崖際の岩頭に立てることであった。

「これは無用のいくさなのだ。お前までが、ここで死ぬことはあるまい」

「わし一人が生き長らえたところで、何の甲斐がござろう。無駄に馬齢を重ねてやっと冥土に参った時に、『六蔵、遅かったではないか。とうに閻魔大王を討ち懲らし、もはや冥土は我が物ぞ』などと若に申されたりしたら、わしの立つ瀬がないわい」

すでに頭髪の半ば以上を白く染めた六蔵は、無愛想に肩をそびやかした。一徹は、頬を緩めて笑った。

思えば、六蔵と自分は主従というよりも、むしろ生死を賭して同じ志を貫こうとする盟友というべき間柄だった。素手で虹を摑むような一徹の野望に自分の生涯を懸けた六蔵は、一徹が選んだ最後の決断に対しても、やはり何のためらいもなく殉じていこうとしているのである。

(天下を取るという夢は、青空を貫く壮大な虹だったのかも知れぬ。その虹は俺の目の前にまばゆいばかりの鮮明さでそびえており、手を伸ばせば触れられるかと思うば

かりだ。しかし虹はついに虹で、どこまで行ってもこの手で摑むことはかなわぬのか）

そう思ってなおも微笑する一徹の頰に、不意に大粒の涙がこぼれた。

「ならば、存分に働くがよい。二人で五百人の敵の首級を、死出の土産といたそうぞ」

一徹は六蔵とともに道のあちこちに転がっている大石を、一つ一つと崖の縁に並べ直した。進撃してくる仁科勢を待ち受けてこれを次々と投げ下ろせば、散々に敵を悩ますことができるであろう。

一徹は忙しく体を動かしつつ、ふと若菜のことを思った。

昨日の軍議の後であの娘に送った手紙は、遅くとも昨夕のうちには中原城に届いている。今頃城内は北信濃に落ちる準備に、割れ返るような騒ぎであろう。

そして若菜自身は、一徹の家財を纏めるべくあのあばら屋におもむき、そこで一室には吉弘からの拝領の品々を整理して並べてあり、囲炉裏のあるもう一室にはたった一つ、あの若菜の彫像が残されているのを発見したに違いない。

一徹はあの木彫を置き土産に、遠藤家を捨てて美濃の国へ落ち延びる心づもりでいた。しかし今となっては、どうやらあれがこの世に残す唯一の形見となるらしい。

だが、あれだけで充分であろう。たとえ一片の言葉も無くても、あの彫像の夢幻的な表情を一瞥しただけで、豊かな感受性を持ったあの娘には、一徹の渾身の思いがほとんど立っていることもかなわぬ程の激しさで、伝わるのに違いなかった。

この男の目には、自身の彫像を抱き締めたまま、板敷きに身を投げて嗚咽する若菜の姿が、眼前の光景よりも鮮明に映じていた。

天下への野望を捨てたことに対する感慨は、不思議なまでに何もなかった。

この九年間、眠っている間さえ忘れたことのないあの夢も、半身を切り捨てる思いで振り払ってしまえば、あとはかえって憑きものが落ちたように心身ともに伸びやかになっているのが、自分でも意外であった。

一徹は、不意に体を揺すって哄笑した。

「俺は長い間、大軍を率いて広野に決戦する日を夢見ていた。だがたった今、僅か二人にても会心のいくさはできるものと思い知ったぞ」

一徹はさらに大笑した。その弾んだ声は、童子のように澄み切っていた。

「驚きましたな。六蔵などは、若は天下を争ういくさに快勝した日に初めて顎が外れるほどに笑われるのであろうと、ひそかに思うておりましたぞ。それが何と天下への夢を捨てた日に、このように笑っておられるとは」

しばらくの間、連なる山々に目をやっていた六蔵は、再び一徹に視線を戻して続けた。

「六蔵はこの九年というもの、若が一国一城の主となる日をひたすら待ち焦がれておりました」

「どうだ、不満か」

兜の忍び緒を結び直しながら、六蔵は珍しく白い歯を覗かせて柔和な表情を見せた。

「いや、有り難いことでござる。随分と長い間、こんなにも楽しい夢を見させていただけたとは」

主従は声を揃えて笑った。どちらの瞳にも、わけもなく涙が溢れていた。

太陽はすでに山稜の端に傾きかけて、平野は暮色に黒く沈み、山の頂きばかりが紅を刷いたように赤い。早くも秋の気配を漂わせる山の冷気を含んだ風が、汗の引いた頰を撫でて走り抜けた。

仁科勢が急坂をよじ登るえいや、えいやという掛け声は、ついに山襞(やまひだ)を巻いて二人の足下にまで迫ってきた。

【参考文献】

『武田信玄と松本平』（笹本正治、一草舎、二〇〇八年）
『信州の城と古戦場』（南原公平、令文社、一九八七年）
『中部の名族興亡史』（新人物往来社、一九八九年）
『松本市史』（松本市編、松本市、一九九五年）
『信濃戦国時代史』（堀内千萬蔵、松本市教育会、一九四五年）

解説

細谷正充

面白いエンターテインメント・ノベルは、何度でも甦る。その証拠のひとつが本書である。何がどう甦るのかは後で触れるとして、まず作者の経歴から始めたい。

北沢秋は、東京大学工学部卒。会社員生活を経て、二〇〇九年十月、本書『哄う合戦屋』を双葉社から刊行して作家デビューした。刊行に至る事情が、作家のエージェント「アップルシード・エージェンシー」の文芸部の公式ｎｏｔｅに書かれているので引用させていただこう。

「そんな北沢さんのデビューのきっかけは、弊社の原稿のスクリーニングにご応募いただいたことでした。当時、社外審査委員であり、かつては河出書房新社の文芸誌『文藝』で編集長をつとめた長田洋一氏が、『哄う合戦屋』の原型となった応募原稿を絶賛。その好評を受けて弊社から双葉社に紹介したところ、すぐに出版が決まりました」

ということである。なるほど、そういう経緯だったのか。当時、いきなり本書が刊行され、しかもメチャクチャ面白い戦国小説だったので、いったい作者は何者だと思ったものだ。

本書は大きな評判を呼んだが、作者の執筆ペースは悠々たるものであった。二〇一一年に『奔る合戦屋』、翌一二年に『翔る合戦屋』と「合戦屋」シリーズを上梓。さらに二〇一五年に『吉祥寺物語　こもれびの夏』、翌一六年に『ふたり天下』（文庫化に際して『天下奪回　黒田長政と結城秀康の策謀』と改題）を上梓。実は二〇二四年二月現在、この五作しか作品が出版されていないのだ（他に、細雪純がコミカライズした『哄う合戦屋』が二冊ある）。正直、もっといっぱい書いてもらいたいものだ。

という愚痴はさておき、本書のことである。単行本も売れたが、二〇一一年に文庫化されると、こちらも売れた。しかし現在の出版業界と書店業界の状況では、夏目漱石や芥川龍之介のように、文庫本が常に書店に置かれることは稀である。書店に物理的な限界があり、大量に文庫が出版される現状に対応しきれないのだ。したがって大いに売れた作品でも、いつの間にか絶版（現在は品切れということが多いが、実質絶版である）になってしまう。残念なことである。

だが嬉しいことに、真に優れたエンターテインメント・ノベルは、一定のサイクルを経て復刊される。元の出版社からの場合もあれば、違う出版社の場合もある。きっと、かつて作品を読んだ編集者が、物語の面白さを忘れられず、自分の手で復刊したいと思うのだろう。本書を読んでいただければ、たしかにこれは復刊したくなると分かってもらえるはずだ。

そろそろ内容に踏み込むことにする。天文十八年（一五四九年）、甲斐の武田と越後の長尾（上杉）に挟まれた中信濃は、土豪が群雄割拠していた。そこに現れたのが、武勇に優れ、軍略の才も抜群な石堂一徹だ。横山郷を治める遠藤吉弘の娘・若菜と出会った一徹は、吉弘の館に招かれる。かつて村上義清に仕え、二千石を扶持されていた一徹。だが、なぜか一人の主君に長く仕えることができない。誰に仕えても、一度は重用されながら、二、三年で暇を出されてしまうのである。巨体の持ち主で精悍な風貌だが、他人に一線を引いている一徹に、微妙な不安を覚えながらも、自分に仕えるという言葉に喜ぶ吉弘。一徹の働きにより、周囲の土豪を平らげ、領土を拡大していく。しかし一方で、時代の先を行くかのような一徹の組織的な戦いが、家中の反発を買う。そして吉弘の不安が膨らんでいき、事態は思いもよらぬ方向に転がっていくのだった。

信濃では知らぬ者なき才能の持ち主でありながら、従者の鈴木六蔵と馬を連れて放浪している石堂一徹とは何者なのか。横山郷に攻めてきた高橋広家を倒し、逆に相手の城を落とす最初の戦いから、一徹の武勇と軍略が活写される。情報を大切にすることや、兵を軍隊として動かすなど、彼の才能は時代から突出している。織田信長に匹敵するといってもいいだろう。そんな一徹の活躍により、遠藤家が一端の戦国大名に成りあがっていく過程に、戦国小説ならではの楽しみがあった。

だが一徹のキャラクターが、ストーリーに陰影を与える。才能がありすぎるゆえの弊害か、旧来の思考しかできない人を批判し、軋轢を生んでしまう。また、断片的に語られる過去によれば、武田方に妻子を殺されたとのことだ。

そんな一徹だが、芸術にも詳しく、感受性も強い。たとえば若菜という名前が、『源氏物語』から採られていることに、すぐ気づく。若菜の描いた絵の限界を、自ら彫った白木の童女像によって、彼女に悟らせる。主に若菜との交誼を通じて、主人公の人間性の柔らかな部分が、露わになっていくのである。魅力的な女性だが、どこか時代からはみ出しており、だからこそ一徹を理解できる若菜の視点により、孤高にならざるを得ない男の肖像が表現されているのだ。

そういえば、シリーズ第二弾『奔る合戦屋』が刊行されたときの「ダ・ヴィンチ」の記事で作者は、

「あまりにも才が突出しているゆえに、周囲から孤立し、主君からもそねまれていく。つまり一徹という男は、僕がサラリーマン生活の中で出会った、才能はあるんだけれど人間関係が上手く作れなくて自滅していった〝勿体ない異能の男達〟の投影でもあるんですよね」

と語っている。作者は、サラリーマン時代に出会った人々を踏まえ、戦の天才の光と影を、骨太なストーリーの中で描き切ったのである。

さらに、一徹が仕える遠藤吉弘も見逃せない。一徹や若菜だけでなく、彼も作者の創作である。内政には長けているが、勢力の急速な拡大に戸惑い、一徹に怖れを感じる。武田と長尾が伸張する時代の、信濃の土豪を、リアルに描いているのだ。大きな史実の中で、架空の戦国史を創り上げ、多数の人物を躍動させた、作者の手腕は新人離れしている。これほど面白いのだから、本書が復刊されるのは当然のことなのである。

ところで本書のラストを読んで、あらためてタイトルを思い出した人も多いだろう。その〝哄〟は、どよめき・どよめくの他に、大勢が一斉に笑うことも意味する。その哄うの才能によって、周囲をどよめかした一徹は、物語の最後の笑いによって、大勢の読者の胸を打つのだ。なるほど、内容とリンクした、考え抜かれたタイトルだと感心してしまった。

それと同時に読者の中には、このラストからどのようにシリーズを続けるのか、気になった人もいるだろう。第二弾『奔る合戦屋』は時代を遡り、村上義清に仕えていた若き日の一徹が描かれている。本書で触れられていた過去のことなどが、よく分かるようになっている。そして完結篇となる第三弾『翔る合戦屋』は、完全に本書の続きとなっており、一徹の新たな戦いを扱っている。本書の気になる人間関係についても、きちんと決着を迎えているのだ。こちらの二冊も復刊される予定なので、ぜひとも手に取ってもらいたい。大望に突き動かされた石堂一徹の行き着く先を、見届けてほしいのである。

（文芸評論家）

本書は二〇一一年四月、双葉文庫で刊行された『哄う合戦屋』を
加筆・修正のうえ再文庫化したものです。

編集協力　株式会社アップルシード・エージェンシー

巻頭地図　ワタナベケンイチ

嗤（わら）う合戦屋（かっせんや）

二〇二四年 四 月一〇日 初版印刷
二〇二四年 四 月二〇日 初版発行

著 者 北沢秋（きたざわしゅう）
発行者 小野寺優
発行所 株式会社河出書房新社
〒一五一−〇〇五一
東京都渋谷区千駄ヶ谷二−三二−二
電話〇三−三四〇四−八六一一（編集）
〇三−三四〇四−一二〇一（営業）
https://www.kawade.co.jp/

ロゴ・表紙デザイン 粟津潔
本文フォーマット 佐々木暁
本文組版 KAWADE DTP WORKS
印刷・製本 TOPPAN株式会社

Printed in Japan ISBN978-4-309-42097-4

天下奪回

北沢秋　41716-5

関ヶ原の戦い後、黒田長政と結城秀康が手を組み、天下獲りを狙う戦国歴史ロマン。50万部を超えたベストセラー〈合戦屋シリーズ〉の著者による最後の時代小説がついに文庫化！

信玄忍法帖

山田風太郎　41803-2

信玄が死んだ⁉　徳川家康は真偽を探るため、伊賀忍者九人を甲斐に潜入させる。迎え撃つは軍師山本勘介、真田昌幸に真田忍者！　忍法春水雛、煩悩鐘、陰陽転…奇々怪々な超絶忍法が炸裂する傑作忍法帖！

外道忍法帖

山田風太郎　41814-8

天正少年使節団の隠し財宝をめぐって、天草党の伊賀忍者15人、由比正雪配下の甲賀忍者15人、大友忍法を身につけた童貞女15人による激闘開始！怒濤の展開と凄絶なラストが胸を打つ、不朽の忍法帖！

羆撃ちのサムライ

井原忠政　41825-4

時は幕末。箱館戦争で敗れ、傷を負いつつも蝦夷の深い森へ逃げ延びた八郎太。だが、そこには——全てを失った男が、厳しい未開の大地で羆撃ちとなり、人として再生していく本格時代小説！

天下分け目の関ヶ原合戦はなかった

乃至政彦／高橋陽介　41843-8

石田三成は西軍の首謀者ではない！家康は関ケ原で指揮をとっていない！小早川は急に寝返ったわけではない！…当時の手紙や日記から、合戦の実相が明らかに！ 400年間信じられてきた大誤解を解く本。

東国武将たちの戦国史

西股総生　41796-7

応仁の乱よりも50年ほど早く戦国時代に突入した東国を舞台に、単なる戦国通史としてだけではなく、戦乱を中世の「戦争」としてとらえ、「軍事」の視点で戦国武将たちの実情に迫る一冊。